SANS YEUX ET SANS MAINS

ISBN 2-203-21113-X

JACQUES LEBRETON

SANS YEUX
et
SANS MAINS

Préface de

LOUIS RÉTIF

18e édition, 115e mille

CASTERMAN

PRÉFACE

« Comment pouvez-vous rire, dans l'état où vous êtes !... Aveugle et pas de mains, j'aimerais mieux être mort !... »

Le porteur qui s'exclame ainsi devant Jacques Lebreton et sa femme, gais comme des lurons, à la descente du bateau, traduit, en son langage, la première impression ressentie par ceux qui ont coudoyé ce grand mutilé. Sa vie aventureuse n'est qu'une suite de défis à notre instinctive perspective de vie. Avec Jacques c'est « le monde à l'envers » dont parlait déjà saint Augustin, à propos du Royaume de Dieu. Mais n'est-ce pas ainsi que l'Évangile décrit le paradoxe de la foi ?

« Cette quadruple amputation fait de moi un être extraordinaire, dit-il, un être hors commun, et c'est cela qui est difficile : ne pas être comme tout le monde ! Je ne puis profiter d'aucune expérience qui m'aurait précédé, et pourtant il faut bien trouver une solution, aller au-delà de soi-même... »

Sous un nom d'emprunt, un homme relate sa propre histoire à l'envers de la nôtre, et sans doute riche de suggestions pour la nôtre. Les détails de son récit sont véridiques, il s'exprime avec simplicité mais aussi avec une certaine chaleur humaine, sans aucune concession littéraire pour enjoliver les faits.

Pour avoir été, au long de ces années, le témoin de ce cheminement, j'atteste que la réalité est encore plus poignante que ce témoignage. Engagé volontaire de la France libre, à moins de vingt ans, après s'être embarqué de Bretagne pour les côtes anglaises, il est grièvement blessé lors de la campagne de Libye à El-Alamein : en gardant dans ses mains, jusqu'à explosion, une grenade imprudemment désamorcée par un camarade, alors que la présence de compagnons disséminés autour de lui retient Jacques de jeter le projectile. Après la guerre, il fonde un foyer (dont il aura cinq enfants) et engage, sur tous les plans, une lutte dont ces pages sont le vivant écho.

« Dieu m'a désigné pour un autre combat », écrit-il à son père après ses blessures.

Ses activités diverses sont autant de victoires souvent douloureuses sur l'infirmité, mais aussi un plus grand service d'humanité. Le secret de ce combat est là, dans une lutte finalement pour plus pauvre que lui. « Le plus souffrant, premier servi. »

Certes, il est une fureur de vivre qui apparaît comme l'expression d'un tempérament qui ne s'avoue jamais vaincu par la difficulté. Mais cet acharnement qui projette Jacques hors de lui-même s'inscrit comme une revendication au droit à la vie pour le plus petit de ses frères. C'est pourquoi il assume des responsabilités qui l'engagent, au-delà du cercle familial, dans des organisations professionnelles et politiques qu'il aurait pu laisser à d'autres pour de bonnes raisons.

Plus d'un lecteur pressentira le rôle décisif mais discret joué dans cette lutte par sa généreuse compagne, mère de ses enfants.

On se méprendrait pourtant sur la vraie signification de ces pages si l'on y cherchait d'abord quelque réplique à l'adresse de ceux qui, comme au procès de Liège, dénaturent leur pitié, devant ces sortes d'infirmités, jusqu'à la complicité et au meurtre. Ni leçon d'endurance ni plaidoyer près de l'opinion publique en faveur des handicapés physiques, ces pages se présentent moins encore comme la forfanterie d'un être exceptionnel qui s'exhibe par un besoin de revanche sur la vie et de confiance sur sa raison d'être.

« Gardez pour vous votre admiration et votre pitié », dirait Jacques Lebreton, avec tant d'autres de ses compagnons qui ne veulent de nous rien tant que d'être considérés comme des hommes à part entière.

Très tôt il éprouve le besoin d'assumer comme telle une carrière adaptée à ses possibilités. Peu à peu s'impose à lui la nécessité de surmonter le monde des impossibilités apparentes, en donnant la preuve d'une adaptation possible à une vie active, bien « dans le bain » d'un dynamisme où il n'aura rien à envier à personne. Une vie semblable à celle de tout travailleur, celle de pères de famille conscients de la gravité de leur rôle. Chaque jour, à travers la capitale, dans le train, les autobus, le métro, il va, une canne blanche fixée à son moignon, un sac en bandoulière sur l'épaule large, des lunettes noires, une haute silhouette dominée par une chevelure abondante.

D'autres diraient que ces engagements l'amènent par des chemins délicats, difficiles, parfois même sur les pentes abruptes de la témérité. C'est que Jacques ne se résout pas à ce que d'autres soient amputés de leurs droits fondamentaux à l'existence et à la dignité.

Pour lui, rien d'essentiel ne lui manque. Et ceux qui longuement l'approchent découvrent, à son école, que les grands mutilés de la vie ne sont pas ceux sur lesquels on s'apitoie.

Cet homme qui s'accomplit rudement bouscule en nous notre échelle des valeurs.

Jacques n'est plus libre de faire semblant de voir, c'est vrai. Il n'a plus à sa portée les manipulations qui font croire à la mainmise de l'homme sur la matière. Il n'a pas l'illusion de se suffire à lui-même, en allant et venant sans demander sa route. La solidarité prend d'abord pour lui figure de nécessité. Dans sa démarche ne se retrouve pas notre précipitation : mieux que nous, il sait où il va. Ses décisions sont le fruit d'une mûre réflexion : il veut ce qu'il fait. Il écoute la voix profonde qui n'a que faire des apparences. Parce que ses gestes sont mesurés, comme calculés, c'est une plus claire conscience qui les inspire.

Il voit de l'intérieur. C'est d'ailleurs une expression qui lui est familière : « Je vois ce que vous voulez dire. »

Chez celui qui semble assujetti en tout à son entourage, la liberté intérieure fait contraste avec les servitudes corporelles. Paradoxalement, c'est un homme libre.

A l'approche de Jacques, on se découvre plus inadapté qu'il ne le paraît lui-même. Combien regardent les autres sans voir, avec des yeux morts ! Que de rendez-vous autour d'un tapis vert où il n'y a personne : là où des intérêts s'affrontent sans que se rejoignent les personnes...

« La vraie vie est ailleurs », disait Rimbaud. Jacques est la vivante illustration de cet avertissement du Seigneur : « Non, je ne suis pas venu pour les justes, les bien-portants et les clair-voyants, mais plutôt pour guérir les malades, illuminer les aveugles et pardonner aux pécheurs. Oui, je suis venu en ce monde pour le jugement : pour que les aveugles voient clair et que les clair-voyants deviennent aveugles; car les derniers seront les premiers et les premiers seront les derniers. »

« Et c'est la joie qui est la plus forte », s'écrie la Jeanne au bûcher de Claudel. Jacques clame à qui veut l'entendre : « La vie est belle à en crever. » S'il n'eût tenu qu'à lui, cette expression eût titré son témoignage. Tant il est vrai que certains savent trouver du bonheur là où d'autres ne perçoivent qu'un malheur sans fond. Quel contraste avec ceux qui rencontrent le malheur à être « mal heureux » de tant de dons gâchés dans l'illusion d'être. Car c'est un malheur que tant d'énergies inexploitées, tant de richesses sans partage, une santé sans emploi sérieux, une vie ratée qui se croit réussie. Et sans doute ce sont là les vrais déchets de l'humanité.

Le drame humain, si poignant soit-il ici, est relayé par l'aventure spirituelle. Car « les vraies aventures sont spirituelles », disait Saint-Exupéry.

Certes, plus d'un épisode de cet itinéraire pourra déconcerter le lecteur s'il ne saisit, par-delà la matérialité des faits, l'unité profonde d'un cheminement qui est tout entier, quoi qu'il en paraisse, le combat de Dieu.

C'est pour une plus grande fidélité à l'Évangile que les Lebreton conçoivent le projet de quitter un confortable pavillon pour habiter un baraquement, dans l'un des quartiers les plus déshérités de la banlieue parisienne.

Il m'écrivit à ce sujet

Le projet d'aller à M... n'était qu'insensé. Pourquoi cette folie? Pourquoi risquer un échec probable? Aujourd'hui, quand je repense à tout cela, je suis effaré par cette aberration qui nous a pris, et pourtant ô combien heureuse!

« Le Seigneur nous mènera par le chemin qui lui plaira. »

Le succès d'une vie ne réside pas dans sa réussite humaine sociale, fonctionnelle, mais dans un acheminement sans cesse renouvelé vers la vérité qui, pas après pas, s'écrit en lettres capitales.

L'un de ses frères est moine et ouvrier, précisément dans ce quartier. Jacques veut partager le sort de ces gens déracinés pour la plupart, étrangers, mal logés : il a pris le parti des pauvres. Il note quelque part la réflexion d'un jeune homme, sans doute parce qu'elle est l'écho de sa propre pensée : « Je voudrais mettre autant d'amour à descendre l'échelle sociale qu'on met de volonté, d'habitude, à la gravir. »

De longues pages relatent, avec ferveur, ces débuts d'une mission prolétarienne. Certes, plus d'un épisode de cette épopée missionnaire, le langage même employé se ressentent de l'époque déjà lointaine où les premiers prêtres-ouvriers embauchaient. Ils soulevaient alors une vague de curiosité et de sympathie, tout en cherchant eux-mêmes l'expression qu'ils voulaient donner à leur message[1]. A l'heure où l'Église étend à nouveau le champ d'action des prêtres au travail, il n'est pas sans importance que Jacques apporte son témoignage, même s'il s'agit d'un contexte dépassé.

C'est en témoin de son époque qu'il convient d'accueillir l'attitude et la décision de Jacques aux années 1950-1953. Il est de ceux qui ont compris l'irremplaçable mission des pauvres dans l'Église de Jésus-Christ. Ces témoins de la patience de Dieu dans l'histoire. « Ces pauvres, dit saint Jacques, que Dieu a choisis comme dépositaires de son Royaume. »

Les pauvres nous évangélisent. Certes, Jacques Lebreton n'a garde de confondre les pauvres selon l'Évangile – ces cœurs simples qui ont accueilli le Messie – et des travailleurs livrés à l'insécurité

1. A ce sujet, un livre capital : *Naissance des prêtres-ouvriers*, de Émile Poulat. Éd. Casterman.

de l'emploi, aux servitudes du machinisme, à l'anonymat des entreprises. Mais il découvre la parenté du peuple des pauvres avec le peuple de Dieu. Il se scandalise de découvrir tant de misères cachées, tant d'injustices flagrantes. Sa révolte atteint jusqu'à sa foi. Parmi d'autres, il ressentira l'écartèlement extrême, entre deux fidélités : celle de ses compagnons travailleurs et celle de l'Église de son enfance. Aux avant-postes de la mission, ces ouvriers chrétiens ont vécu un drame, dont le recul du temps met plus encore en relief l'impossible choix. Considérés trop souvent comme des chrétiens en marge, incompris dans leur paroisse, devenus étrangers dans une Église elle-même trop étrangère à la détresse des plus déshérités, écartelés à l'extrême par la démesure de la tâche, ébranlés dans leurs convictions religieuses : est-il étonnant que Jacques – et d'autres avec lui – ait ressenti jusqu'à la séduction l'emprise du marxisme?

Jacques adhère au parti communiste neuf années. Il décrit loyalement les motivations de cette appartenance. Plus tard, le Seigneur ressaisira sa foi, mieux encore qu'à Damas, quand il était sur un lit d'hôpital, aveugle comme Paul le catéchumène.

Volte-face, penseront certains. Cet itinéraire ne paraîtra étrange que pour celui qui ne saisira pas l'unité profonde de sa vie : une requête d'humanité en faveur de ceux dont il a recouvert la parenté avec ses blessures. Devant la pauvreté imméritée de masses d'hommes, à longueur de vie, devant les atermoiements d'une Église qui tarde, selon lui, à crier son désaccord, devant tant d'injustices, ce grand mutilé ressent, jusqu'à la révolte, la détresse qu'il découvre. Là encore c'est le monde à l'envers.

Témoin de son époque, Jacques Lebreton, parmi d'autres, incarne ce que Pascal appelle « l'épiphanie tragique de l'homme ».

La guerre et l'après-guerre ont étalé une souffrance aux mille visages. Aujourd'hui plus qu'hier chacun sait qu'il souffre, sans savoir davantage pourquoi. Et ce pourquoi sans réponse à tant de maux et de plaintes sécrète et nourrit la révolte de l'homme. D'où le sentiment profond que la vie est absurde : chienne de vie, où que tu ailles le même malheur, la même absurdité. Ton meilleur ami te trahit, ton foyer se détériore, tes enfants se font des étrangers... Et, au bout du voyage, un grand trou noir, la mort!...

Avec le Job de la Bible, Jacques pouvait dire : « Dieu a emmuré ma route pour que je ne passe pas. Et sur mes sentiers il a mis les ténèbres » (Job 19/8). Comme ses contemporains, il s'est interrogé sur le pourquoi de ses infirmités; il a, en un temps, accusé Dieu par-delà la malice des guerres.

Dans un poème jailli de son expérience passée, Jacques décrit son combat intérieur en un présumé dialogue avec Dieu, à la manière de Péguy[1] :

J'avais des yeux et j'ai vu...
J'avais deux belles mains bien fortes...
Et j'ai appris à travailler à mes mains...
J'ai appris à semer du blé pour mes frères...
A palper le flanc de la vache quand elle va mettre bas...

Il décrit ses premières réactions de mutilé :

Un immense chagrin s'est noué... là... dans ma gorge...
Et a explosé dans une formidable colère...
... Ô désespoir! tu es la pire des douleurs!
Alors, j'ai demandé à Dieu :
Pourquoi m'avez-vous pris mes mains et mes yeux?
Pourquoi avez-vous créé le mal?
Pourquoi avez-vous donné la possibilité aux hommes [d'être méchants?
Mais non, tu es fou, a dit Dieu,
Je n'ai pas créé le mal...
Où est-ce que tu as vu cela que j'avais créé le mal?
Je ne peux pas créer le mal, Moi, a dit Dieu,
Mais si je voulais que les hommes m'aiment,
Il fallait qu'ils aient la possibilité de ne pas m'aimer.

1. Extraits de *Celui qui croyait à ses yeux et à ses mains*, U. F. F. C. M. H. Foyer des Malades, 21, Avenue Bridault, 95 - Argenteuil (France).

... Le mal, c'est le contraire de moi... C'est l'absence de moi.
Et j'ai compris que Dieu était vraiment bon...
Et j'ai tourné mes orbites béantes vers Dieu.
... J'ai donné ma joie à Dieu
Et Dieu m'a donné sa Paix.
... Oui, Dieu est venu en moi
Et, avec moi, Il a été aveugle et sans mains,
Avec moi, Il a porté ma souffrance.
Et mon fardeau est devenu léger...

Mieux que des discussions stériles sur le problème du mal, j'en crois les témoins à la chair meurtrie qui chantent une pareille joie de vivre.

Il y aurait donc un secret du bonheur qui fait fi de la souffrance? Ce bonheur qui va éclater non pas « malgré » l'atrocité de son état d'aveugle bi-manchot mais « à cause » même de ses blessures, voilà encore le monde à l'envers.

Son père – un admirable père – lui avait écrit à l'annonce de ses blessures : « La souffrance n'est pas seulement une épreuve, c'est une béatitude... »

Il n'empêche, les chrétiens n'ont pas l'explication du mal et de la souffrance. Pour eux souffrir c'est un mal, et ils s'emploient à lutter contre les causes de tant de malheurs. Mais ils ont le secret de transfigurer leur vie à la suite du Christ souffrant.

L'incroyable Dieu ! Jésus-Christ a vaincu le mal en le subissant. Avant nous, il a fait l'expérience de la peine, de la honte et du mépris. Et la tendresse de Dieu est au rendez-vous de la détresse humaine...

Celui-là qui accepte la souffrance pour la transformer, qu'il soit ou non chrétien, a en fait la solution pratique de la souffrance. La vérité, c'est que chacun, avec sa souffrance, crée une œuvre d'art ou bien il s'abîme et se mutile.

Chez Jacques, elle est l'occasion de recréer un être nouveau qui rend la vie plus vivante et la mort moins mortelle. Là où certains parleraient de destin fatal, il découvre une vocation à l'avant-goût pascal.

Sans doute Jacques est-il, en son itinéraire, l'une de ces réponses vivantes dont Dieu parsème l'histoire à l'attention de ceux qui s'interrogent sur le pourquoi du mal et de la souffrance[1].

« Il n'y a pas de petits et de grands sacrifices, lui écrit son père. C'est Dieu qui mesure et qui pèse. Quand tu auras pris ta part, le reste rejaillira sur les autres. » Ce qui évoque cette pensée de Simone Weil : « Puissante, puissante est la souffrance quand elle est aussi volontaire que le péché. »

Quand la joie débordante se fraye un passage aux côtés du malheur comme une eau jaillissante à travers la roche dure, c'est que cette source d'énergie spirituelle qui est la foi n'est pas un vain rêve ni une autosuggestion. « La certitude d'un Dieu qui donnerait son sens à la vie, avoue Camus, surpasse de beaucoup en attrait le pouvoir de mal faire. »

Il reste que l'expérience de la foi, comme celle de la souffrance, est incommunicable. Tant il est difficile pour les bien-portants de comprendre les malades et les infirmes, et pour les gens tranquilles et fortunés de partager les ennuis de ceux que la vie écrase.

Du moins, le témoignage rugueux de Jacques Lebreton atteste qu'il est, quoi qu'il arrive, un sens à la vie. Un dialogue d'homme à homme qui est fraternité. Un combat, si douloureux soit-il, qui est le triomphe de l'Amour.

Louis RÉTIF.

1. Sur ce grand problème du mal et de la souffrance on pourra se reporter à mon livre : *La Souffrance, pourquoi ?*, les Éditions du Centurion, Paris.

PREMIÈRE PARTIE

Et leurs yeux s'ouvrirent. Jésus alors les rudoya : « Prenez garde! dit-il. Personne ne doit le savoir! » Mais eux, à peine sortis, le firent connaître dans toute cette contrée.

MATTHIEU 9, 30-31.

I

Ce récit commence à Kerval. Il s'y terminera aussi. C'est que Kerval est ma maison, la maison de ma vérité, le lieu de mes fidélités. C'est là que j'ai grandi, avec mes frères et mes sœurs, dans l'amour d'un vrai père et d'une vraie mère. Quand on est père soi-même, on savoure la joie de pouvoir se dire qu'on a connu la vérité de l'amour chez ses parents.

Kerval est un hameau de sept feux. Une avenue plantée de vieux arbres conduit au manoir. La campagne est douce, avec des prairies qui épousent les courbes du terrain, des rideaux d'arbres, un clocher modeste. Le talus du chemin de fer sépare le hameau de l'église. Un vallon abrite un ancien moulin aux étroites fenêtres. On traverse la tendre prairie, on descend l'allée et la silhouette du manoir se dessine.

Il date du XVIe siècle. L'ocre jaune de la façade s'allie au granit bleu qui entoure portes et fenêtres. On dépasse une petite chapelle gothique dont le toit est fait de dalles de schiste. On avance, on arrive à la cour d'honneur, devant le porche en ogive qui s'ouvre au-dessus de trois marches. Un vieux mur d'enceinte, un pignon troué d'arcades bordent la cour. C'est là. En été, des milliers de roses fleurissent les arcades et les fenêtres de la façade, accrochant leur jeune fraîcheur à la noblesse hautaine des pierres. Il suffit de gravir les marches, de pénétrer dans le grand hall dallé de schiste... Kerval !

Nous sommes en Bretagne, à quelques kilomètres de Brest. C'est là que j'ai vécu mes plus belles journées d'enfance et d'adolescence.

Septembre 1939... Je revois la vaste bibliothèque du premier étage. Il fait beau. La lumière qui tombe des grandes baies vitrées avive les rouges et les verts du tapis. L'oncle Paul et la tante Charlotte sont venus aux nouvelles. Ils sont là, silencieux, perdus dans l'immense pièce. Maman entre, un paquet de lettres à la main. Il faut que tante Charlotte se lève pour qu'elle s'aperçoive de sa présence. Elle dit : « Bonjour, comment vas-tu? », mais machinalement; sa pensée est ailleurs. C'est l'heure du communiqué.

Je jette un regard à la pendule, je me lève et je vais tourner le bouton de la radio. Dans le grésillement des parasites, on entend la voix du speaker. « ... ce matin, à onze heures, le gouvernement anglais a déclaré la guerre à l'Allemagne... »

Nous nous sommes regardés en silence. Maman avait pâli. Nous écoutions intensément. La voix impassible continuait. Mais elle nous paraissait lointaine, comme si les premiers mots nous avaient assommés. Elle parlait de Daladier, de Paul Reynaud, de Chamberlain. Maman fit un geste. Je compris qu'elle me demandait de faire taire la radio. Je me levai, je traversai la pièce sur la pointe des pieds et j'allai couper.

Maman s'était assise. Elle semblait affaissée dans son fauteuil de velours sombre. Elle avait sept garçons! Jean, André et Claude seraient rappelés sans tarder. François était réformé, mais Henri n'avait pas loin de vingt ans. Et pour moi, qui allais atteindre mes dix-huit ans, l'appel retentirait aussi. Je sus ce jour-là que maman venait de commencer la période la plus douloureuse de sa vie. Papa était absent; les aînés allaient partir; elle devrait assumer la direction de la famille et de la maison, sans pouvoir faire taire ses angoisses.

Nous habitions un château, mais nous n'étions pas riches. Mes parents devaient travailler durement pour courir la grande aventure de la famille nombreuse. Neuf enfants, comme nous disions, cela fait un nombre respectable de chaussettes à repriser.

Mon père, depuis mes plus lointains souvenirs, m'apparaît comme l'image même du travailleur. Je le revois assis à son bureau, soit dans notre appartement de Brest, soit, plus tard, dans la bibliothèque de Kerval, lisant, étudiant, tapant à la machine, travaillant avec une attention soutenue. Et le soir, il trouvait le temps de bavarder avec nous, de nous faire la lecture – et c'était un lecteur admirable, qui fascinait son jeune auditoire. Il s'intéressait à tout, à l'océanographie, à la géologie, à l'architecture, à la cuisine. Il avait autant de respect pour un cuistot que pour un amiral. Il ne jugeait pas les gens selon leur métier, mais selon la conscience qu'ils apportaient à leur métier.

Il était officier de marine. Il avait fait la guerre de 14-18 sur mer. Malgré patrouilles et combats, il en revint indemne. Mes parents firent confiance à la vie. Les enfants arrivèrent, l'un après l'autre. J'étais le septième. A l'époque de ma naissance, en 1922, mon père prit une retraite anticipée afin de cumuler deux revenus pour élever sa famille; car les allocations familiales n'étaient pas encore inventées. Il entra à l'Office des pêches et se rendit chaque année sur les bancs de Terre-Neuve pour y faire des recherches océanographiques. En 1939, alors qu'il avait soixante ans, il partit au Canada, comme professeur d'océanographie à l'école Sainte-Anne de la Pocatière.

L'offre lui avait paru providentielle. Papa l'avait acceptée dans un esprit de sacrifice. Pour permettre à ses enfants d'avancer dans la vie, il devait leur offrir jusqu'à son amour : il serait séparé d'eux. Et cette guerre, qui n'était pas prévue au programme, n'arrangeait pas les choses.

Les premiers jours, il ne se passa rien que de très naturel. Jean, l'aîné, le marin, était mobilisé sur place. André rejoignit le 111e d'artillerie à Lorient et Claude l'École des EOR à Fontainebleau. Ma sœur aînée, Misette, se trouvait dans une maison de repos des religieuses de son ordre à Cambo. Les deux derniers, encore dans l'enfance, ne posaient pas de problèmes.

En octobre, la rentrée scolaire n'eut rien d'insolite. Seuls quelques jeunes professeurs manquaient. On était en guerre et on ne s'en apercevait pas. Les communiqués militaires étaient laconiques : « Duels d'artillerie; activités de patrouilles ». Les semaines succédaient aux semaines et on se prenait à espérer que la guerre s'en tiendrait là. Tout se passait comme si les armées se redoutaient mutuellement, comme si elles craignaient de commettre l'irréparable qui mettrait le feu aux poudres, comme si elles attendaient une intervention providentielle qui pourrait les réconcilier.

Mon père avait renoncé à prendre son congé annuel. Sans doute aurait-il pu revenir en France. Mais aurait-il eu l'occasion de rejoindre le Canada trois mois plus tard? Il ne pouvait envisager une rupture de contrat, même en invoquant la force majeure. Plus que jamais il fallait faire chauffer la marmite familiale.

Maman restait désespérément seule. Elle n'avait même pas le recours de la correspondance, car le courrier avec le Canada était devenu difficile et lent.

En décembre 1939, cependant, elle eut une grande joie. Mon frère André, que la guerre avait enlevé au couvent des capucins où il terminait ses études, allait être ordonné. Ses supérieurs avaient avancé la date en raison des circonstances. Entouré de quelques-uns de ses frères et sœurs et de sa maman, André fut ordonné dans l'oratoire privé de l'évêque de Nantes, la veille de Noël 1939. Le lendemain il célébra sa première messe dans la chapelle du couvent des capucins de Nantes, puis il vint à Kerval passer la fin de sa permission et chanta sa première grand-messe dans son église paroissiale.

En mars 1940, j'interrompis mes études qui devaient me conduire vers le diplôme d'ingénieur d'agriculture pour venir à Kerval aider mon frère François dans son élevage de volailles, qui prenait de l'extension.

Le front restait pratiquement immobile. A l'arrière, après quelques moments de stupeur, on avait oublié la guerre. Les bals avaient repris. La radio essayait bien, parfois, d'entretenir l'esprit guerrier, mais c'était pour chanter qu'on irait pendre du linge sur la ligne Siegfried. Les affiches gouvernementales entretenaient l'optimisme : avec votre vieille ferraille nous forgerions l'acier victorieux. Sous l'image d'un soldat l'arme au pied, on lisait ce réconfort : « Souscrivez, il veille. »

Le réveil du 10 mai 1940 fut terrible.

La même voix impassible du speaker emplit la vaste bibliothèque. Elle nous dit que les troupes allemandes avaient envahi la Belgique et la Hollande. Maman n'était pas là pour l'entendre. Elle était à

Cambo auprès de ma sœur Misette, et la supérieure lui annonçait que sa fille était perdue. Nous savions qu'André se trouvait à Fourmies et qu'il allait sans doute entrer dans la bataille.

Les événements se précipitèrent. Les armées belges et hollandaises, de même que les divisions françaises lancées à leur secours, ne purent résister à la formidable pression. On apprit très vite la capitulation des pays envahis et l'arrivée des troupes allemandes sur la Manche. L'armée française du Nord était encerclée à Dunkerque. La Wehrmacht était aux portes de Paris. Des colonnes de réfugiés se traînaient sur les routes. Le gouvernement s'était replié à Bordeaux.

Nous apprîmes à Kerval qu'André, simple maréchal des logis, avait conduit une colonne de soixante-quinze hommes et cent cinquante chevaux jusqu'à Creil. Là, laissant les montures, la colonne se replia sur Lorient. Nous étions sans nouvelles de Claude; sans doute était-il resté à Fontainebleau. Jean avait fait escale à Brest où il avait embarqué des chasseurs alpins à destination de Narwick. Quelques jours plus tard, il les avait ramenés. L'état-major comptait sur toutes ses troupes pour reconstituer un front de Saint-Malo à Nantes. « Il faut sauver le réduit breton », disait-on. Peine perdue. Les Allemands étaient sur la Loire. On appela le maréchal Pétain. On dit alors : « Pétain boutera les Allemands dehors ! » Mais on avait rappelé Pétain pour négocier un armistice.

Le 18 juin 1940, une voix s'éleva au-dessus de la mêlée. Elle venait de Londres. Nous ne l'entendîmes pas à Kerval, mais on nous en parla. Un général presque inconnu avait dit : « La France a perdu une bataille; elle n'a pas perdu la guerre. Il reste l'Afrique et son formidable réservoir d'hommes. »

A Kerval, nous avions suivi les faits de cette guerre comme une chose lointaine, qui concernait nos frères et nos amis, notre patrie, mais pas notre coin de terre. L'Est, c'est si loin. Et voici que la guerre était parmi nous. Dès le 17 juin, toutes les routes de la région étaient encombrées de convois militaires anglais qui se dirigeaient vers Brest. Les officiers avaient compris qu'ils ne pourraient pas embarquer le matériel et ils l'avaient abandonné dans les chemins creux. La population civile, sachant que les Allemands s'en empareraient, fit subir au matériel abandonné un pillage en règle.

Le matin du 19, Henri s'en fut au bureau de recrutement de Brest pour y demander des ordres. Il approchait de ses vingt ans et il s'inquiétait de son devoir. On lui répondit : « Restez chez vous. Si on a besoin de vous, on vous appellera. » Henri rentra, indécis et un peu écœuré.

Le même jour je m'étais rendu au bourg pour y faire quelques achats. Dans les magasins les commères colportaient les nouvelles les plus invraisemblables.

J'appris ainsi qu'un homme aux allures officielles avait parcouru le bourg en disant qu'on allait faire sauter la pyrotechnie voisine. Je rentrai, porteur de cette nouvelle.

Cette pyrotechnie, située à moins de mille cinq cents mètres de Kerval, était bourrée de poudre à canon. Maman crut que les autorités voulaient la détruire pour qu'elle ne tombe pas aux mains de l'ennemi. Elle décida de s'éloigner avec nous et pria Henri de sortir la voiture. Au moment d'embarquer elle pensa à la chapelle et aux saintes espèces. Kerval peut être détruit par cette explosion, se dit-elle, et la chapelle sera détruite en même temps. Elle se précipita, prit le ciboire, le mit sous son châle et, tenant d'une main le ciboire et de l'autre un sac contenant ses papiers importants, elle monta dans la voiture. Louise et Michel montèrent aussi. Il ne restait pas de place pour moi. Je pris le parti de m'éloigner à pied. J'allai avertir les fermiers voisins. Ils décidèrent de rester sur place et de s'abriter derrière un repli de terrain. Je les accompagnai. Les heures passèrent. L'explosion ne vint pas. A la fin de l'après-midi, les fermiers rentrèrent pour traire les vaches. Je les suivis. Lorsque j'arrivai à Kerval, maman et les siens étaient de retour. L'explosion n'aurait pas lieu, techniquement elle était impossible; de plus la quantité de poudre était telle qu'en faisant sauter la pyrotechnie on aurait rasé la moitié du département.

Maman me prit à part.

– Jacques, mon petit, tu dois partir. Les Allemands vont arriver.

Ils pourraient te prendre et t'emmener travailler pour eux dans une usine d'Allemagne.

Je ne répondis rien. J'acceptais.

J'allai chercher mon vélo au garage. Devant la porte de la cuisine, maman m'attendait. Elle me tendit deux chemises et un chandail. Je fixai le petit colis sur mon porte-bagages. Quand je me redressai je rencontrai le regard de maman. Elle avait les yeux embués. Son visage était grave. Il était comme figé, et quasi méconnaissable. Louise et Michel, en silence, vinrent se mettre debout à côté d'elle. Maman me tendit deux billets de cent francs et me dit d'une voix étonnamment calme :

– Tiens, prends cela; ce sera utile.

Et, d'un geste timide et tremblant, elle traça une petite croix sur mon front.

– Va vers le Sud, dit-elle. Essaye de t'engager dans une armée.

J'étais violemment ému. Je bredouillai :

– Ne t'inquiète pas, maman, je ferai mon devoir.

En d'autres circonstances ces mots auraient pu paraître ridicules. Mais ils signifiaient ce jour-là exactement ce que je pensais et ce que ma mère attendait. Je prenais un engagement et je ne savais pas où il allait me conduire.

En refoulant mes larmes, j'enfourchai mon vélo. Sans me retourner, je pris le chemin de l'avenue. Lorsque j'atteignis la grand-route, j'avais dominé mon émotion.

Jamais je n'aurais imaginé pareil spectacle. La route était couverte d'un double flot de réfugiés. Car les gens cheminaient dans les deux sens! Aussi loin que portait le regard, on voyait avancer lentement cette double caravane. Des voitures, littéralement avachies sur leurs quatre roues tant elles étaient surchargées, se traînaient comme si l'énorme matelas qui couvrait leur toit ralentissait leur allure. Des vieux et des vieilles poussaient des charrettes. Je vis passer devant moi, sur un charreton, une commode Louis XVI sur laquelle on avait posé la cage et le serin. Deux vieux tiraient péniblement tout ce qui restait de leur fortune et de leur affection. Des jeunes femmes tiraient une voiture d'enfant comblée de hardes pendant que le petit trottinait à pied en geignant. Des vélos s'inséraient dans la cohue. Les piétons chargés de ballots ralentissaient la circulation... Et ils ne finissaient pas de passer.

Au fond de cette poche qu'était la Bretagne, les réfugiés ne savaient littéralement plus où aller. Ceux de Brest, n'ayant pas trouvé de bateau pour les embarquer, se dirigeaient vers Quimper dans l'espoir d'en trouver. Ceux de Quimper, se disant que les bateaux devaient être plus nombreux à Brest, remontaient vers le grand port.

Quelle dérision ! Une étrange communauté de destin liait ces gens ; elle les obligeait à adopter une vitesse unique et c'était la vitesse du piéton. Je m'insérai dans la file. J'étais devenu l'un d'eux.

Quand la nuit tomba sur la campagne, la longue caravane de fourmis continua sa progression dans les deux sens.

J'avais décidé de gagner Le Faou, où nous connaissions la bouchère, Mme Bellec, chez qui maman se ravitaillait souvent. Il était tard. Mme Bellec me reçut cependant. Je lui demandai un abri pour la nuit car l'axe de ma roue avant venait de se briser.

Ma visite au mécanicien local fut décevante. Sa boutique était envahie par une foule de cyclistes en panne.

– Impossible, me dit-il, je n'ai pas le temps. Mais je puis vous donner la pièce.

Il jeta cependant le coup d'œil du professionnel sur ma bécane, s'approcha.

– Ah ! non, cela n'ira pas. Je n'ai pas cette marque !

Je retournai chez Mme Bellec. Elle m'avait trouvé une chambre. Accablé de fatigue, je m'endormis aussitôt.

Le lendemain je partis à pied vers la grand-route. C'était toujours le même spectacle. Mais le flot paraissait moins dense. Des cars, chargés au-delà des limites de la sécurité, passaient. J'interpellai deux jeunes hommes qui venaient de Quimper et qui paraissaient se diriger vers Brest d'un pas résolu.

– Vous allez vers le Sud, me dit l'un d'eux. Mais vous n'y pensez pas sérieusement ? Les Allemands sont à Châteaulin, à une dizaine de kilomètres d'ici.

Je restai songeur. Pas question de me laisser prendre par les Allemands. Comment faire pour échapper à un contrôle d'identité ?

Soudain je vis passer devant moi un car lourdement chargé qui venait de Quimper et se dirigeait manifestement vers Brest. Deux virages en S l'avaient contraint à ralentir son allure. Il ne devait pas rouler à plus de dix à l'heure. Je pris ma décision en un fragment de seconde, fis un signe d'adieu à Mme Bellec, gagnai le car à la course et, saisissant des deux mains les barreaux de l'échelle qui menait à la galerie, je me hissai sur le toit.

Déjà une bonne dizaine de jeunes voyageurs m'avaient précédé sur le toit. Le receveur fut assez discret pour ne pas venir nous demander nos billets.

Le car avançait à bonne allure. Je me dis qu'il n'irait pas plus loin que Brest et qu'après tout Kerval n'était qu'à sept kilomètres. Ce ne serait pas terrible à faire à pied. Et si je ne pouvais gagner le Sud, j'irais attendre les Allemands à la maison.

La route était presque déserte. Le car traversait de petits villages qui semblaient abandonnés : L'Hôpital-Camfrout puis Daoulas. Il abandonna la direction de Landerneau et prit celle de Brest; il dépassa Lopérhet et, après la côte, laissa sur la gauche la route qui mène à Plougastel.

Il entama la descente vers le pont et, au deuxième carrefour, il fut stoppé par un barrage de charrettes placées en travers de la chaussée. Le chauffeur du car descendit. Il n'y avait âme qui vive. Visiblement ces charrettes avaient été placées là par des soldats pour défendre le carrefour, mais les soldats, comme les réfugiés, avaient disparu. Plusieurs voyageurs descendirent de notre « impériale ». Je les suivis.

– Je me demande si j'ai le droit de franchir ce barrage, dit le chauffeur.

– Au point où on en est, dit un gars, le droit, on le prend.

Nous allions déplacer les charrettes quand je vis arriver sur la route de Plougastel une Juva bleue qui ressemblait curieusement à celle de papa. Dès qu'elle fut plus proche je l'identifiai et je reconnus Henri au volant. Je lui fis de grands signes, mais il ne me vit pas. Je courus derrière la voiture et j'appelai de toutes mes forces. Il m'entendit. Il stoppa net et je le rejoignis tandis qu'il baissait la vitre de sa portière.

– Mais qu'est-ce que tu fais là? me dit-il.

– Et toi?

Il éclata de rire. Sa présence en ce lieu était aussi insolite que la mienne. Nous étions partis la veille, lui dans une direction, moi dans l'autre; lui en voiture, moi en vélo. Et voici que, débouchant par deux chemins différents, nous nous retrouvions comme à un rendez-vous.

C'était à n'y rien comprendre – à moins de mettre certaines rencontres à l'actif de la Providence.

– Moi, dit Henri, je reviens de Plougastel où j'ai proposé à un copain de m'accompagner.

– Il a refusé?

– Oui. Mais toi, monte, si tu veux.

– D'accord.

J'embarquai sans plus attendre et, dans un nuage de poussière, nous prîmes le chemin du pont de Plougastel.

– Prends la carte, dit Henri, et dis-moi quel est le premier port où nous pourrons trouver une embarcation qui nous conduirait en Angleterre.

– Brest, ce n'est pas la peine. Le port doit être vide. Je crois qu'il vaut mieux nous rendre au Conquet.

– D'accord.

La ville où nous entrons est une ville morte. Pas une silhouette humaine. Toutes les maisons ont leurs volets clos. Les magasins ont baissé leur rideau de fer. Les poubelles pleines attendent aux bords des trottoirs. Déjà des chiens errants les fouillent, se disputent les os, et des papiers gras volent au vent. Au fond, dans l'axe de la rue, monte une flamme gigantesque, couronnée par un nuage noir qui se développe lentement sur la ville. C'est la réserve de mazout de l'arsenal qui brûle.

Où sont les habitants? Sur les routes ou terrés dans leurs maisons? Nous avançons dans la ville morte. Nous nous taisons. Henri serre les dents. Il vient de dépasser un car renversé qui gît sur le flanc comme après une révolution. Je devine son angoisse : pourvu que le grand pont ne soit pas fermé! Nous descendons la rue de Siam. Le passage est libre. Voici Recouvrance, puis Saint-Pierre, et bientôt nous sommes à nouveau en pleine campagne.

Nous nous arrêtons devant un bistrot, nous faisons des provisions, puis nous reprenons la route et nous arrivons au Conquet. Il y a du monde dans les rues. Henri s'informe.

– Sur la cale du bateau de sauvetage, on embarque les jeunes, dit un homme.

Chez un oncle qui habite le Conquet, nous allons garer la voiture. Il faut faire vite. Nous prenons congé aussitôt en lui disant :

– Nous allons tenter de gagner l'Angleterre.

Un sentier qui chemine entre les herbes folles et les ajoncs fleuris nous conduit à la rampe. Nous courons presque. Mais c'est pour nous heurter à un groupe de civils aux visages pâles et désolés. Quatre ou cinq soldats débraillés les accompagnent. Devant eux, un officier de marine, l'œil sévère, revolver au poing, interdit l'accès de la rampe. Henri s'avance pour parlementer.

– Impossible, dit l'officier, toutes les places sont réservées aux militaires.

Au large, à une cinquantaine de brasses, un chalutier semble prêt à lever l'ancre. Une chaloupe est à quai, le long de la rampe. Quelques militaires ont pris place sur les bancs, tandis qu'un matelot maintient la chaloupe à l'aide d'une gaffe. Nous observons le chalutier. On distingue de nombreuses silhouettes. Mais visiblement il reste encore de la place à bord.

Henri et moi, nous nous concertons : avec un peu de chance nous devons pouvoir embarquer sur ce chalutier.

Soudain la pétarade d'une moto déchire le silence. C'est un militaire qui dévale le sentier à une vitesse folle à bord de son engin. Il descend, pousse sa moto à la mer et parle à voix basse à l'officier. Aussitôt celui-ci donne aux militaires l'ordre d'embarquer. Il reste des places. L'officier se tourne vers le groupe des civils et clame d'une voix forte :

– Classe 40, embarquez !

Hommes, femmes, enfants, tout devient « classe 40 », et cinq minutes plus tard nous sommes à bord du chalutier qui lève l'ancre aussitôt.

La côte s'éloigne. Déjà nous ne sommes plus à portée de fusil. Mais nous pouvons voir le drapeau rouge à croix gammée qui flotte en haut du clocher du Conquet.

Il était temps.

En fin d'après-midi, notre chalutier jette l'ancre au mouillage de l'île d'Ouessant. Tout le monde est invité à débarquer. Le voyage des civils va-t-il se terminer ici? Henri et moi, nous flânons dans le port. Et soudain Henri pousse une exclamation : il vient de reconnaître son professeur de violon qui, comme nous, erre dans les rues en compagnie de sa femme. C'est un jeune couple sympathique. Ensemble nous faisons le point de la situation. M. Perrin, le professeur, a déjà pris contact avec le curé de l'endroit. Il pourra disposer de la grange du presbytère pour y passer la nuit. Nous partagerons ce refuge.

– Je ne serais pas étonné, dit M. Perrin, que la troupe profite de la nuit pour prendre le large. Soyons sur nos gardes et essayons de partir avec elle.

Le soir est tombé. Les ruelles du port restent très animées. Des soldats débraillés vont et viennent. La mer disparaît dans l'obscurité. Avant de gagner notre gîte, nous nous emparons chacun d'une bouée de sauvetage, sur le port. Deux précautions valent mieux qu'une.

Dans la grange, avant de nous étendre pour la nuit, nous convenons d'une garde que chacun des hommes montera à tour de rôle. M. Perrin prend la première.

Je suis à peine assoupi que M. Perrin me secoue l'épaule.

– Debout, dit-il, la troupe s'en va.

Nous ne perdons pas de temps à notre toilette et nous nous glissons dehors. Nous nous cachons précipitamment : une section de chasseurs alpins passe devant la maison au pas cadencé. Dès que l'officier nous a dépassé, nous nous faufilons dans les rangs.

Mme Perrin, hélas, ne connaît pas le pas cadencé. Un homme lui marche sur le pied et elle pousse un cri. L'officier se retourne :

– Une femme dans les rangs! dit-il. Voulez-vous sortir de là tout de suite!

M. Perrin ne veut pas abandonner sa femme et sort avec elle.

– Nous restons, chuchote Henri.

– Oui, oui, d'ailleurs nous vous rejoindrons.

Quelques instants plus tard nous sommes sur le pont d'une vedette que nous sentons vibrer sous nos pieds. Les explosions du moteur s'accélèrent. Le plancher oscille. D'autres moteurs répondent au nôtre. Nous nous dirigeons vers un gros cargo. Nous avons eu de la chance. Personne ne nous a repérés. Nous suivons le mouvement. Nous sommes sur le pont du *Mousse-Le-Moillec*. Ce n'est pas le *Normandie*, il s'en faut ! Mais nous trouvons une niche pour nous abriter du froid. Je n'ai qu'une chemisette sur le dos, et je ne parviens pas à trouver le sommeil.

J'assiste au lever de l'aube grise sur la mer. Le cargo, à toute vitesse, se dirige vers le nord-est. Je n'ai plus de doute. Nous allons en Angleterre.

II

Pendant la matinée je me promenai sur le pont. Mes habits civils ne semblaient pas étonner les nombreux militaires. Je m'isolai et me mis à réfléchir. Il faisait chaud depuis que le soleil s'était levé. Je n'avais ni dormi ni mangé, mais les événements qui s'étaient précipités me tenaient sous tension.

Je songeai à Misette. Maman était revenue de Cambo sans grand espoir. Je ne reverrais sans doute plus Misette. C'était tout un pan de mon enfance qui s'éloignait de moi, c'était une partie de moi-même qui se mourait à Cambo. Misette était ma grande sœur, ma sœur aînée, celle sur qui je pouvais me reposer.

Misette était un garçon manqué, bouillante, robuste, pleine de vie. On pouvait tirer sur ses nattes, elle disait : « je ne sens rien », et laissait faire. Un jour elle se brisa la clavicule. Maman ne s'en aperçut que deux jours plus tard. Pour Misette, avouer sa douleur eût marqué une déchéance. C'est Misette qui nous apprit à grimper aux arbres. Un jour que nous étions allés à Ker-Ménez, chez nos grands-parents, pour le goûter traditionnel, Misette vint nous dire placidement : « J'ai trouvé un endroit où on peut sauter d'un arbre à l'autre. » Elle emmène la ribambelle et montre le chemin. Un terrible sapin se dressait là. Elle grimpe comme un écureuil. Nous la suivons. Elle monte jusqu'à dix ou douze mètres et saute sur les branches d'un sapin voisin. Nous la suivons. Elle descend, et nous descendons comme elle. Personne ne sut jamais rien de cette escapade. Misette nous avait appris à surmonter la peur. Chère Misette, secrète, farouche! Nous l'appelions Bertha, en souvenir du canon qui avait bombardé Paris. Le surnom l'irritait. Elle se vengeait. Je me souviens de ce soir où elle s'était vengée de Claude. Elle resta impassible devant les moqueries. Puis, quand elle fut seule à la maison, elle organisa sa vengeance. Elle s'en fut dans la chambre de Claude et la vida de tous ses meubles. Elle n'y laissa que le lit-cage qu'elle replia et qu'elle inonda consciencieusement de deux brocs d'eau. Elle recouvrit le catafalque d'un drap blanc et l'entoura de quatre chandeliers empruntés à la chapelle. Elle fabriqua un squelette avec une cage d'oiseau et des manches à balais qu'elle recouvrit de tulle. Elle redescendit et nous accueillit à notre arrivée avec le sourire placide d'une conscience satisfaite. Quand Claude entra dans sa chambre, il poussa un hurlement qui ébranla les murs de granit. Misette déclara tranquillement : « C'est la vengeance de la Bertha. »

C'est aussi tranquillement qu'elle annonça un jour à maman qu'elle voulait devenir religieuse. Elle avait choisi; elle serait franciscaine de Marie.

La vie d'une famille nombreuse est tissée de ces menus faits : tendresses et bourrades, c'est le même trésor. J'étais seul sur ce pont de cargo, en partance vers l'inconnu. Pourquoi pensais-je à Misette? Parce que la même force, sinon tout à fait la même foi, nous animait.

En 1938, son noviciat terminé, Misette fut envoyée à Cayenne, professeur de piano dans une école tenue par les religieuses de son ordre. On avait compté sur son éblouissante santé. Mais elle devait revenir neuf mois plus tard, atteinte d'une anémie pernicieuse. Et elle se mourait à Cambo.

Misette, Jean, André et tous les autres, vous me demeurez présents comme Kerval, malgré ce qui rompt maintenant nos attaches. Et c'est Kerval qui me donne du courage.

J'avais faim. Je songeais aux grandes tablées de Kerval, quand on pouvait manger et boire et rire... A côté de moi un soldat était assis et piochait avec son couteau à même sa boîte de conserves. Je le regardais machinalement. Il devina mon regard.

– Tu as faim, mon petit gars, il faut manger, me dit-il.

Je sortis de ma rêverie. Je souris en silence.

Le soldat me tend la boîte et le couteau.

– Tiens, vas-y. Tu peux prendre des biscuits aussi. J'en ai en pagaille dans ma musette.

Avidement je dévore la boîte et le paquet de biscuits. Mais je n'ai rien à boire. Le soldat me devine à nouveau. Il prend son bidon et le secoue. Le bidon est vide.

– Bah ! me dit-il, tu en verras d'autres !

A bord les civils sont comptés : onze en tout, y compris un sous-officier de réserve, affecté spécial de l'arsenal de Brest. L'officier qui commande la troupe a ordonné de nous constituer en groupe militaire dont l'affecté spécial prendra le commandement. Mais cette organisation se réduit à peu de chose. Nous nous chauffons au soleil pendant les heures de l'après-midi. J'ai retrouvé Henri qui s'est débrouillé pour déjeuner, lui aussi.

Vers quatre heures, nous apercevons la terre par bâbord avant. C'est Plymouth. La rade est encombrée de bâtiments de toutes formes et de toutes tailles. Sur les quais, les grues dressent leurs longs cous mélancoliques. Des vedettes vont et viennent, déchargeant la cargaison humaine de bateau en bateau. Nous entrons en rade. Une vedette accoste, s'amarre à la coupée du *Mousse-Le-Moillec*, et deux matelots anglais hissent sur le pont des caisses de corned-beef et de biscuits.

La cuisine du bord nous prépare du thé. La distribution commence. Je n'ai même pas de quart. Qu'à cela ne tienne, une boîte de conserve vide fera l'affaire. Ce petit repas nous réconforte.

Après une nuit passée à bord, nous prenons notre petit déjeuner de la même façon.

On entend un ordre :

– Les civils, à la coupée !

C'est pour nous. Dix minutes plus tard, nous mettons le pied sur le sol anglais.

Des gens se pressent en haut de la rampe. Nous sommes accueillis par leurs sourires. Une double haie de policemen nous fait un passage. Et nous entrons dans le hall de la gare maritime de Plymouth. L'immense bâtisse résonne de la voix des haut-parleurs qui lancent des messages dans une langue inconnue.

Des rangées de chaises vides nous attendent. Nous nous asseyons. Des hôtesses de la Croix-Rouge passent, portant sur les bras des plateaux lourdement chargés de tranches de cake, de sandwiches, de tasses de thé fumant. Peu après passe un charreton rempli de vêtements. L'hôtesse y choisit pour moi un pull-over et une veste. Un interprète me permet de remercier.

Une heure après notre arrivée, réchauffés et réconfortés, nous sortons du hall. Une file d'autobus nous attend. Ce sont les fameux autobus à impériale, bariolés d'affiches, qui font penser à des chars de carnaval. Je grimpe à l'impériale. Nous traversons des rues animées, bordées de maisons en briques rouges.

Les bus, l'un après l'autre, s'engouffrent dans une immense cour entourée de bâtiments peints à la chaux. Nous sommes arrivés. Des gens en foule viennent nous accueillir. J'entends des voix françaises.

Soudain je reconnais, parmi les inconnus, deux camarades de l'École d'agriculture, Derrieu et Viard. Je fais signe à Henri, et nous nous éloignons tous quatre. Exclamations, congratulations.

– Ici, qu'est-ce que c'est? dis-je.

– Un asile de fous, mon cher, dit Viard en me tapant sur l'épaule. Mais j'ai repéré les lieux. Nous allons vous trouver un lit, pour ton frère et toi. Suivez-moi.

Viard nous entraîne à sa suite dans un dédale de corridors pour nous introduire enfin dans un vaste dortoir. Les lits impeccables, garnis de draps blancs, nous réconfortent. Il fera bon dormir là-dedans après deux nuits sans sommeil.

Puisque nous sommes en Angleterre, les douches ne manquent pas. Je fais une toilette minutieuse. J'en avais grand besoin. Le *Mousse-Le-Moillec* était, dans le civil, transporteur de charbon et j'étais noir comme un mineur de fond après huit heures de travail.

Le lendemain, les mêmes bus viennent nous prendre. Ils nous conduisent à la gare. Nous embarquons dans des trains de voyageurs Sept par compartiments, la huitième place étant réservée à un soldat en armes. Fichtre, les Anglais prennent leurs précautions. Ils n'ont pas tort : des éléments de la cinquième colonne pourraient très bien se trouver parmi les réfugiés.

Le soir, nous sommes à Londres. De nouveau, sandwiches, cakes et *cup of tea*. De nouveau les autobus à impériale. De nouveau un grand bâtiment où nous retrouvons Viard qui faisait partie d'un convoi précédent. Par contre, dans notre nouveau gîte, il n'y a pas de draps.

Nous allons passer quelques jours dans ce bâtiment, une école en vérité, Everley School, livrés à l'attente et à l'inaction.

Nous sommes le 24 juin. J'ai quitté Kerval depuis cinq jours. Il me semble que Kerval est loin dans le temps et dans l'espace. Il est d'autant plus proche de mon cœur.

Je déambule dans les cours, j'attends et je m'ennuie. Là-bas, maman et les deux plus jeunes, avec François, sont seuls dans l'immense demeure. Je les revois dans chaque pièce, dans la cour, le long des allées. Je revois les années passées.

A Kerval, quand j'étais enfant, nous passions le plus clair de nos vacances aux corvées communautaires. La corvée d'eau est la plus mémorable. Les rôles, soigneusement distribués par papa, envoyaient les uns, chaussés de gros sabots, jusqu'à la source d'où ils ramenaient l'eau dans de vastes récipients, tandis que les autres, au seuil de la cuisine, transvasaient le précieux liquide dans des brocs qu'ils devaient répartir dans les chambres. La corvée de désherbage nous faisait transpirer sur une caillasse intraitable dont papa avait eu l'idée de recouvrir les allées. C'est fou ce que les herbes folles peuvent pousser parmi les cailloux, c'est fou ce que l'eau fraîche peut être éphémère ! Pourtant, malgré le travail, les disputes et les bourrades, c'était le bon temps, et Kerval reste le lieu de mes délices.

Je revois la grande bibliothèque, où l'annonce de cette guerre est venue nous rejoindre. C'est nous qui l'avons faite. Non pas faite, mais dégagée, ce qui revient presque au même. La vieille tante qui avait habité le manoir avant de le céder providentiellement à mes parents (ce qui leur économisait un loyer) avait transformé la bibliothèque en trois chambres avec des cloisons en briques. Une des cloisons venait couper la cheminée monumentale. Quelle joie le jour où papa nous demanda d'abattre les cloisons ! J'entends encore résonner les marteaux, j'ai encore sur les lèvres le goût de la poussière. Quel bonheur de faire du feu dans la cheminée ! Hélas, elle avait enfumé toute la pièce. Heureusement papa avait découvert les pierres plates que la tante prévoyante avait fait placer sur la cheminée pour empêcher les corneilles de venir y nicher. Aussi, le soir de Noël, nous avions pu allumer la bûche – tout un tronc qui devait brûler jusqu'à la Saint-Sylvestre. Papa était parmi nous ce soir-là. Nous étions autour de lui pour le réveillon. Nous avons mangé aux chandelles. Nous avons bavardé, ri et chanté. Nous étions au paradis.

Heures bénies de Kerval !... Ces heures de joie et ces heures de peine tissent les jours du passé. Où sont Jean, Claude, André ? Maman doit s'inquiéter en silence, pendant les soirées soudain longues, penchée sur son tricot. Et Kerval est peut-être noyé sous la marée des troupes ennemies.

Si j'ai gagné Londres, si j'ai voulu continuer la guerre, c'est pour retrouver Kerval libre, pour défendre la France, et la France, pour moi, c'est Kerval, c'est le rire de papa, la tendresse de maman, la connivence chaude et bourrue de mes frères et de mes sœurs.

Que cette inaction me pèse !

Henri et moi, nous avons eu la même idée : écrire au Canada, pour demander à être enrôlés dans l'armée canadienne française. En même temps, nous mettrons papa au courant de notre présence à Londres et de nos projets. Nous envoyons les deux messages. Nous sommes un peu plus calmes et confiants. Pendant que Kerval est isolé, nous, qui avons la chance d'être libres, nous ferons quelque chose dans cette guerre. Il ne reste qu'à attendre les réponses.

Pendant quelques jours, nous essayons de calmer notre impatience en faisant des belotes, en resquillant un repas supplémentaire, en bavardant... Mais bientôt, un événement imprévu allait tout changer.

Viard a ouvert la porte et est entré en coup de vent. Il interrompt ainsi une partie de belote.

– Alors quoi, les gars, vous n'avez pas entendu ? Rassemblement de tous les Français dans la cour.

– Dans la cour ? Pour quoi faire ?

– Je ne sais pas. Il y a un officier français qui veut nous parler.

Un officier français? Qu'est-ce qu'il veut celui-là? L'armistice est signé. Il va se faire arrêter s'il garde son uniforme.

– Allez, quoi, venez, dit Viard. On verra bien.

Dans la cour, nous trouvons sept à huit cents jeunes gens rassemblés devant un capitaine qui fait les cent pas. Il attend manifestement l'arrivée des traînards.

Soudain il s'immobilise et frappe dans ses mains. Un silence prodigieux s'établit dans la cour. Et l'officier parle.

Il confirme l'armistice. Il nous dit quelle est notre situation. Il a des mots très durs pour la capitulation qu'il appelle une lâcheté. Il fait vibrer notre patriotisme. Il nous dit enfin qu'un général français, qui s'appelle de Gaulle, est à Londres, et qu'il a décidé, d'accord avec les autorités britanniques, la création d'une Force française libre, qui se battra sous drapeau français, aux côtés de l'Angleterre, contre l'Allemagne.

Les derniers mots de cette apostrophe énergique sont salués par une formidable acclamation. Les jeunes qui se morfondaient viennent de retrouver l'espoir. Ils sont libres, et libres de se battre. Et la *Marseillaise* s'élève, guerrière, formidable, inoubliable.

Les jeunes se ruent vers l'officier pour s'inscrire. Ils considèrent comme un honneur d'être inscrits parmi les premiers. Des garçons qui n'ont pas dix-huit ans feignent d'avoir perdu leurs papiers d'identité pour n'être pas refusés. C'est l'enthousiasme.

Un fonctionnaire de l'ambassade de France tente de s'interposer.

– Savez-vous qui est de Gaulle? demande-t-il. De Gaulle, c'est Blum.

Les jeunes se moquent éperdument des noms. Ils ne connaissent pas de Gaulle. Ce qu'ils connaissent, c'est leur désir de se battre.

Henri et moi, nous hésitons. Si nous nous inscrivons, que deviendra notre demande auprès des autorités canadiennes? Et nous voyons partir avec mélancolie plus de sept cents des jeunes du camp.

Dès les premiers jours de juillet, nous sommes transférés au camp des réfugiés de l'Impress Hall. L'ambassade canadienne ne répond toujours pas. Papa nous a télégraphié : « Que Jacques s'engage et qu'Henri vienne me retrouver ici pour terminer ses études. » Papa ne connaît pas la situation comme nous.

– Terminer mes études, dit Henri, il n'en est pas question.

Le 13 juillet, un officier de marine des F.F.L. vient faire un nouvel appel à l'Impress Hall. Les rares jeunes gens qui s'y trouvent répondent *présent* et montent dans la camionnette. Nous sommes du nombre.

Quatre jours plus tard, sac au dos et l'arme à la bretelle, nous faisons nos premières marches d'entraînement.

L'entraînement sera long et sévère. Mais nous sommes tous désireux de servir, et nous acceptons volontiers cette vie nouvelle.

En janvier, trois compagnies sont constituées : un peloton d'EOR où est affecté Henri, un peloton de sous-officiers et un peloton d'élèves mécaniciens. Ce peloton est celui des sans-grades. J'y suis naturellement versé.

En mars, une promotion de sous-officiers termine ses cours. La plupart partent pour Brazzaville où ils encadreront les troupes noires. En août les chauffeurs mécaniciens doivent les rejoindre.

Je demande au colonel de ne pas suivre ce mouvement pour ne pas être séparé d'Henri qui doit encore terminer son instruction dans le peloton d'EOR. Le colonel dit oui. Je ne dois pas attendre longtemps. Dès les premiers jours de septembre, Henri est nommé aspirant. Nous partons pour la Syrie.

Nous arrivons à Beyrouth pour y fêter Noël 1941. Ensuite, Henri est affecté au B.M. 3 à Lataquié, tandis que je pars rejoindre le 1er spahis à Damas.

Ce régiment de cavalerie est motorisé et nous sommes soumis à un entraînement intensif qui doit nous familiariser avec les automitrailleuses. En avril, nous recevons l'équipement « colonial ». Nous devions apprendre plus tard que nous avions failli ne jamais le recevoir et partir pour la Russie au lieu de prendre le chemin de l'Afrique. Nous ne savions rien des difficultés qu'éprouvait le général de Gaulle pour que les Britanniques donnent aux troupes françaises une place au combat.

Nous avons touché nos nouveaux uniformes et rendu nos battle-dresses de chaude laine. Nous avons chargé les camions. Nous sommes prêts.

Un matin à cinq heures, la porte de la chambrée s'ouvre brutalement.

– Debout, là-dedans crie le margis de semaine.

Le soleil se lève déjà au-dessus de la grande mosquée de Damas et, du haut du minaret, le scherr, de sa voix nasillarde, appelle les fidèles à la prière.

Le calot rouge sur l'oreille, nous nous rendons au rassemblement. Et bientôt le convoi s'ébranle. Curieux départ que celui de cette unité motorisée de spahis qui part pour les zones d'opération, chargée dans des camions comme une simple unité d'infanterie. Où est le matériel blindé, où sont les chars, et ces automitrailleuses qui nous ont valu quatre mois d'entraînement? Cette question finira bien par trouver sa réponse. Mais la devise du parfait deuxième classe est d'application : « Heureux celui qui a compris qu'il ne fallait pas chercher à comprendre. »

Pour l'instant, tout ce qu'on nous demande, c'est de nous laisser bercer par la Chevrolet qui nous emmène vers le Sud, boitant d'un ressort sur l'autre comme un vieux cheval qui part chez l'équarrisseur.

La Ford du capitaine ouvre la marche, conduite par un Tcherkess au nez en bec d'aigle, coiffé d'une toque d'astrakan. Le Dodge de dépannage est en queue de convoi. Il aura bientôt fort à faire, tant est précaire le matériel automobile qui nous emmène en Libye.

Nous avons dépassé les derniers cubes blancs des petites maisons damasquaises. Voici l'aérodrome qui dresse sa tour de contrôle comme un minaret, au milieu des hangars dont les toits d'aluminium étincellent sous la vive lumière. Et tout de suite, c'est le désert qui commence avec ses cailloux et sa végétation rachitique. De loin en loin, une petite oasis, faite de quelques maisons toutes pareilles.

La colonne a franchi la frontière de Palestine, et soudain le paysage change : le désert a fleuri ! Nous en avons le souffle coupé. Le lac de Tibériade étend devant nous sa splendeur bleue. On dirait que l'eau reflète, jusqu'à l'horizon, le bleu translucide du ciel. Sur les collines, le vert tendre des prairies s'allie au vert plus appuyé des forêts. De minuscules maisons blanches accrochent, par endroits, le regard qui glisse sur cette mouvance de vert et de bleu. Tous les garçons regardent, silencieux, émerveillés.

Le camion tombe en panne au bord du lac et, pendant des heures, nous pouvons nous rafraîchir le regard à cette vision. La nuit est tombée quand le Dodge dépanneur nous rejoint.

Nous ne verrons pas la montagne des Béatitudes, ni Capharnaüm, ni Cana, ni Nazareth, car nous somnolons, cahotés par l'avancée pénible du camion. Mais je sais que nous refaisons le chemin de Celui qui vint apporter la Bonne Nouvelle aux hommes, il y a deux millénaires. Et parfois, le cœur serré, je regarde en soulevant la bâche ces villages endormis sous la lune, où jadis Il a passé, prêchant, guérissant, convertissant.

Le lendemain, nous retrouvons le désert qui précède Ismaïlia et je crois voir dans un mirage trotter le petit âne chargé de son précieux fardeau, conduit par un ouvrier charpentier qui, comme nous, se rend en Égypte.

Nous campons dans le désert et, le 3 mai, nous arrivons au Caire, où nous établissons nos quartiers au pied des Pyramides de Gizèh.

Après deux ou trois jours de pause, l'escadron reprend la route, mais le premier peloton, auquel j'appartiens, reste au Caire pour garder quelques canons antichars que nous avons amenés avec nous depuis Damas.

Une semaine plus tard, nous rejoignons notre unité et, d'étape en étape, nous traversons Alexandrie, Sidi-Barani, Soloum, Marsa-Matrou, pour arriver enfin à Bardia. Autant de lieux que les combats ont déjà rendus célèbres, et je suis presque étonné de voir que d'aussi petites localités puissent porter d'aussi grands noms.

A quatre-vingts kilomètres à l'ouest de Bardia, c'est Tobrouk, et au sud, à quelques dizaines de kilomètres, c'est Bir-Hakeim, un nom encore inconnu. Mais déjà Rommel lance ses divisions à l'assaut des positions anglaises et déclenche l'attaque qui rendra ce nom immortel. C'est à Bir-Hakeim que la 1re brigade de la France libre, commandée par le général Kœnig, a pris ses positions de combat. C'est là que, pour la première fois depuis juin 1940, des Français vont affronter les troupes allemandes.

L'état-major de la 8e armée britannique, dont dépend la brigade, a demandé au général Kœnig de tenir huit jours. Mais les Français libres repousseront les assauts des chars de Rommel pendant dix-sept jours. Et la brigade sera complètement encerclée par les troupes allemandes lorsqu'elle recevra l'ordre de se replier.

Pendant ce temps, nous restons à Bardia, avec la 2e brigade. Des signes importants ne nous échappent pas. Les convois montent vers le front, de plus en plus nombreux. De longues files d'ambulances en reviennent. Nous savons que la bataille fait rage. Nous savons aussi que nous n'y serons pas engagés, faute de matériel. Un nouveau signe : l'ordre nous est donné de nous replier sur Sidi-Barani, bientôt suivi d'un nouvel ordre qui nous oblige à revenir au Caire. Nous campons au pied du sphinx, qui pose sur nous le regard énigmatique de son œil de pierre.

En juillet, nous recevons enfin le matériel anglais tant attendu. Et nous consacrons plusieurs semaines à nous familiariser avec lui.

Deux événements heureux marquent ce séjour : le 1er spahis participe au défilé que les autorités françaises ont organisé pour le 14 juillet, et quelques jours plus tard, j'ai la permission d'aller voir Henri, qui, muté à la 101e compagnie du train, commande une section auto et cantonne à quinze kilomètres de mon camp.

Et la veille du 15 août arriva.

Ce soir-là j'ai connu un profond débat intérieur.

Depuis quelques jours, les visages étaient plus graves. On devinait que les gars étaient tendus intérieurement, et soi-même, on parlait moins. Nous n'avions pas encore reçu d'ordres, mais nous savions, par une sorte de prescience, que nous allions bientôt monter en ligne pour y connaître le combat et peut-être la mort.

Ce soir-là je me tournais et me retournais dans mon sac de couchage. Était-ce la chaleur qui me tenait éveillé, ou la certitude du grand engagement proche? Depuis mon départ de Kerval, j'avais vécu une grande aventure, j'avais voyagé, j'avais vu des pays étrangers et d'étranges paysages, j'avais de nouveaux camarades, j'avais parlé à des inconnus. La guerre c'était surtout cet extraordinaire dépaysement. Je n'avais connu qu'une souffrance : la rareté des nouvelles. Trois messages de la Croix-Rouge, c'est tout ce que nous avions reçu. Sans doute, maman et les siens, à Kerval, étaient en bonne santé, les soldats étaient sains et saufs, mais Misette était morte à Cambo. Les rares nouvelles de papa étaient vieilles de trois mois quand elles nous arrivaient. Notre marraine d'Angleterre, que nous avions surnommée tante Vive, nous écrivait souvent. Mais rien ne pouvait remplacer une lettre de maman.

Et ma pensée retournait avec violence vers maman. Demain, c'est le 15 août, c'est la Sainte-Marie, c'est la fête de maman. Je compris soudain quelle place maman tenait dans ma vie.

Je n'aurais pas su dire ce que maman représentait pour moi : Maman, c'est maman. Dans cette simple phrase naïve, j'enclos tout le mystère de cette relation entre la mère et le fils, qui ne sera jamais dévoilé. Je me souviens sans doute des taloches, des gronderies, des réprimandes sévères : « Jacques, prends ton tabouret et ton assiette et va te mettre à genoux au coin. » Mais je me souviens aussi de son regard, le soir, quand elle venait nous border, de ses gestes précis quand elle retrouvait un de nos chers objets égarés ou quand elle nous consolait devant un jouet cassé. Je l'aime autant pour sa sévérité que pour sa tendresse et tout m'est cher dans ces souvenirs, car tous me parlent de maman.

Je la revois à sa machine à coudre, fabriquant des pantalons de velours côtelés ou des vareuses de gros drap bleu comme celles des marins – des vareuses parce qu'elles n'ont ni revers ni boutonnières. Neuf enfants à vêtir, à nourrir, à « élever », c'est pour la maman une présence constante, une attention de tous les instants.

Pour la troisième fois, je serai absent le jour de sa fête. J'en suis triste. Pourtant, je l'imagine, le jour où je rentrerai, debout sur le perron, les bras tendus pour l'accueil, le visage rayonnant d'amour sous la douce lumière de Bretagne.

Mais je vois que son visage s'assombrit. Je viens à elle en courbant la tête. J'ai honte. Quelque chose désormais nous sépare : elle va savoir que je ne suis plus le garçon chrétien qu'elle avait formé.

Depuis mon départ de France, j'ai abandonné insensiblement la prière, les sacrements, toute pratique religieuse. Comment cela s'est-il fait? La messe, c'est assommant. Les copains rient de la messe et de ceux qui y vont. « La messe, c'est une affaire de bonne femme. » Ou celui-ci : « J'ai assisté à trop de messes quand j'étais enfant de chœur; j'en ai jusqu'à la fin de mes jours. »

Pendant toute mon enfance, j'ai connu les « instituts religieux ». J'y ai parfois souffert, mais j'y ai connu des moments de grande joie, comme à Braspart, où les éducateurs me faisaient confiance, où j'ai grandi heureux et libre. Partout, mes camarades étaient chrétiens, les éducateurs étaient prêtres. Nous adhérions au christianisme d'un mouvement naturel. Aucune option ne nous était offerte. Je me demande si j'étais armé pour faire face au scepticisme des autres. Il me semble que je suis comme une plante brusquement transplantée d'une serre chaude à l'air libre et qui n'a pu s'adapter à un autre climat.

Et si, très simplement, je m'étais laissé aller, sans réfléchir? Si c'était de la paresse? Pour la première fois je me pose très sérieusement la question fondamentale : Dieu existe-t-il?

S'il existe, je l'ai abandonné. Mais s'il n'existait pas? Que puis-je répondre?

De nouveau, je songe à mes parents, à mon père, cet homme de haute stature, fort, énergique, intelligent, à maman, à sa tendresse, à son attention sévère, à sa douceur. Je les revois travaillant et peinant. Ils y croyaient. Pour placer neuf enfants dans des institutions religieuses, ils ont dû se donner du mal. Ils avaient dû y dépenser une petite fortune. Et ils n'étaient pas riches. Cette volonté de donner leurs enfants au Christ s'est traduite pour eux par de longues heures de travail au fil de leur vie. La foi de leurs enfants, c'était le prix de leur sacrifice. Où donc mes parents ont-ils puisé la force de consentir ce sacrifice? Dans leur foi. Connaissaient-ils donc ce Dieu que je ne connais pas?

J'ai vingt ans et je me sens soudain très jeune, comme un enfant devant eux. Cette expérience de la vie que je ne possède pas, mes parents l'ont sûrement conquise. Qui suis-je pour répondre à la légère par un non désinvolte à cette question capitale?

A moins que je ne me dérobe par lâcheté... Serais-je vraiment un lâche? Non, je ne suis pas un lâche. Demain je partirai pour le front, je me battrai, demain, il me faudra bien affronter la mort avec courage. Et demain peut-être je verrai ce Dieu de mes parents...

Demain, c'est le 15 août, c'est la fête de maman. Demain, j'irai à la messe.

La tente est restée grande ouverte. Le silence est oppressant. De temps en temps le ronflement d'un dormeur déchire ce silence total et le rend moins angoissant. Je vois un pan de ciel, criblé d'étoiles. La nuit est chaude. Je me retourne encore dans mon sac de couchage. Demain, je mourrai peut-être, mais j'irai à la messe. Maman, c'est ta fête, Marie, c'est votre fête. Et la paix m'envahit soudain. Je me détends, je tombe dans le sommeil. Dans un rêve, je revois Kerval inondé de soleil, maman sur le perron, qui me tend les bras. Et son visage est plus beau que jamais.

Jusqu'en septembre nous attendrons, jour après jour, le moment de monter au front.

Juillet avait vu se reformer la résistance anglaise dans le goulot d'El-Alamein, étroit passage resserré entre la dépression de Katara et la mer. Rommel, lancé depuis Bir-Hakeim, s'y était brisé. Il profita de ce répit pour panser ses plaies et regrouper ses forces, avant de lancer un nouvel assaut qui, selon ses plans, le conduirait au port d'Alexandrie et au Nil.

Le 31 août, il croit le moment venu. Mais les Alliés ont décidé de reprendre tout le nord de l'Afrique. La 8e armée britannique a reçu l'ordre de refouler Rommel et de détruire ses forces. Les États-Unis, qui viennent d'entrer en guerre, préparent fébrilement un débarquement au Maroc. Les temps ont changé.

Nous ignorons ces préparatifs et cette orientation nouvelle de la guerre. Pendant les derniers jours d'août, notre unité fait mouvement et vient se placer dans la zone de combat.

Depuis plusieurs jours, nous campons sur les hauteurs d'Alexandrie. On y a aménagé plusieurs aérodromes et nous sommes commis à la garde de ce terrain.

Pendant toute la journée le vent de sable souffle sans arrêt. Nous vivons dans la poussière jaune. On ne voit pas à dix mètres devant soi. Nous respirons du sable, nous mangeons du sable. Nous en avons dans les yeux et sur les lèvres, dans le corned-beef, dans le thé, partout. Mais c'est un camouflage idéal, et le Q.G. se moque bien des inconvénients de cette vie. Il ne nous a pas demandé notre avis. Le soir, le vent tombe et nous passons une nuit paisible. A l'aube, il fait beau. La rosée de la nuit a recouvert le sable et le vent ne parvient pas à le soulever. C'est le meilleur moment de la journée. Mais bientôt le désert scintille, le soleil se lève et dissipe la rosée. Le nuage de poussière s'élève aussitôt et ne retombera pas avant la nuit.

Le 31 août, à la tombée du jour, l'alerte est donnée. Les moteurs des automitrailleuses ronflent aussitôt. Nous levons le camp. Nous nous éloignons du terrain que les bombardiers vont prendre comme cible. Nous nous préparons à intervenir contre d'éventuels paras.

Il n'y a pas de lune, nous patrouillons dans l'obscurité. Nous entendons les premières bombes : le piqué des stukas. Puis les explosions se rapprochent, se multiplient. L'immensité du désert est remplie par ce bruit étourdissant. Pendant toute la nuit, nous serons au centre du vacarme : le hurlement des avions qui piquent, l'explosion des bombes et les abois fébriles de la D.C.A. Autour de nous, à des distances difficiles à imaginer, de vives lueurs trouent les ténèbres. Et chaque fois, après l'éclair terrible, les explosions qui ébranlent l'air.

Quand l'aube se lève, le silence et la paix ont repris leur empire dans le désert. Et nous sommes très surpris de voir que cette nuit infernale a fait très peu de dégâts. Mais des carcasses d'avions gisent sur le sable, tordues, éclaboussées d'huile et de sang. Nous identifions les spitfires et les stukas.

Pendant trois nuits consécutives, l'attaque allemande se déchaîne. Rommel veut forcer le passage. Il lance ses divisions à l'assaut avec furie. Montgomery, le nouveau commandant en chef des troupes alliées, en possession des plans du haut état-major, donne l'ordre aux premières lignes de ne pas céder un pouce de terrain et de se faire tuer sur place. L'attaque de Rommel est repoussée. Le calme revient. Il sera de courte durée.

Un matin, sur la piste balisée par le génie, le 1er spahis monte vers le front.

Nous avançons très lentement. La route est mauvaise et nos automitrailleuses ne sont pas faites pour un sol aussi tourmenté. Chaque véhicule soulève un énorme nuage de poussière qui n'est pas encore retombé quand arrive la voiture suivante. Je dois conduire dans un brouillard intense. Il m'arrive de freiner pour m'arrêter pile quand je suis près de buter sur une voiture immobilisée et que je n'ai découverte qu'au dernier moment. Nous sommes tous terriblement secoués. Personne ne peut distinguer la piste. On conduit au petit bonheur. La poussière pénètre partout, dans les yeux, le nez, la bouche, et laisse sur les lèvres un goût amer. Dans la voiture même, l'obscurité est si dense que je n'aperçois même pas, quand je me retourne, les jambes de Thomas, debout à cinquante centimètres derrière mon dos. Bien que nos engins soient climatisés, nous sommes en nage; la chaleur est torride. Le sable colle à la sueur et nous portons des masques jaunes, striés de brun, qui nous donnent un aspect terrifiant.

Parfois, un char double notre convoi, augmentant encore, s'il est possible, la densité du brouillard de sable.

Vernoux, assis à côté de moi, me montre le char et fait une grimace. Je le comprends. Nos automitrailleuses ne pèseraient pas lourd dans un combat avec les chars. Nos engins ne sont armés que pour combattre des fantassins. Il est vrai que notre rôle est d'observer, d'informer, puis de décrocher sans accepter le combat.

Notre force, c'est notre mobilité, non notre armement ou l'épaisseur de notre blindage. Or, si nous sommes attaqués par des chars, ils auront tôt fait de nous rejoindre. Et je ne donnerais pas cher de notre peau dans un combat contre eux.

Mais ce n'est pas le moment d'imaginer l'avenir. J'ai assez à faire avec le présent. Et le présent, c'est de tirer le meilleur parti possible de cette randonnée infernale dans un nuage de sable.

Quand le soir tombe, nous avons parcouru plusieurs dizaines de kilomètres et nous avons l'ordre de disperser les véhicules dans les dunes. La colonne a roulé pendant six heures dans un cahot ininterrompu. Nous avons les os brisés; nous sommes vidés par la fatigue.

Le lendemain, nouvelle avancée, et le soir, nouvel ordre de dispersion. Nous quittons nos automitrailleuses, encore plus las que la veille. Une odeur de charogne plane autour de nous. Les combats ont dû se dérouler ici les jours précédents.

Nous avons atteint le deuxième champ de mines qui sert de seconde protection à quelques kilomètres des avant-postes. Chaque nuit, un peloton est désigné pour la garde devant les barbelés. Ce sera notre tâche pendant une semaine.

Un jour, nous creusions dans le flanc de la dune une excavation pour y abriter notre blindée. Plus loin, derrière la dune, des hommes s'affairaient autour d'un énorme tas de mines et des véhicules manœuvraient. Soudain une formidable explosion nous cloua sur place. Nous n'avions pas eu le temps de faire un geste. Simplement nous avions littéralement rentré la tête dans les épaules. Pendant quelques instants nous fûmes plongés dans un nuage de sable. Et quand le nuage se fut dissipé, nous vîmes que les mines, les hommes et les camions s'étaient volatilisés. Il ne restait rien. Le sol était plat comme la main.

J'entends encore résonner dans le silence la voix d'un vieux baroudeur :

– Voilà des gars qui n'auront pas besoin de cercueil pour leur enterrement.

J'en fus choqué. J'étais encore tendre. Je devais encore apprendre qu'à la guerre on se familiarise avec la mort et qu'on n'a qu'un souci, celui de ne pas mourir. Est-ce un mégot lancé par hasard, une caisse de mines manipulée maladroitement qui furent cause de la catastrophe? On ne le saura jamais.

Mais, ce soir-là, l'aumônier dit la messe pour vingt-trois disparus...

A la fin de la semaine, nous faisons mouvement. Nous traversons le champ de mines que nous venons de garder. Nous traversons ensuite un dédale de dunes, de falaises, de collines d'un jaune uniforme, le jaune du sable, de la poussière de sable. Et dans ce paysage jaune s'agite une population de guerriers, jaunes eux aussi, qui peinent sous le soleil. De loin, ils se confondent avec le sol et on s'étonne de les voir bouger.

Nous prenons position devant un nouveau champ de mines. L'endroit a la forme d'une demi-cuvette ouverte vers l'ennemi. Sur notre droite, une chaîne de collines nous empêche de voir les unités britanniques qui ont pris position. Au-delà du champ de mines, c'est le no man's land, et plus loin encore, les positions italiennes.

Un matin, nous décidons de nettoyer notre blindée. Elle a beaucoup souffert du banc de sable. Thomas s'occupe du fusil mitrailleur et je m'occupe des roues.

Pendant que nous travaillons, plusieurs détonations nous font lever la tête. Au-dessus de la colline, sur la droite, les petits nuages des obus de D.C.A. se forment spontanément, presque au ras du sol. Deux avions allemands débouchent soudain et foncent droit vers nous. Thomas, qui en a heureusement terminé avec son travail, met son arme en joue, et je me planque derrière la roue avant. Mais Thomas fait une fausse manœuvre et la rafale ne part pas. Le pilote allemand a de meilleurs réflexes et nous arrose copieusement. Deux petites bombes se détachent du fuselage. Elles sont pour nous. Non !... Il a tiré trop long. Elles sifflent au-dessus de nos têtes. On les toucherait presque de la main. Elles vont exploser dans le sable à plus de cent mètres, sans causer de dégâts. Une balle, passant sous la voiture, déchire un chiffon à trente centimètres de mes yeux, une autre explose sur le capot, étoilant le pare-brise. Un livre qui traînait là a été transpercé d'une balle. C'est *La Gerbe des forces* de Chateaubriand ! Ironie...

Je me relève. Thomas, qui a pris la rafale en plein, n'a pas une égratignure. Nous en sommes quittes pour la peur. C'est notre baptême du feu.

Quelques instants plus tard, notre chef de peloton, le sous-lieutenant Gourlaouen, vient vers nous.

– Préparez-vous, les gars, nous allons faire une patrouille.

Aussitôt la voiture est prête. La blindée du sous-lieutenant ouvre la marche, suivie de celle de Floch. La nôtre suit.

Après les champs de barbelés, nous prenons une formation déployée. Nous progressons lentement, par bonds successifs, de dune en dune.

Soudain nous voyons la voiture du sous-lieutenant s'immobiliser derrière une dune. Notre chef de peloton nous fait signe de nous planquer. Bientôt il quitte sa voiture pour venir vers nous.

– Vous avez vu, là-haut, sur la butte? dit-il très vite.

Nous regardons. Un affût de canon se dresse dans le ciel.

C'est étrange. Un poste de D.C.A., ici? Pour protéger quoi, grand Dieu? Nous vérifions nos revolvers, prenons nos grenades et, à pied, de roche en roche, nous montons vers la butte. En arrivant au sommet tout le monde éclate de rire. L'affût de canon n'était qu'un fossile d'arbre.

Un peu confus de notre bévue, nous regagnons nos véhicules et, patrouille terminée, nous revenons à nos positions de départ.

C'est le 23 octobre. Nous avons cassé la croûte, nous préparons notre couchage. La nuit est tombée. Mais nous devinons, depuis une heure ou deux, une agitation insolite. Gourlaouen survient et crie :

– Tout le monde en voiture!

L'ordre est exécuté aussitôt.

C'est une nuit de lune. La lumière est si vive qu'on y voit comme en plein jour. Nous nous engageons dans le passage du champ de mines. Notre peloton n'est plus seul. Nous distinguons d'autres silhouettes d'automitrailleuses, d'autres encore : tout le régiment nous accompagne. Les autocanons, les chars nous suivent dans l'étroit passage et nous dépassent. C'est une progression lente d'engins qui rampent sur le sable, projetant leurs ombres fantastiques sous la lumière bleutée. Tout le régiment est en branle.

Je réfléchis tout haut :

– Mais l'infanterie nous a précédés. Par où a-t-elle pu passer? Je n'ai pas vu de fantassin dans la trouée.

La voix de Thomas, derrière moi, répond tranquillement :

– Il y a peut-être d'autres voies.

Nous progressons ainsi pendant deux heures, et enfin nous recevons l'ordre de prendre la formation en étoile, autour du *command-car* du commandant de Kerizouet. Nous sommes affectés à la garde de l'état-major du régiment.

La vraie bataille d'El-Alamein vient de commencer.

Nous sortons des voitures.

A quelques mètres devant nous s'étendent les barbelés du champ de mines italien. Il est parallèle au nôtre. Il est orienté nord-sud.

Vers l'ouest, se dresse une haute falaise au milieu des ondulations de sable. Au-dessus de cette falaise, l'ennemi. La lumière de la lune est si forte que la muraille rocheuse nous paraît vertigineuse. Et pourtant nous pouvons distinguer les fantassins qui ont entrepris l'escalade. Notre artillerie pilonne les lignes ennemies. Les roches, les dunes et les falaises qui nous entourent répercutent les détonations à l'infini. Nous sommes au centre du vacarme. Et soudain le bruit cesse. On n'entend plus que les rafales des armes automatiques.

– Les copains ont dû arriver sur la crête, me dit Thomas. Ils se battent à la baïonnette et à la grenade.

En haut de la falaise, les balles traçantes rayent le ciel clair de leurs traits blancs. La lutte doit être acharnée.

Une partie du 1er spahis participe au combat. Il protège l'infanterie sur son flanc gauche et se bat contre les tanks.

La fin de la nuit arrive. Nous prenons position derrière une butte. Le général Kœnig a donné l'ordre de prendre des positions défensives.

La fatigue des hommes, le manque de munition, l'impossibilité de tenir les positions conquises justifient l'ordre.

Déjà, sur les dix-sept véhicules de l'escadron, deux manquent à l'appel, et bientôt nous assisterons à l'enterrement de nos premiers camarades tués au combat.

Dans la matinée du 24, l'état-major décide de tendre un appât aux batteries ennemies pour les amener à dévoiler leurs positions. Comme notre peloton n'a pas participé à l'engagement de la veille, nous sommes désignés pour cette mission.

A la file indienne, nous nous engageons dans le passage. Aussitôt après, nous nous déployons pour nous dévoiler à l'ennemi. Mais celui-ci, jugeant la prise trop faible, renonce à entrer en action. Penauds, nous regagnons nos positions.

L'après-midi, on remet ça. Mais on a corsé l'appât. Trois autocanons et trois chars Churchill emboîtent le pas à nos trois blindées. Vont-ils tirer, cette fois ?

A peine le char qui ferme la marche de la colonne a-t-il franchi la passe que nous sommes arrosés d'une pluie d'obus. La patrouille oblique vers la gauche, espérant utiliser les dunes proches pour se mettre à l'abri. Mais nous nous engageons ainsi dans un cul-de-sac. Devant nous le sol descend vers la dépression de Katara par une marche de vingt mètres que nos blindées ne peuvent franchir; à gauche, c'est le champ de mines italien, et à droite, c'est la falaise du haut de laquelle l'ennemi continue à nous observer.

Les obus explosent autour de nous. Par une trouée de la falaise, nous voyons descendre six ou huit chars allemands.

– Je crois que ça va barder, les gars, dit Thomas. Va falloir se montrer à la hauteur.

Recommandation bien inutile pour moi. Après quelques secondes de panique, quand les premiers obus explosèrent, j'ai retrouvé tout mon sang-froid.

Mais les obus continuent de pleuvoir. L'un deux explose à moins de deux mètres devant moi. Un éclat a troué le blindage à hauteur de mon genou. Il a coupé mon short au passage, comme au rasoir. Je me tâte, je regarde. Pas une goutte de sang, pas une égratignure. J'ai dû pâlir. Mais je n'ai pas le temps de m'attarder. Le sous-lieutenant, qui se trouve à quelques tours de roue à l'avant-gauche, agite un disque rouge de haut en bas. Il nous dit ainsi que l'ennemi est en direction de son canon.

L'énorme masse d'un char de trente tonnes s'élève devant nous. C'est un « Général Grant » américain, mais la croix peinte sur son flanc ne laisse pas de doute : il s'agit d'un char allié capturé par les Allemands à Tobrouk. Les autocanons se mettent en batterie autour de nous et nos chars se faufilent pour tenter de prendre l'ennemi à revers. Les premiers obus s'écrasent sur le blindage du « Général Grant » qui paraît insensible sous les coups. Cette immobilité nous intrigue. Et nous constatons enfin qu'il s'agit d'un char détruit lors des combats.

Pendant que nous nous amusons à faire des cartons sur ce tas de ferraille, les chars allemands que nous avons vus descendre de la falaise foncent vers nous. Et l'artillerie ennemie, maintenant dévoilée, continue de faire pleuvoir sa grêle d'obus.

Floch, qui commande la deuxième voiture du peloton, n'a pas voulu partir pour cette opération sans être tout à fait saoul. Il a lampé la moitié d'une bouteille de rhum. Dans la chaleur de la blindée, l'alcool fait son effet. Il crie à son chauffeur :

– Fonce droit dans le champ de mines !

Avant que Gourlaouen ait eu le temps d'intervenir, la voiture de Floch a traversé le champ. Derrière moi j'entends le rire de Thomas.

– Après cela, dit-il, qu'on ne vienne pas me dire qu'il n'y a pas de Bon Dieu pour les ivrognes.

Mais déjà la voiture du lieutenant s'élance sur la trace des pneus laissée par la voiture de Floch. Nous n'avons plus qu'à suivre. Nous sortons tous de la souricière. Lorsque les chars allemands arriveront, ils devront se demander par où nous avons bien pu passer.

L'ennemi a repéré la position de repli de notre unité et nous harcelle de ses tirs d'artillerie. C'est inutile d'exposer des vies humaines sans raison. Aussi, dans la nuit du 24 au 25, nous allons prendre position à cinq cents mètres en arrière, à l'abri d'une autre crête.

Cependant, chaque matin à l'aube, un peloton d'automitrailleuses doit venir garder l'ancienne position qui se trouve être un excellent observatoire. Quand nous y venons en faction, nous n'oublions qu'une chose : c'est que la fumée du feu qui chauffe notre marmite est visible de très loin avec de bonnes jumelles. Aussi, chaque fois que nous faisons chauffer la soupe, nous sommes gratifiés de quelques pruneaux.

– La seule solution, gouaille Thomas, c'est de faire du riz. C'est excellent, le riz aux pruneaux.

Les batteries italiennes, sachant leurs positions dévoilées, ne se gênent plus. Mais le pilonnage d'artillerie est très pénible à supporter. Si on prend les précautions nécessaires, il n'est pas très dangereux. Au combat on le supporte avec agacement, mais dans l'inaction de la faction, il use les nerfs.

Un matin, le peloton du lieutenant Rivière part occuper la position. Le soir, deux voitures seulement rentrent au cantonnement. Les visages des camarades sont graves. Que s'est-il passé?

Duval, à plat ventre sur la butte, observait les mouvements de l'ennemi avec un bicorne de tranchée. Le Louarn, assis à même le sol, dix mètres en arrière, le dos appuyé à la roue de la blindée, tournait consciencieusement le porridge qui cuisait sur le réchaud. Duval, les yeux fatigués par la réverbération du sable, appelle Le Louarn pour le remplacer.

– Pose ton bicorne, j'arrive. Et n'oublie pas de tourner le porridge, sans quoi il va coller au fond de la casserole.

Les deux hommes échangent leurs postes. Duval est à peine assis devant son porridge qu'un obus lui arrive dessus de plein fouet. Le corps déchiqueté vole en éclats et la blindée se couche sur le côté, sa roue arrachée.

Peu après, vient notre tour d'assurer cette garde. Le bombardement ne se fait pas attendre. Je vais me terrer dans un trou. J'ai emporté un livre, pour me donner une contenance. Mais je suis incapable de lire une ligne. Les obus pleuvent de tous côtés. L'un d'eux tombe à un mètre de moi et je suis couvert de poussière. Je n'ai pas une égratignure. Mes jambes flageolent et je ne parviens pas à réprimer le mouvement de ma mâchoire. Je sors de ma cachette et vais me planquer dans un autre trou. Je n'ai pas fait cinquante mètres qu'un obus explose dans le trou que je viens de quitter. Je me sens pâlir de frayeur. J'admire d'autant plus les baroudeurs qui assistent imperturbables à cette grêle d'obus.

C'est une affaire de temps, me disais-je. Il s'agit d'apprendre à se dominer.

Apprendre à se dominer... En combien de temps apprend-on à se dominer?

Dans la nuit du 3 au 4 novembre, le régiment fait mouvement.

Avant de partir, connaissant la faiblesse de mon moteur, je fais le plein d'huile. Cependant nous n'avons pas fait vingt kilomètres quand je coule une bielle. Gourlaouen est furieux. Mais il n'ose m'accuser. Nos moteurs n'ont pas deux mille kilomètres et déjà c'est la troisième fois que pareille mésaventure arrive à l'escadron. La proportion est anormale. Il est difficile d'accuser les chauffeurs. Le sous-lieutenant m'interpelle.

– Chargez tout le matériel de votre blindée dans un camion de ravitaillement et amenez-le à l'échelon de dépannage. Embarquez tout, même les roues. Ne laissons pas aux Allemands, s'ils se promènent dans le secteur, la possibilité de ramener la voiture dans leurs lignes. Elle est récupérable et la panne est peu de chose. Je vous en rends responsable. Exécution. Thomas, vous venez avec moi.

L'ordre est aussitôt exécuté et, une demi-heure plus tard, j'arrive à l'échelon avec mon matériel. Ben Hamar, le tireur marocain, m'accompagne.

Le matin, quand je m'éveille, je m'aperçois que l'échelon dépannage, où nous cantonnons, a établi ses quartiers dans une petite cuvette aux parois resserrées, un abri naturel presque parfait contre les bombardements.

Ben Hamar et moi, nous passons la journée à nettoyer les armes et à fourbir le matériel. Autour de nous, c'est un grand charroi de camions. Tout le monde est occupé. Seul le toubib n'a rien à faire. Tant mieux, et pourvu que ça dure.

Dans la nuit du 4 au 5, nous avons observé de grandes flammes qui s'élevaient au-dessus des lignes ennemies. Les Allemands brûlaient sûrement du matériel intransportable avant de se replier. Nous apprenons qu'au nord les Anglais ont réussi à percer le front ennemi. Notre division n'étant pas équipée pour la poursuite, je conclus que nous ne retournerons pas au front de sitôt et je décide d'enlever les amorces de mes grenades. Je m'assieds sur les talons devant la caisse et je me mets au travail.

L'un après l'autre, les explosifs me passent dans les mains. Je travaille en bavardant avec les copains. Louvin est debout à ma gauche. Sans que je m'en aperçoive, il a pris une grenade. Il la dégoupille. L'amorce étant toujours sur la grenade, Louvin prend peur et me la tend. Je la lui prends sans soupçonner le danger.

A peine l'ai-je dans les mains que j'ai compris : elle va sauter !

Je n'ai qu'une idée : m'en débarrasser. Je cherche du regard, tandis qu'une voix me répète, à toute vitesse : t'en débarrasser, t'en débarrasser, t'en débarrasser... Les copains sont là, sur la gauche; plus loin, Ben Hamar fait la tambouille. En face de moi, un gros camion-citerne plein d'essence m'empêche de voir. A droite, deux officiers échangent des nouvelles. Au fond, le chef comptable dans le camion-bureau. Derrière à droite, les Syriens préparent leur repas. Derrière moi, la falaise, mais elle est si haute que je ne parviendrai pas à y lancer mon engin.

Combien de temps mon regard a-t-il parcouru ce cercle, en combien de temps ai-je vu tous ces hommes autour de moi? Des fragments de seconde... Et soudain je suis ébranlé par un formidable coup de gong. Tout s'obscurcit devant mes yeux.

Pas besoin de dessin pour comprendre ce qui s'est passé. J'essaie de parler. Je n'y arrive pas. Je crois que je suis mort. Mais je me sens glisser sur le côté : je ne suis pas mort, puisque je suis dans mon corps. J'essaye de parler. Je sais que je vais pouvoir parler, et je crie : « Ah ! les vaches ! »

III

J'apprendrai plus tard que l'explosion a fait deux autres blessés : Louvin a pris des éclats dans la cuisse et Martin est atteint au talon.

L'explosion de la grenade m'a rendu quasiment sourd. Je n'entends rien de ce qui se passe autour de moi – rien, c'est beaucoup dire. En réalité, les bruits me parviennent à travers un épais coton. J'entends, très lointaines, les voix de ceux qui s'affairent à mon secours.

Soudain, deux mains me prennent les pieds, deux autres les épaules. On m'étend sur un brancard. Qui est-ce? Je n'en sais rien. L'obscurité est totale.

Dans le lointain, je reconnais la voix du margis-chef. Je me passe la langue sur les dents.

– Oh! chef, j'ai une dent de cassée!

– C'est rien, dit le margis, s'il n'y a que ça, c'est pas grave.

– Vous trouvez, ben merde alors!

Je suis loin d'imaginer que je suis aveugle jusqu'à la fin de ma vie et que mes mains resteront sur le terrain.

J'ai le corps criblé d'éclats. Quand les copains m'ont soulevé pour me mettre sur le brancard, j'ai senti une douleur à la jambe gauche, à peine sensible en vérité, et pourtant le tibia est à nu sur vingt centimètres.

Gardant mon sang-froid, j'interpelle les gars :

– Vous devriez me faire un garrot à la cuisse... Et puis, après réflexion, il faudrait m'en faire aux bras aussi. J'avais la grenade dans les mains au moment de l'explosion. Elles doivent être assez abîmées.

Tu parles!

Je ne vois plus rien. J'appelle le margis :

– Oh! chef, est-ce que vous croyez que je verrai clair quand on m'aura lavé les yeux?

J'imagine qu'un peu de sang m'obscurcit la vue.

On soulève mon brancard et je devine qu'on le glisse sur les rails de l'ambulance. Je souffre si peu que je suis loin de soupçonner la gravité de mes blessures. Pourtant, à force de perdre du sang, je m'affaiblis progressivement. Je n'ai aucune notion du danger qui me guette. Je m'installe béatement dans une douce torpeur, qu'accentue encore le bercement de la voiture en marche.

Après un certain parcours, l'ambulance s'arrête et j'entends qu'on ouvre aussitôt les portes. Deux fortes poignes tirent mon brancard vers l'extérieur. Le soleil, soudain, me frappe le visage, et je trouve cette chaleur désagréable.

Dieu, qu'elle est agaçante, cette obscurité qui m'entoure! Personne ne songera donc à m'enlever ce bandeau des yeux?

Autour de moi, plus rien n'a de consistance. Seuls, les bruits me parviennent faiblement.

Tout à coup, une voix m'interroge d'un ton administratif :

– Nom, prénoms, date et lieu de naissance, matricule?

Il m'embête, celui-là, avec ses questions.

– Laisse-moi dormir, dis-je.

Mais la voix insiste :

– A quelle heure avez-vous été blessé?

– N'en sais rien, mon pauv'vieux, j'm'en fous!

– Mais si, reprend la voix. Il faut savoir. Voyons, aviez-vous déjeuné?

– Ah, non!

Puis, réfléchissant :

– Mais Ben Amar avait fait le thé. Il ne devait pas être loin de midi.

Ma voix est de plus en plus traînante. J'ai le corps tout engourdi. Et, brusquement, c'est le trou noir.

Lorsque je reprends mes esprits, j'ai le bras droit dans le plâtre. Deux mains maintiennent ma jambe gauche à une certaine hauteur, au-dessus de la table d'opération où je suis étendu; deux autres l'enveloppent d'une bande humide et chaude qui durcit progressivement au contact de ma peau. J'interroge.

– Qu'est-ce que c'est? J'ai la jambe cassée? Quelle saloperie!

– Chut, ce n'est rien, me dit une voix. Repose-toi.

Les mains terminent leur travail. Elles déposent ma jambe sur la table.

D'autres mains me prennent et m'installent sur un brancard. Je sens qu'elles le soulèvent à une certaine hauteur, et au doux balancement qu'elles lui donnent, je devine que les brancardiers m'emportent.

Désormais je n'aurai plus, pour apprécier les lieux qui m'entourent, que la température ambiante, la consistance de l'air qui m'enveloppe, la sonorité des bruits.

Les brancardiers déposent ma civière sur le sol. Quatre mains me soulèvent et me déposent sur un lit. Ah! qu'on est bien ici, qu'il est merveilleux, ce matelas, que ces draps sont frais, qu'il va faire bon dormir. Mais déjà une autre voix se penche sur mon lit.

– Qu'est-ce que c'est? dis-je.

– C'est l'aumônier, répond la voix.

– Ah!

– Vous êtes catholique?

– Oui.

– Peut-être voulez-vous vous confesser?

– Oh! mon père, je ne suis pas à l'article de la mort.

– Il n'est peut-être pas nécessaire d'être à l'article de la mort pour se confesser.

Comme je n'y suis pas opposé, dans le fond, je me confesse.

Quelques instants après, le Père me demande :

– Vous n'avez besoin de rien?

J'hésite et à mon tour j'interroge :

– On est bien à l'ambulance chirurgicale légère, ici?

– Oui.

– Et l'A.C.L. n'est pas loin de l'état-major de la division?

– C'est exact.

– Et auprès de l'état-major de la division, il doit y avoir la compagnie du train?

– On ne peut rien vous cacher.

– J'ai mon frère dans cette compagnie et j'aimerais lui dire que je pars pour l'arrière, qu'il ne se fasse plus de soucis pour moi.

Le Père n'en écoute pas davantage et sort de la tente aussitôt.

Cette succession de questions et de réponses me montre que j'ai gardé toute ma lucidité, et j'en suis rassuré. Allons, ce ne doit pas être trop grave.

Dehors, le Père se heurte au chirurgien.

– Dites-moi, mon colonel, que pensez-vous de Lebreton?

Le toubib fait la grimace.

– Il a perdu tant de sang, dit-il.

Craignant d'arriver trop tard, l'aumônier se hâte. Bientôt il a rejoint la compagnie-autos où se trouve Henri. Un Cambodgien lui indique du doigt une tente d'où sortent des éclats de rire. Le sous-lieutenant Remy revient du Caire avec un convoi. Il en a profité pour rapporter une caisse de whisky. L'aubaine est rare et il convient d'en profiter.

L'aumônier pénètre sous la tente. Par terre, des tapis syriens couvrent le sol. Les trois officiers de la compagnie sont assis sur un cosy-corner fait de sacs de sable et recouvert d'un voile de cachemire. Ils rient aux éclats. Sans doute le lieutenant Durand vient-il de conter une de ses paillardises coutumières. Les rires se figent à la vue de l'aumônier, tant son visage grave montre qu'il n'apporte pas de bonnes nouvelles.

– Le sous-lieutenant Lebreton? demande le Père.

Henri, assis au milieu de la banquette, en maître de céans qui reçoit ses hôtes, se lève promptement.

– C'est moi, dit-il, soudain inquiet.

L'aumônier lui fait signe de le suivre. Il veut l'éloigner des copains. Au front on a besoin de tout son moral, et même les gauloiseries sont admises par l'aumônier compréhensif. Ils s'éloignent de quelques pas.

– C'est votre frère, dit le Père.

Henri hésite à poser une question.

– Il a les mains touchées.

Henri est abasourdi. Dominant son émotion, il rentre sous la tente pour demander au lieutenant l'autorisation d'aller me voir.

Quelques instants plus tard, il saute dans le pick-up qui a amené l'aumônier. Derrière lui, les éclats de rire ont cessé.

Henri n'est guère préparé à ce qui l'attend. Sous la tente de l'ambulance, immobile dans mon lit, je n'ai rien entendu. Henri entre sur la pointe des pieds. Je suis couché sur le dos. Un drap me recouvre jusqu'à mi-poitrine. Tout ce qui dépasse le drap est recouvert de bandages. Les deux bras, les épaules, le cou, le visage, sont enveloppés de pansements. Par endroits, un sang noir a traversé la blancheur de la gaze.

Henri s'approche de mon lit comme s'il craignait de me réveiller.

– C'est Henri, dit-il.

Je n'ai rien entendu.

Soudain, il est pris de panique. La vue de tous ces pansements l'impressionne tellement qu'il craint d'être arrivé trop tard. Il répète, plus fort :

– C'est Henri.

Ma voix sort péniblement de derrière les linges.

– Qu'est-ce que c'est?

Il répète, criant presque :

– C'est Henri.

Cette fois j'ai compris.

– Ah! c'est toi? Eh bien, comment ça va?

– C'est plutôt à moi de te demander cela!

– Eh bien, moi, tu vois, j'ai de la chance, je vais à l'arrière.

Mon inconscience le stupéfie, mais il n'ose me parler davantage, car il est obligé d'élever la voix et il redoute d'incommoder les autres blessés.

Par le téléphone de campagne, il obtient de son commandant l'autorisation de passer la nuit à mon chevet. Le lendemain matin, le sous-lieutenant Remy lui propose de le remplacer pour une mission. Mais Henri refuse l'offre car les brancardiers viennent de s'approcher de mon lit et m'embarquent dans une ambulance.

Je suis à moitié inconscient et ne comprends rien à ce qui m'arrive. Le convoi sanitaire s'engage sur la piste entre les deux rangées de tanaquets et m'emporte vers l'arrière. Je reprends en sens inverse l'itinéraire que j'ai parcouru trois semaines plus tôt au volant de ma blindée.

Henri, la gorge serrée, nous regarde partir. Me reverra-t-il jamais? Il n'en est pas sûr. Mais, au front, on est superstitieux et il chasse cette question.

La poussière soulevée par notre convoi est retombée depuis longtemps lorsqu'il parvient à secouer sa torpeur. Il regagne son poste. Il marche comme un automate.

Je viens de commencer un long périple qui durera plus d'un mois et qui me conduira jusqu'à Damas.

La piste est si défoncée par tous les convois qui la sillonnent de jour et de nuit qu'il nous faudra trois jours pour parcourir les cent kilomètres qui nous séparent d'Alexandrie. Les ambulances progressent à l'allure d'un homme au pas. Notre chauffeur manie son volant avec une délicatesse extraordinaire. Où ai-je appris que l'équipage qui nous accompagne est anglais? On me l'a peut-être dit pendant que j'étais dans une demi-torpeur. Peut-être l'ai-je deviné en les entendant parler entre eux. Je ne sais, et cependant je crie souvent : « *Driver, slowly!* », puis je retombe dans un demi-sommeil, dans une demi-inconscience.

Mètre par mètre, le chauffeur avance sur la piste, cherchant à éviter le moindre trou. La fièvre a dû monter; je meurs de soif.

– *Drink! drink!*

Ces mots me résonnent encore dans la tête.

Pendant trois jours, ce calvaire se prolongera. Trois jours, est-ce vraiment trois jours? Je ne sais plus, après tout. Je confonds tout, le jour, la nuit. Mon esprit est complètement égaré.

Et voici que le volume d'air, autour de moi, est plus vaste que celui d'une tente, plus frais, plus sonore aussi. Le lit où on vient de me déposer est plus confortable qu'un lit d'ambulance de campagne. Je n'ai pourtant pas la force de réfléchir, de conclure...

De temps en temps, j'entends une voix de femme, et puis de nouveau, c'est le trou noir, le sommeil, l'inconscience.

Où suis-je? Ai je posé cette question tout haut, ou est-ce une simple réflexion intérieure? J'entends qu'on dit quelque part : Alexandrie.

Une voix chuchote à mon oreille :

– Je vais vous donner l'extrême-onction.

– Mais je ne suis pas à la mort.

– Non, mais il vaut mieux.

Le prêtre cherche déjà sur mon corps un endroit où il pourrait faire l'onction. Le front? les yeux? la bouche? les mains? Impossible; tout juste si le pied droit laisse encore un peu de chair apparente.

J'essaye de réciter un « Je vous salue, Marie... », mais je n'achève pas la première phrase, et c'est de nouveau le trou noir, le sommeil, l'inconscience.

On me charge sur un brancard. Le balancement m'indique que les porteurs me transportent. Ensuite les rails de l'ambulance donnent soudain à mon brancard une vibration significative. Une voix se penche vers moi :

– Les Américains ont débarqué au Maroc.

Cette nouvelle me réchauffe le cœur. Qui m'a dit cela? C'est une voix de femme. Merci de cette attention, merci d'avoir pensé que cela me ferait plaisir.

L'ambulance roule.

Un blessé hurle à côté de moi. Je devine des mots français. Il se calme, puis il crie à nouveau et se calme définitivement. L'ambulance s'arrête. J'entends une voix :

– Il est mort.

Je perçois de l'agitation autour de moi. Puis, de nouveau, l'ambulance repart.

On nous décharge. Balancement des porteurs, une tente, un lit.

L'aumônier est venu me voir. Quand lui ai-je dit que je voulais manger un gâteau? Je n'en sais rien. Il prétend que je le lui ai dit tout à l'heure. Et maintenant il me donne la becquée. En ai-je mangé un, deux, dix? Je ne sais plus, mais j'ai tout à coup l'estomac chargé comme si j'allais vomir. Puis, de nouveau, le trou noir, puis, de nouveau, le brancard, le balancement des porteurs, le crissement des rails de l'ambulance. Le trou noir de l'inconscience. On nous décharge.

Les jours, les nuits, tout ne fait qu'un.

Je demande à tout hasard :

– Où est-ce qu'on va?

– A l'hôpital français du Caire.

– Ah! chouette.

En juillet, j'ai fait un petit coup de palu, et j'ai passé quarante-huit heures dans ce centre. J'en garde un excellent souvenir. Je me réjouis, puisque je dois retourner à l'hôpital, que ce soit au Caire.

Mais de nouveau c'est la tente.

– Je croyais qu'on allait au Caire.

– C'est ce qui était prévu. Mais il n'y a pas de train sanitaire.

Nouveau départ. Cette fois c'est dans un bateau-hôpital qu'on nous embarque.

– Où est-on? Où va-t-on?

La voix d'un titi parisien me répond.

– Ben quoi, mon petit pote, on est à Alexandrie. Tu ne sais pas encore ça, depuis le temps que tu traînes avec nous?

– Où c'est qu'on va?

– Ben, à Jaffa. T'as pas besoin de t'en faire, on est peinards. C'ui-ci, c'est un nouveau rafiot. C'ui qu'a fait le dernier voyage entre Alexandrie et Jaffa, les Ritals l'ont coulé avec leurs sous-marins.

– Les salauds.

– Qu'est-ce qu'on a à en foutre? Crever comme ça ou autrement! Ici, tu donneras à bouffer aux crabes, ailleurs, ça sera aux vers. Crever pour crever autant crever dans la grande bleue.

Depuis le 15 août, j'ai réussi à tenir ma promesse : je suis allé à la messe chaque dimanche. Ici, il n'en est plus question, mais dans ma demi-inconscience une idée me hante : marquer le dimanche, poursuivre mon effort. Chaque jour, je crois que c'est dimanche. Plusieurs fois par jour je demande à l'aumônier de m'apporter la communion.

Lentement, très lentement, il me semble que je vais mieux, que je reviens à la vie. Je m'habitue à cette obscurité permanente. Je fais la différence entre le jour et la nuit : quand le personnel infirmier s'agite, quand j'entends des allées et venues, c'est le jour, et quand le grand silence m'entoure, c'est la nuit.

Nous arrivons à Jaffa.

De nouveau, le balancement des porteurs. Soudain l'air est plus vif autour de moi. Le balancement continue, puis c'est le crissement des rails de l'ambulance et la route. Le trajet n'est pas long. On me balance à nouveau sur le brancard, on me dépose dans un lit. On, toujours on... Les bras qui me portent n'ont pas de visages.

Mon voisin de lit pousse des cris effroyables. Épuisé par la fatigue et par ces hurlements, je fonds en larmes, je fais un coup de cafard.

On me change de chambre. Cette fois mon voisin parle français avec un accent allemand très prononcé. C'est un légionnaire. Il est d'origine allemande, mais n'ose l'avouer. Il se dit Suisse et s'appelle Muller. Il m'apprend que nous sommes à l'hôpital anglais de Jaffa et que nous y sommes les seuls militaires français. Les autres Français évacués avec nous, moins gravement blessés, ont pu faire le voyage en ambulance jusqu'à Beyrouth. On nous a jugés intransportables et nous resterons à Jaffa jusqu'à des temps meilleurs. J'ai l'impression d'être abandonné et le moral faiblit à nouveau.

Soudain une voix se penche vers moi. Cette voix ! Mais, Bon Dieu, c'est Henri ! Mince alors, j'ai du pot. Henri, ici !

Je recommence à pleurer, mais cette fois, c'est d'émotion.

– T'en fais pas, mon vieux, on vient te chercher en avion sanitaire. Tu pars pour Damas à l'instant.

De nouveau, c'est le brancard, le balancement des porteurs, le crissement des rails.

– Tu vois, dis-je à Henri, ici c'est comme ça. Quand on n'a pas notre petite ration de brancard pendant la journée et notre promenade en ambulance, on n'est pas content.

Il rit. Il est heureux de m'entendre plaisanter, de voir que le moral remonte.

Quelques instants plus tard, on pose ma civière sur le sol de l'aérodrome et le soleil me chauffe le visage à travers les bandages. J'entends une voix inconnue :

– T'en fais pas, mon petit gars. C'est moi le pilote qui te ramène à Damas. Et puis, tu sais, si t'as soif, faut pas t'en faire, y a du whisky.

Je ris à mon tour. Cette chaude affection me fait plaisir. C'est idiot, du whisky ! Qu'est-ce que je pourrais bien en faire? Je serais bien incapable d'en boire. Mais l'intention, oh, l'intention ! Henri me souhaite bon voyage. Il me rejoindra par la route.

Quatre bras soulèvent mon brancard et le glissent avec précaution dans la carlingue. Et tout à coup je suis assourdi par le vrombissement du moteur. Une voix crie :

– T'en fais pas, c'est le décollage.

Aussitôt l'appareil est secoué par des cahots si violents que j'ai l'impression qu'on a capoté. Mais ces cahots s'arrêtent brusquement, et il semble qu'on entre dans du coton. C'est moelleux, c'est doux, et je me laisse bercer.

Une demi-heure, une heure se passent ainsi, puis la voix me crie aux oreilles :

– Encore un peu de patience, mon petit gars, on arrive. On voit l'aérodrome de Damas... Attention à l'atterrissage !

De nouveau ce sont les cahots : la queue de l'appareil se pose sur le sol. Et l'avion s'immobilise.

Quand mon brancard est à même le terrain, comme au départ, j'entends une voix de femme.

– Je vais vous faire une piqûre d'huile camphrée.

Elle a l'accent syrien. Je proteste, mais elle ne me demande pas mon avis. Et déjà la piqûre est faite.

Les rails de l'ambulance, les cahots de la route.

Ici, je connais les lieux : l'aérodrome, l'hôpital et l'itinéraire qui va de l'un à l'autre.

Le balancement des porteurs.

A l'inclinaison que prend mon brancard je devine qu'on monte le perron du bâtiment principal. Ensuite, les inclinaisons successives de la civière me permettent de compter les étages. Voici le deuxième.

On longe un couloir et on me conduit à la salle des pansements. Avec des gestes doux et précis, on me glisse sur la table.

Une voix d'homme a parlé derrière moi, mais je n'ai rien compris. Au ton sec, j'ai deviné qu'elle donnait des ordres. Une femme s'est penchée vers moi. Sa voix nasille un peu, mais elle est chaude, j'y devine de l'affection, en dépit de la rudesse. C'est Mme Breuil, l'infirmière-major du service de chirurgie.

– Alors, mon petit gars, dit-elle, on va te sortir de là.

– Vous allez avoir du boulot, j'ai l'impression.

Elle ne répond pas. Ma réponse lui a peut-être fait mal.

Pendant quatre heures de rang on me dépiaute des pieds à la tête. D'abord, c'est l'infirmier qui me coupe les plâtres du bras droit et de la jambe gauche, tandis que Mme Breuil, avec ses ciseaux, élimine les pansements : de l'épaule, du bras gauche, du cou, du visage, de la jambe droite – il y en a partout.

Lorsque je suis entièrement nu, il règne dans la pièce une odeur pestilentielle que l'éther ne parvient pas à combattre. Mes plaies ne doivent pas être belles à voir. Je me trompe peut-être, mais il me semble que c'est la première fois qu'on me fait des pansements depuis le 5 novembre, et nous sommes le 2 décembre.

Je suis encore tout crasseux de la sueur et de la poussière du désert; et les abords de mes plaies restent piquetés de poudre.

L'infirmier me passe la tondeuse dans les cheveux.

– Tu as la tête si sale, me dit-il, qu'on ne peut pas la nettoyer. Bien obligé de te raser le crâne.

C'est alors que le chirurgien, le Dr Fournier, vient me voir. J'entends sa voix, mais elle est sourde et je ne comprends pas ce qu'il dit.

Mme Breuil me fait une piqûre de morphine et commence le nettoyage des plaies avec une compresse imbibée d'un liquide froid. La douleur n'est pas forte, mais elle est lancinante. Je m'épuise sur cette table et à la longue je ressens la fatigue.

Une autre infirmière vient aider Mme Breuil. C'est Mlle Lefèvre. Elle s'attaque à ma jambe gauche pendant que Mme Breuil fait l'épaule et le bras droit.

A six heures du soir, les pansements sont terminés. Je retrouve mon lit et je le trouve moelleux. Une infirmière vient me tenir compagnie.

– Le courage, lui dis-je, c'est comme une bobine de fil. Au moment de l'épreuve, elle se déroule lentement, le plus lentement possible. Il faut la freiner autant qu'on peut. Et quand vient le repos, il faut la renfiler en toute hâte; il faut qu'elle soit disponible pour le prochain coup dur.

Où ai-je puisé cette philosophie? D'où me vient cette organisation dans le malheur ?

Muller a demandé que je sois son voisin de chambre. Quand le docteur fait sa tournée, il lui dit, en me désignant :

– Il a bon appétit.

Le docteur n'est pas bavard.

– Double ration à celui-ci, fait-il en tapotant la barre de mon lit. Il faut me remonter ça, et en vitesse.

C'est vrai que j'en ai besoin. Justement, on apporte le dîner : roastbeef et purée.

– De la purée, ce n'est pas possible!

La pomme de terre est si rare au Moyen-Orient que c'est devenu un plat de luxe. En temps de paix, on importe de la semence d'Europe, car ici elle dégénère vite. Or, en temps de guerre, on a autre chose à amener. Je n'en ai plus mangé depuis un temps fou, depuis mon départ d'Angleterre. Allons, je crois que ça va aller.

Le lendemain matin, Henri est à mon chevet.

Je lui demande des explications sur sa présence. Il me raconte une histoire si longue et si embrouillée que je ne puis la retenir. Certes, je remontais lentement la pente. Mais la remontée était difficile. Ce qui m'entrait par une oreille sortait par l'autre et, au passage, le cerveau n'enregistrait pas grand-chose.

Deux jours plus tard, je retournai aux soins et j'étais dans la salle de pansement lorsque Henri arriva à l'hôpital.

– Si vous voulez voir votre frère, dit l'infirmière qui l'accueillit, il est sur la table; nous lui avons enlevé tous ses bandages.

Henri pénètre dans la pièce, timidement. Il craint de ne pouvoir contenir son émotion.

On ne m'a rien dit, je ne sais rien.

Il est là et regarde mes plaies. Je n'ai plus de couleur, je suis pâle comme un mort. Dans mon visage, les orbites sont vides. Mes coudes reposent à même la table et les moignons de mes bras se dressent, ensanglantés. L'odeur est suffocante.

Henri n'en peut supporter davantage et quitte la pièce. Je ne me suis rendu compte de rien et, naïvement, je dis à Mme Breuil :

– J'aurai la visite de mon frère, tout à l'heure.

Elle est encore bouleversée par cette scène muette. Mon ton enjoué lui fait mal. Elle me répond par un « hum ! » tant elle redoute que sa voix trahisse son trouble.

Les pansements terminés, on me reconduit dans ma chambre où Henri m'attend. Nous bavardons et il oriente doucement la conversation vers mes blessures. Après ce qu'il vient de voir, il s'inquiète de mon moral. Apparemment je ne semble pas m'en faire. Il croit que je suis de bonne humeur parce qu'il vient me voir.

Tout à trac il me dit sur un ton dégagé :

– Tu sais, tu ne dois pas te biler. On fait des appareils orthopédiques formidables en ce moment.

Je ne comprends pas l'allusion.

– Qu'est-ce que vous avez donc tous à me parler d'appareils? J'ai mes quatre membres, moi.

Je suis amputé des deux mains et n'en sais rien encore.

A l'ambulance chirurgicale légère, mon inconscience devant la gravité de mon état avait stupéfié Henri. Que je reste dans l'ignorance de cette double amputation le tourmente davantage. Il appréhende le moment où j'apprendrai la triste nouvelle. Chose curieuse, les conversations ne me mettent pas sur la voie.

Ce soir-là, Henri va dîner en ville avec un copain. Il a besoin de changer d'air. On le comprend, on l'aurait à moins.

Mais sa permission se termine. En rejoignant son corps, il tombe malade. Est-ce l'émotion ou les conserves? En tout cas, c'est bien la jaunisse. Il m'écrit pour m'annoncer cette nouvelle.

Le Dʳ Fournier s'inquiète de mon état. Je suis très affaibli et la remontée n'est pas aussi rapide qu'il le souhaiterait. Il attend quelques semaines avant de se prononcer sur l'avenir. Entre-temps, il ne veut rien négliger.

Il faut soigner le moral aussi, pense-t-il. C'est pourquoi il cherche en ville quelqu'un qui puisse me rendre visite de temps à autre et m'apporter un peu d'affection. Mais nous ne sommes pas exigeants. L'amitié, c'est bien assez.

Il est deux heures de l'après-midi. Le Dʳ Fournier entre, accompagné d'une dame, Mᵐᵉ Fouquet. Tapotant sur mon lit comme à l'accoutumée,

– Lebreton, me dit-il, je vous amène une marraine de guerre.

– Oh ! c'est gentil ça, docteur.

Et Mᵐᵉ Fouquet s'installe sur une chaise à côté de mon lit. Elle me fait bavarder, puis, quand elle devine que la conversation me fatigue, elle se retire discrètement, abandonnant un paquet de cigarettes sur ma table de nuit. Peine perdue ! Depuis six semaines je n'ai pas fumé, et je ne vais pas commencer aujourd'hui.

Le lendemain, elle est de nouveau à mon chevet, pleine d'attention. Quand elle est partie, le Dʳ Fournier entre. Il me tapote amicalement le pied.

– Le général de Larminat fait une tournée dans l'hôpital, dit-il. Il viendra vous voir et vous remettra la médaille militaire.

Je crois avoir mal entendu. Mais le docteur est déjà parti. J'interroge mon voisin :

– Qu'est-ce qu'il a dit?

– Tu vas avoir la médaille militaire.

– La médaille militaire? Mais qu'est-ce que j'ai fait pour ça?... Ils sont complètement cinglés ! J'aurais réussi à lancer ma grenade sans blesser personne, je comprendrais qu'on me félicite. Mais ce n'est pas le cas. Je n'ai pas su éviter mes blessures, ni celles des deux copains. Alors? On me donne la médaille militaire? Ils sont malades !

Je ricane :

– Je parie que si j'avais réussi à la lancer sans blesser personne, il se serait trouvé un juteux pour me coller huit jours, afin de m'apprendre à jouer avec ces engins.

– Faut pas charrier, dit le voisin. Si tu avais été un salaud, tu aurais pu lancer ta grenade au hasard. Qu'elle blesse quelqu'un ou personne, qu'est-ce que ça pouvait te foutre? Après tout, c'est pas toi qui l'avait dégoupillée.

– C'est une idée qui ne m'a même pas traversé l'esprit.

– Tu ne vas pas t'amuser à jouer les coupables, alors que tu es victime du copain qui t'a mis une grenade dégoupillée dans les mains?

Mais la porte s'ouvre et j'entends le bruit d'un groupe qui entre. Mes voisins de lit se taisent respectueusement. J'en conclus que c'est le général et son escorte. Ils parlent entre eux, mais je ne comprends pas. Et soudain une voix plus forte proclame :

– Spahi Lebreton, blessé gravement en service, grand mutilé.

Quelqu'un se penche vers moi, épingle quelque chose sur ma chemise, me donne l'accolade et tout le monde s'en va.

– Qu'est-ce qu'il m'a accroché là? dis-je à mon voisin.

– Ben, c'est la médaille militaire, pardi.

Je n'en reviens pas.

– Mais qui me l'a épinglée?

– Ben, le général de Larminat.

Le copain se croit obligé d'en remettre.

– Écoute, quand même tu serais resté les pieds dans tes pantoufles, tu ne serais pas là aujourd'hui. Alors, c'est bien juste.

Et l'hôpital reprend son train-train quotidien.

Les idées se clarifient dans ma tête. Je ne connais plus de trous noirs, mais un sommeil régulier et réparateur. Je mange comme quatre. Chaque jour on me transporte sur le chariot à la salle de pansement. Et les jours succèdent aux jours.

– Tiens, Lebreton, une visite pour toi, dit quelqu'un qui vient d'ouvrir la porte.

J'entends un frou-frou de robes autour de mon lit et le bruit caractéristique des chapelets. Ce sont deux « sœurs ». Et soudain, je comprends, je sais qui c'est. Pendant mon premier séjour à Damas, j'avais parfois rencontré des sœurs franciscaines missionnaires de

Marie, qui allaient par deux. Je connaissais bien leurs robes blanches et je n'avais pas eu de peine à les identifier. Pas de doute, c'est elles.

– Bonjour, monsieur Lebreton, me dit une douce voix féminine à ma droite. C'est la Mère provinciale des franciscaines missionnaires de Marie qui vient vous voir.

– Ah ! ma Mère, je l'aurais parié. Ma sœur était franciscaine missionnaire de Marie, elle aussi. Mais elle est morte.

– Ah ! Comment s'appelait-elle donc?

– Mère Saint-Jean de Baeza.

– Son nom ne m'est pas inconnu. Je crois que nous avons une Mère à la communauté de Damas qui a été sa compagne. En tout cas, puisque vous avez une sœur chez nous, j'ai doublement raison de venir vous voir.

Je souris à cette amitié.

Cette visite m'apporte un véritable réconfort. Et pourtant, que peut-on raconter à une bonne sœur quand on a l'habitude des corps de garde? Si elles reviennent, leur visite sera plutôt casse-pieds certains jours.

Le lendemain Mme Fouquet me dit que c'est elle qui s'est permis de demander aux religieuses de venir me voir.

Pendant mes neuf mois d'hôpital, Mme Fouquet est venue me voir chaque jour. C'est de la constance où je ne m'y connais pas. Son amitié nous aura fait grand bien, à mes camarades et à moi-même. Mais ne m'en veuillez pas, madame Fouquet, si vous lisez ces lignes, quand j'affirmerai que les visites des franciscaines m'ont plus profondément marqué. Votre geste à mon égard fut irremplaçable. Si vous n'étiez pas venue, il aurait fallu vous inventer. Mais les visites des franciscaines, c'était Misette qui venait me voir...

Le dimanche suivant, nouveau frou-frou de robes dans la chambre, accompagné du cliquetis de chapelet autour de mon lit. Une main se pose sur mon bras.

– Bonjour, monsieur Lebreton.

Et tout de suite, comme si elle était pressée de me l'apprendre :

– Savez-vous que je vous connais?

– Seriez-vous Mlle Rocher? Excusez-moi, je ne connais pas votre nom en religion.

– Mais oui. Ici, je m'appelle Mère Saint-Paul.

Avec elle, ce qui m'arrivait, ce n'était plus la visite d'une bonne sœur, c'était une amie d'enfance de Misette, qui connaissait papa et maman. Ma sœur s'était confiée à elle quand elle avait découvert sa vocation religieuse. C'est elle qui l'avait orientée vers les franciscaines. Je connaissais sa famille. Cette bonne sœur, c'était une amie.

Elle revint me voir tous les dimanches avec une de ses compagnes. Au début, les conversations furent plutôt anodines. Elle me faisait parler de la Libye, des vents de sable, de la poussière, de ma vie là-bas.

– Quand il nous arrivait des légumes frais, lui dis-je un jour, les copains me demandaient d'être de corvée de cuisine. Je leur faisais du lard aux choux comme on fait chez nous, en Bretagne.

– Parce que vous êtes aussi cuisinier?

– Vous savez, l'armée, ça mène à tout.

– Mais avec quoi faisiez-vous cuire votre cuisine?

– De petits réchauds à essence. Mais ils fonctionnaient mal et se bouchaient sans cesse, avec le vent de sable. Alors on faisait du feu avec de l'herbe à chameau.

– De l'herbe à chameau?

– C'est une plante noueuse, toute tordue. Son bois rappelle un peu celui de notre bruyère. Elle est si sèche que, même au maximum de sa sève, elle flambe comme du bois mort. Ça pousse comme ça, au désert, entre deux cailloux, et nous la récoltions autour de notre bivouac. Le vent qui souffle accumule au pied de la plante un petit tas de sable qui va grandissant. Bientôt le tas est haut comme une taupinière et, seules, les extrémités des branches sortent de la dune naissante. Plus tard, elles sont absorbées à leur tour et la dune atteint deux ou trois mètres de haut, peut-être plus.

Elle me pressait de questions, elle s'intéressait à tous ces petits riens qui, désormais, faisaient partie de moi-même. C'est cela sans doute la véritable amitié.

Je lui dis un autre jour :

– Nous avions un juteux...

– Qu'est-ce que c'est, un juteux?

– Ah oui, c'est vrai, vous ne pouvez pas savoir... Un adjudant, bien sûr. Nous avions un adjudant qui s'appelait Candy. Il était bourré de principes militaires et professait, en particulier, qu'on ne doit jamais laisser un soldat à ne rien faire. Un jour qu'il nous vit inactifs – c'était pendant notre montée vers les lignes – il vint vers nous avec des pots de peinture et des pinceaux plein les bras, et nous donna l'ordre de peindre des devises sur nos blindés. Vous pensez! Qu'est-ce qu'on avait à en foutre!

Elle rit et demanda :

– Qu'est-ce que ça veut dire?

– Que ça ne nous intéressait pas, bien sûr. Pensez donc! Huit jours plus tard, nous devions être en première ligne. On avait d'autres chats à fouetter.

– Oui, sans doute. Et alors?

– Alors, j'ai peint cette devise sur ma blindée : « On se fout du qu'en-dira-t-on » (Candy-Raton). Depuis lors tout le monde l'a surnommé le Raton.

Elle éclate de rire, mais, choquée, elle me donne une petite tape sur le bras.

– Pourquoi faire cela? Il n'était pas méchant tout de même?

– Méchant, non. Un peu casse-pieds.

– Comment dites-vous?

– Casse-pieds, oui... Embêtant. Mais il aurait été sympathique, ç'aurait été pareil. Pensez donc, c'était si amusant de lui faire le coup.

Et les jours passaient. Décembre se termina avec la fête de Noël. Janvier ramena une visite d'Henri. Après sa maladie, il avait eu un congé de convalescence et il était venu le passer près de moi, à Damas.

Je reprenais progressivement des forces. Chaque jour, la courbe ascendante était de plus en plus tendue vers la verticale. Le moral se maintenait au beau fixe.

A l'hôpital, au service de chirurgie, nous étions logés par chambres de quatre. Mes trois compagnons étaient des fusiliers marins, grands mutilés comme moi.

Un jour, nous avons demandé à l'infirmier d'enfoncer un clou dans le mur au-dessus du lit de chacun de nous. Puis nous l'avons prié d'aller acheter aux souks les quatre plus grosses clés qu'il pourrait trouver. Nous les avons fait accrocher aux clous.

Quand Mme Fouquet les vit, elle fut très intriguée.

– Qu'est-ce que cela peut bien être? dit-elle.

– Ce sont les clés du moral. Vous remarquerez comme elles sont rouillées. C'est vous dire qu'on n'a pas souvent besoin de les décrocher.

Elle éclata de rire.

– Vous êtes formidable, dit-elle. Moi, quand j'ai le cafard, je me dis : Heureusement, cet après-midi je vais à l'hôpital, les petits gars vont me remonter.

Un des camarades jouait de l'accordéon. Quand l'un de nous avait le bourdon, il décrochait son biniou, et chacun poussait sa chansonnette.

Quand Bébert veut sortir sa Margot
Y va pas dans les chouettes caboulots...

– Et en avant, et que ça guinche, disait Marot.

– Ah! pour ça, vaut mieux pas trop y compter, disait Mével.

En effet, le premier était amputé d'un bras et avait une jambe très abîmée; le second avait perdu un pied; et le troisième était cul-de-jatte. Quant à moi, je ne pouvais même pas quitter mon lit.

J'arrivais depuis peu à décoller ma tête de l'oreiller, mais je continuais à manger couché. J'en avais pris l'habitude, et la position assise me fatiguait.

Un jour Mme Breuil, furieuse, fit irruption dans notre chambre.

– Alors, les gars, vous n'allez pas arrêter votre bastringue? On ne s'entend plus dans la pièce à côté.

– Ah! Qu'est-ce que vous voulez, madame Breuil!

Et on essayait de parlementer.

Elle tournait le dos à Marot, qui, histoire de passer le temps, s'était confectionné un bonnet d'âne. Il eut l'idée d'en coiffer l'infirmière-major. Le bonnet était si léger que la dame ne s'était aperçue de rien. Soudain, elle se vit dans la glace du lavabo. Elle pouffa de rire. C'était fini. Nous avions gagné.

C'est avec de pareilles bêtises qu'on tenait le moral. Que voulez-vous? Les quatre de la chambrée ne totalisaient pas quatre-vingt-cinq ans.

Et les jours succédaient aux jours.

Chaque matin j'allais aux pansements, chaque jour Mme Fouquet venait me voir, et chaque dimanche Mère Saint-Paul me rendait visite.

Je lui racontais les derniers potins de la semaine ou de nouvelles histoires de Libye. Mais les sujets s'épuisaient et, un beau jour, j'abordai les problèmes religieux.

En arrivant à l'hôpital, j'avais demandé à l'aumônier de m'apporter la communion tous les dimanches. Au début, cela n'avait pas été facile. Le respect humain, qu'est-ce que vous en faites? Heureusement, l'état de torpeur où j'étais arrangea les choses et les copains ne firent pas de réflexion. Désormais l'habitude était prise.

Mère Saint-Paul me demanda à brûle-pourpoint :

– Mais pourquoi ne communiez-vous pas tous les jours?

Brr! Qu'est-ce qu'elle me demandait là?

– Les copains vont me prendre pour un bigot, dis-je.

Elle insista discrètement :

– Eh bien, deux fois par semaine, alors?

Le soir, en attendant le sommeil, je mijotais ces conversations. Bien que je fusse toujours ignorant de mes véritables infirmités, je pressentais la gravité de mon état. Depuis trois mois j'étais couché sur un lit sans pouvoir pratiquement m'asseoir. Or, certains camarades, blessés comme moi à El-Alamein, commençaient à circuler seuls dans les couloirs, et je ne pouvais m'empêcher de faire des comparaisons. Quelque chose en moi me disait qu'il me faudrait un jour beaucoup de courage pour surmonter – surmonter quoi? Je n'en savais trop rien.

Mais cette appréhension n'était pas une angoisse. Je restais calme et j'avais tendance à prendre la vie par le bon bout.

Il m'arrivait de revenir à ma méditation du 14 août : Dieu

existe-t-il? Dieu n'existe-t-il pas? Le moment n'était-il pas venu de pousser plus loin mes réflexions?

Si Dieu existe, s'il est la bonté même, il ne peut pas assister, indifférent, à mon premier combat avec la souffrance.

Et j'engageais la discussion avec moi-même.

– Qui te dit qu'il suit la même logique que toi.

– Mais c'est la donnée du problème. S'il est ce que disent les chrétiens, Dieu m'a créé pour l'adorer. Il m'a donné la raison et la capacité d'aimer, pour y parvenir. Si nous sommes appelés à une vocation d'amour, la raison doit pouvoir nous y conduire.

– Ou nous en écarter.

– Bien sûr, par voie de conséquence. Il n'y a pas d'amour sans liberté. Si la raison peut me conduire à l'Amour, elle doit pouvoir m'en écarter.

– Aimer Dieu, quelle ambition! Dieu, c'est bien vaste, c'est infini, et je suis limité. Jamais je ne pourrai l'absorber tout entier.

– Il s'en doute, figure-toi! Tout ce qu'il attend, c'est que tu le cherches. Il fera le reste.

– Il fera le reste. Oui, sans doute, la grâce... Mais l'ai-je méritée?

– Non, évidemment. Comment peux-tu la mériter?

– Comment peux-tu mériter la grâce de Dieu? Et si tu ne peux la mériter, peut-être pourrais-tu la lui demander? S'il est bon, Dieu te l'accordera. Sois sincère, sois prêt à accepter sa volonté.

– Accepter sa volonté? Mais je suis prêt. Si, en décidant de le suivre, je suis assuré de recevoir sa grâce, je n'ai plus rien à craindre. Il peut me demander ce qu'il voudra. Et dans ce cas, de deux choses l'une : ou je suis capable de tout lui offrir, et je le lui offre; ou j'en suis incapable, et c'est lui qui m'offre, en même temps que sa demande, la possibilité d'y répondre. Oui, la grâce, la grâce, il est prêt à me la donner.

Mais soudain, agacé et craignant de m'engager davantage sur le terrain où je m'aventurais :

– Eh bien, qu'il me la donne!

– Penses-tu! Il t'aime trop!

– Comment ça, il m'aime trop?

– Eh oui, il t'aime et te veut libre. N'oublie pas que tu restes libre de ton choix entre l'amour et son contraire. Dieu ne te donnera pas une grâce que tu ne lui auras pas demandée. Si tu en as besoin, demande-la-lui, il te la donnera.

– Alors, impossible de lui échapper?

– Il t'a créé pour aller vers lui, pas pour autre chose. Sans lui tu devras constater l'absurdité de ta vie. Sans lui tu n'es qu'une ampoule électrique non branchée. Tu ne sers à rien, tu n'es rien par toi-même. Par contre, si Dieu existe, ta vie prend tout son sens. Décide-toi. Demande-lui sa grâce, mais pas seulement une fois chaque dimanche.

– Communier chaque jour? Non, c'est trop.

– Alors, deux fois par semaine, dit Mère Saint-Paul.

– Tu te rends compte? Que vont dire les copains?

– Tiens? N'avais-tu pas dit que tu pourrais lui donner tout, puisque tu étais assuré de sa grâce? Tu vois qu'il te laisse libre du choix.

– Mon Dieu, mon Dieu, où me conduisez-vous? Si vous existez, Seigneur, et que je franchisse ce pas, ayez pitié de moi. Peut-être me donnerez-vous un peu plus de conviction, un peu plus d'espoir? Peut-être me ferez-vous un signe qui me dira que je suis sur la bonne voie? C'est entendu, demain, je demanderai la communion deux fois par semaine.

Quinze jours plus tard, je la demandais trois fois, puis, enfin, tous les jours.

« Seigneur, Seigneur, si vous existez, ne repoussez pas ma prière, faites-moi comprendre que je suis sur la voie. Au moins une fois, rien qu'une fois. Après, je saurai que je n'ai plus qu'à continuer tout droit. Ayez pitié de mon hésitation, de mon trouble! »

Et les jours, lentement, se succédèrent.

Un matin, l'infirmière-major me présenta une nouvelle infirmière.

– Mlle Monique Varnoux.

– Tiens, lui dis-je, j'avais un copain, en Libye, qui s'appelait Varnoux, Albert Varnoux.

– Mais c'est mon frère.

– Sans blague! C'est un chic type.

Elle éclate de rire. On se lie d'amitié.

Quelques jours plus tard, elle me propose de me faire la lecture, le soir, après son service. Et chaque soir, gentiment, elle vient me lire un chapitre.

Au début de mars, le genou droit est dégagé des bandages, le cou et le visage sont définitivement guéris. Lentement mes plaies se referment.

En voyant mon visage découvert pour la première fois, Robert Mével s'exclame en me passant le doigt sur le cou :

– Il n'est pas passé loin, celui-là.

La cicatrice se trouve juste au-dessus de la carotide.

– Eh oui, il faut croire que ce n'était pas le jour !

Pendant ce long brouillard qui succéda au coup de gong du 5 novembre, j'avais pris l'habitude de l'obscurité. Si bien qu'en reprenant progressivement conscience de moi-même, je n'étais pas surpris de ne pas voir clair, même quand on m'enlevait le bandage des yeux. Insensiblement, sans même m'en rendre compte, je m'étais fait à l'idée que mes yeux étaient gravement atteints. Le médecin ophtalmo était venu me voir au début de mon séjour, mais il n'était pas revenu. Sans doute n'y avait-il rien à faire dans l'immédiat.

En janvier, Henri m'avait dit :

– Tu sais, les chirurgiens ici n'ont pas beaucoup de moyens. Quand tes plaies seront guéries, on t'enverra en Angleterre ou en Amérique et là, tu consulteras de grands spécialistes.

Je m'étais habitué à la perspective de rester aveugle pendant six mois ou un an. Cela s'était fait sans à-coups, peu à peu, en même temps que ma lente remontée physique. Mais, avec elle, l'épreuve était venue. A chaque goutte de vérité qui tombait dans ma conscience correspondait une goutte d'amertume.

Cependant le moral tenait. Je n'éprouvais pas le besoin de me plaindre. Un jour même, je fis des reproches à Mme Fouquet qui s'apitoyait sur mon sort.

– Je ne comprends pas pourquoi vous me plaignez ! Est-ce que je me plains, moi ?

Plutôt que de l'héroïsme, c'était de l'inconscience. Car, le jour où le voile se déchira, ce fut autre chose ! En attendant, je blaguais, je chahutais.

On m'asseyait maintenant très fréquemment dans mon lit. De temps à autre, on m'installait dans un fauteuil roulant pour m'emmener en visite dans les autres chambrées. Ça me changeait – j'allais dire d'horizon.

J'avais gardé de Libye l'habitude de faire la sieste. Aussi je m'endormais rarement avant minuit. Vers dix heures, on éteignait les lumières et je profitais de ces longues veillées solitaires pour me remémorer les quelques blagues entendues pendant la journée, me promettant de les raconter à d'autres le lendemain. Il m'arrivait aussi de réfléchir à des questions plus sérieuses, et particulièrement aux problèmes de la foi.

Sur le coup d'onze heures, Mlle Varnoux, infirmière de nuit, venait me faire fumer une cigarette.

Or, un soir – celui du 12 mars – pendant cette insomnie, une question me vint à l'esprit : « Et si j'étais amputé des deux mains ? »

Pour la première fois depuis ma blessure, j'eus l'idée de tâter ma main gauche avec ma main droite, et réciproquement. L'articulation de l'épaule droite était maintenant plus souple. Mes deux moignons restaient enveloppés de pansement, mais cela ne m'empêcherait pas de me faire une opinion. Je portai donc l'extrémité de mon avant-bras gauche à la pointe du coude droit et, avec celle de mon cubitus gauche, je longeai mon radius droit. Lorsque j'eus parcouru une distance normale, je sentis une petite boule à l'extrémité de mon avant-bras droit. « Tiens, me dis-je, c'est le petit renflement du radius à la hauteur du poignet. Voyons plus haut. »

J'avançai mon avant-bras gauche. Plus haut, il y avait le vide !

J'en fis autant avec l'autre bras. Je retrouvai le même renflement du radius. Plus haut, c'était encore le vide. Je me dis à moi-même : « Après tout, je m'en fous. »

Un tel stoïcisme peut paraître effarant. La réalité est tout autre. La vérité m'était désormais acquise. Je la possédais. Mais elle n'était pas encore entrée définitivement dans ma conscience.

Une vérité comme celle-là, on n'y croit pas ; on est convaincu qu'on s'est trompé. On met en sursis : et puis, après tout, je m'en fous. Hier les yeux, aujourd'hui les mains, tant pis.

Quand vint minuit, je m'endormis comme si de rien n'était. Le lendemain, je me réveillai comme à l'ordinaire. L'aumônier m'apporta la communion. Toilette faite et petit déjeuner pris, je me retrouvai au repos dans mon lit. La découverte de la veille me revenait, lancinante. Plaçant mes deux coudes côte à côte au milieu de ma poitrine, mes deux avant-bras collés l'un à l'autre, j'interpellai Mével :

– Tu n'as pas l'impression que j'en ai un plus long que l'autre?

– Pas l'impression, dit-il en hésitant. Pourquoi?

– Oh! Pour rien, comme ça.

Il m'avait manifestement menti. Car, en appliquant les avant-bras l'un contre l'autre, j'avais remarqué que le droit était plus court que le gauche, de cinq à six centimètres au moins. C'était certainement visible à l'œil nu. La veille, il m'avait semblé que l'amputation avait été pratiquée à ras du poignet. Me serais-je trompé? Ah! je voulais tellement savoir.

Le même matin, pendant les pansements, je dis à Mme Breuil d'un ton négligent :

– C'est curieux, vous me nettoyez toujours le dos de la main, jamais la paume. Pourtant je tenais la grenade dans les mains quand elle a explosé. La paume doit être très abîmée.

– Oh! vous savez, dit Mme Breuil, on vous nettoie partout.

Je n'étais toujours pas fixé. Comment faire pour savoir? Je les sentais encore, mes mains, au bout de mes bras. Elles étaient comme figées, crispées sur la grenade, dans le geste du lanceur que j'avais au moment de l'explosion. Sans doute je savais que les amputés sentent toujours leurs membres. Était-ce mon cas?

Le soir, Mlle Jaffret vint me faire la lecture. J'arrêtai son geste vers le livre.

– Non, dis-je, si vous voulez bien, ce soir, on va causer.

– Eh bien soit, répondit-elle de son ton enjoué. Qu'avez-vous à me dire?

Je gardais le silence. J'avais peur, et de ma question et de sa réponse. Je dis enfin :

– J'ai appris une sale nouvelle aujourd'hui.

– Ah! Et quoi donc?

– J'ai su que j'étais amputé des deux mains.

– Eh oui, dit la jeune fille avec une voix que je ne lui connaissais pas, c'est dur ! On ne pouvait pas vous le dire.

– Je pense bien. Je me mets à votre place.

Elle me serra le bras.

– Ce doit être dur à admettre.

– Ben non, moins que je n'aurais pu le croire. Au fond, vous savez, c'est inouï ce qu'on s'habitue à recevoir des pépins sur la figure.

Ce soir-là, l'accordéon fut en berne. Les copains avaient compris que je voulais parler à Mlle Jaffret. Ils étaient partis discrètement faire leur belote ailleurs.

Cette fois, j'étais sûr. Mireille Jaffret avait vu cent fois mes moignons à l'air. Aucun doute n'était plus possible. Inutile de me mentir désormais, de me berner avec de faux espoirs.

Le 14, le 15, je fis mon petit tour dans les chambres voisines sur mon fauteuil roulant. Le 16, le 17, la bobine continua de se dérouler. Le 18, le fil se tendit à rompre. Mais le 19, ah, le 19 !

J'étais de plus en plus irritable. J'appelai l'infirmière syrienne, celle qui m'avait fait la piqûre à l'aérodrome, le jour de mon arrivée.

– Mlle Leïlah, pourriez-vous me mettre dans le fauteuil roulant pour que je puisse faire mon petit tour?

Elle s'exécuta gentiment. Je lui demandai de me conduire dans une salle d'où sortaient des rires. Je comptais sur la gaieté des copains pour me permettre de doubler le cap.

Mais lorsque nous entrâmes dans la chambre, les rires cessèrent brusquement. Ils devaient savoir que je savais. Était-ce la timidité devant ma souffrance qui leur enlevait leur entrain, était-ce le respect? Un peu les deux sans doute. Mais comment ne comprenaient-ils pas que c'était leur gaieté que je demandais? Eux qui avaient connu l'épreuve avant moi, eux qui savaient ce dont j'avais besoin, ils n'auraient donc pas le courage de surmonter leur timidité pour me décocher en pleine figure une de ces boutades qui font rire à tout coup? Pas un ne me ferait l'aumône d'une plaisanterie?

Tous se taisaient. La gêne était parmi nous. Comprenant qu'ils avaient, eux aussi, besoin de rire, d'oublier leurs épreuves, d'enrouler leur bobine, pour parer à toute éventualité, je demandai à Mlle Leïlah de me conduire dans une autre chambre.

Et j'obtins le même résultat. Dans une troisième, ce fut la même chose. Mon agacement croissait. N'y tenant plus, je me fis ramener dans mon lit.

Dans le couloir on entendait le grincement du chariot des repas et son tintamarre de casseroles.

– Justement, voilà le déjeuner, dit l'infirmière.

Quand je fus étendu sur mon lit, je demandai quel était le menu.

– Du roastbeef et de la purée.

– Oh ! De la purée, encore de la purée ! Il n'y a donc que des patates dans cet hôpital ! Y en a marre !

Mais déjà l'assiette était sur ma table de nuit ; l'infirmière étendait la serviette sur ma poitrine et me présentait la première cuillerée. Cette cuillerée réussit à passer ; la seconde aussi, puis la troisième et la quatrième. Mais la cinquième je la crachai en plein visage de la jeune fille et lui balançai la serviette à travers la figure. Et, avec une énergie que je ne me connaissais pas, je me tournai brutalement du côté gauche, pour dissimuler mes larmes contre le mur, le corps secoué de sanglots.

– Mais monsieur Lebreton, monsieur Lebreton, appelait Mlle Leïlah, qu'est-ce qui vous prend, qu'est-ce qui se passe ?

Soudain, elle comprit et, sans plus attendre, alla chercher Mireille Jaffret.

Mireille commença par me recoucher sur le dos, doucement, très doucement, sans un mot. Puis, se penchant, elle appuya son front contre le mien. Alors, avec beaucoup d'amitié et un rien de malice dans la voix :

– Eh bien, on fait sa mauvaise tête ? dit-elle.

– Ah ! Comprenez-moi, je n'en puis plus. C'est trop pour un seul homme – et comme si je voulais la blesser –, vous vous en foutez, vous ! Vous avez vos mains, vos yeux. Vous ne pouvez pas comprendre.

Elle ne parlait pas. Elle me laissait vider tout mon fiel, toute mon amertume, prenant ma détresse en charge, se gardant de m'interrompre, sûre d'assumer la totalité de ma peine.

Oh si, elle comprenait. Elle avait ses mains et ses yeux, c'est vrai, mais ce désespoir qui était aujourd'hui le mien, elle l'avait connu avant moi.

Je sentis deux larmes me couler sur le front. Je compris tout le mal que je venais de lui faire, et je me tus. Je pensai à son chagrin à elle. Un soir, elle me l'avait confié, sur un ton badin. Puis je repensai à ma souffrance, faisant communier nos deux épreuves. Et lentement je retrouvai mon calme.

Le dimanche suivant, quand j'appris à Mère Saint-Paul les nouvelles de la semaine, je sentis la pression de sa main sur mon bras se faire plus forte.

– Vous savez, ma Mère, cette fois j'ai vraiment atteint le fond du sac. En Libye, j'ai vu un jour une effroyable explosion où vingt et un hommes furent anéantis d'un seul coup, volatilisés. Ce soir-là, j'avais dit : La mort, en pleine bataille, ce n'est rien, on ne la voit pas venir. Moi, ce que je crains le plus, c'est de perdre un bras ou une jambe; je ne pourrais pas le supporter, je me foutrais en l'air. Et aujourd'hui, je suis aveugle et sans mains... Enfin, ma Mère, la combinaison de cette quadruple amputation, c'est un raffinement de cruauté. Je ne vois pas de malheur plus grand que le mien; et vous voudriez que je ne me révolte pas? Dieu est bon, dites-vous. Alors, comment permet-il une telle catastrophe? Comment permet-il au destin de s'acharner ainsi sur moi? Vous vous rendez compte : vingt et un ans! Le bel âge, paraît-il. Parlons-en. On fait des projets à mon âge, mais jamais des projets d'infirmité!

Elle était donc venue, cette épreuve dont j'avais si peur. Mère Saint-Paul ne disait rien, mais me faisait comprendre sa réponse par la pression de sa main sur mon bras.

– Vous me direz que les hommes sont libres (je continuais de soliloquer), libres même d'utiliser cette liberté pour s'entre-tuer. Où est mon crime pour que je sois ainsi châtié? Je me suis engagé pour libérer mon pays, libérer ma famille, et voilà comment Dieu me récompense! Drôle de façon, en vérité.

Mère Saint-Paul se taisait toujours, et je sentais la pression sur mon bras qui ne se relâchait pas. J'augmentais ma révolte, comme pour m'acharner contre elle.

– Ah ! ma Mère, si Dieu est bon, il est encore temps qu'il le montre.

J'étais épuisé de fatigue et de détresse. Je me tus. Après un moment, j'entendis la voix de Mère Saint-Paul.

– Job sur son fumier...

Et plus tard :

– Il ne m'a pas maudit...

Une pause encore, et elle reprit :

– Si le grain de blé ne tombe en terre et ne meurt, il ne portera pas de fruit.

J'étais trop assommé pour pouvoir répondre. Mais ces phrases entraient doucement dans ma tête, bien que je fusse incapable d'en mesurer le sens.

Pendant les deux ou trois semaines qui suivirent je restai plongé dans une véritable torpeur. Je communiais tous les jours. J'avais un tel besoin d'une réponse de Dieu que j'aurais été capable de payer à n'importe quel prix le moindre rayon de lumière qu'il m'aurait envoyé dans ma nuit.

Il était loin, le respect humain du début. J'aurais presque souhaité que les copains fissent des réflexions désagréables pour donner plus de prix à ma prière.

Insensiblement, par bonds successifs, je retrouvais le calme. Je le reprenais doucement. Puis je retombais. Puis je remontais.

– Eh oui, dis-je un jour à Mère Saint-Paul, c'est comme le pèlerin de Compostelle : trois pas en avant, deux en arrière.

– C'est ça, me dit-elle avec un sourire, en me tapotant le bras, continuez.

Avril ramena les parfums printaniers et un soleil plus vif. Les forces continuaient de me revenir. D'un coup de reins, je passais tout seul de mon lit dans le chariot pour aller à la salle de pansements, puis du chariot à la table. Et après le traitement, on remettait ça.

Un après-midi, je laissais glisser ma jambe droite le long de mon lit et, sentant le sol ferme sous mon pied, je m'aventurai davantage. J'essayai de m'asseoir, seul, en m'aidant de mes coudes. J'y parvins plus vite que je n'aurais cru. Encouragé, je risquai ma jambe gauche dans le vide jusqu'à la faire poser au sol.

Les copains, engagés dans une partie de belote endiablée, ne s'étaient aperçus de rien. Ils levèrent la tête et furent affolés.

– Tu es fou, tu vas te casser la gueule ! Madame Breuil, madame Breuil !

Celle-ci accourut en toute hâte.

Quand elle me vit, de la porte où elle s'arrêta, le cri qu'elle poussa fut tout différent de celui qu'attendaient les copains.

– Mon Dieu, qu'il est grand !

Jusqu'alors on ne m'avait jamais vu que couché, on ne pouvait juger de ma taille. Or, je mesure un mètre quatre-vingt-dix.

Mais j'avais la jambe gauche bien lourde et je me recouchai. L'infirmière-major préféra m'aider; c'était plus prudent.

Le lendemain, c'est elle qui me relança.

– Allez, Lebreton, debout !

– Mais j'ai pas de forces !

– Et ce que vous avez fait hier, tout seul? Allons, grand paresseux, debout !

Je tentai un nouvel essai. La tête me tournait un peu. Deux jours plus tard, je faisais quelques pas au bras d'une infirmière. Avant la mi-avril, j'abandonnai définitivement le chariot. Je me rendais à pied à la salle des pansements. Pourtant ma jambe, toujours plâtrée, ne me facilitait pas la marche.

Ma santé se rétablissait complètement et je retrouvais mes forces. Je circulais dans l'hôpital. Il m'arrivait de descendre les deux étages pour aller m'asseoir à l'ombre dans le jardin. L'aumônier ne me montait plus la communion, mais sœur Marie venait me chercher chaque matin pour me conduire à la messe.

Le plan de l'hôpital était simple et je n'avais eu aucune difficulté à me le mettre en tête. Au deuxième étage, où se trouvait le service de chirurgie, je me hasardais seul dans le couloir.

On avait enlevé les pansements du bout de mes bras et je m'étais passé les moignons sur le visage pour en connaître la forme. Ah !

ces moignons, que pourrais-je en faire maintenant? Parfois, je risquais un geste pour tenter de les utiliser. Je coinçais un objet quelconque entre mes deux avant-bras pour le changer de place – mon paquet de cigarettes par exemple, pour le passer à un copain alité.

Un jour, je réussis à faire beaucoup mieux. J'étais parvenu, non sans peine, à glisser mon paquet dans ma poche. Je tentai ensuite d'y adjoindre le fume-cigarette et la boîte d'allumettes. Une fois cet objectif atteint, je ne savais plus qu'inventer.

Je me rappelai l'existence d'un sac de prunes auquel je n'avais pas touché. J'eus l'idée d'en faire une distribution. A tâtons, je retrouvai ma table de nuit, puis, au toucher de mes deux avant-bras, je reconnus le sac de prunes. Il était rempli, il fallait faire attention. Mais je parvins à le coincer dans le creux de mon coude droit. Je m'aventurai dans le couloir, mais le sac gênait ma marche; je n'avais plus qu'un bras pour tâter le mur. J'arrivai cependant sans encombre jusqu'à la première chambre.

Là, fier comme un Suisse qui fait sa distribution de pain bénit, j'allai de lit en lit et, du moignon gauche resté libre, je fis tomber une prune devant chaque copain.

La première chambre terminée, je passai à la seconde, puis à la troisième, et quand je m'aperçus qu'il ne restait plus qu'une prune dans le sac, je m'assis au pied du lit et la fis rouler sur le drap. Enfin, je la pris entre mes deux moignons et la portai à mes lèvres. Quand je l'eus mangée, j'interpellai un gars pour repérer l'endroit où il se trouvait et quand il me répondit je soufflai le noyau dans sa direction.

Encouragé, j'essayai d'extraire mon paquet de cigarettes de ma poche. Ce ne fut pas sans mal, mais j'y parvins. La boîte d'allumettes et le fume-cigarette subirent le même sort. Saisissant le paquet entre mes moignons, je le penchai pour faire sortir une cigarette. J'attrapai celle-ci entre mes lèvres; avec mes moignons je l'insérai dans le fume-cigarette et je retournai le tout. Je lançai à un camarade la boîte d'allumettes et lui dis :

– Tiens, donne-moi du feu.

Les blessés faisaient cercle et ils se réjouissaient autant que moi de mes prouesses. C'était peu de chose, mais je revenais de si loin !

Quand je regagnai ma chambre, le roi n'était pas mon cousin. Mon moral avait retrouvé le beau fixe.

Le truc était simple : à tout prix, éviter de broyer du noir, éviter l'ennui. Si je m'ennuyais le soir en attendant le sommeil, je faisais du calcul mental. Le système avait le grave inconvénient de repousser le sommeil, mais le résultat principal était atteint.

Monique Varnoux ne se dérangeait plus pour venir me faire fumer le soir. C'est moi qui me déplaçais. Lorsque le silence devenait trop lourd, je prenais mon paquet et m'en allais dans la pièce voisine où je l'entendais tourner ses pages. Elle avait toujours un mot aimable pour m'accueillir. Je m'asseyais à côté d'elle et nous bavardions. Son tact et sa délicatesse avaient créé entre nous un lien de très vive amitié.

La cigarette terminée, je regagnais mon lit.

J'avais fait la connaissance d'Albert Varnoux en janvier 1942, lors de mon affectation au 1er spahis à Damas. Ses parents habitaient Brazzaville où son père dirigeait un important comptoir. Albert avait vécu en Afrique dès son plus jeune âge. Fasciné par la luxuriante végétation tropicale, il était passionné d'agriculture. Je le rencontrai dans une bibliothèque où je cherchais de la documentation sur l'Afrique. Moi aussi j'avais subi l'envoûtement du continent noir. Il avait suffi des escales que le navire qui m'emmenait en Syrie fit le long de l'Afrique (car il avait dû faire le tour par le cap de Bonne-Espérance). Notre goût commun pour l'agriculture coloniale nous rapprocha et, très vite, une amitié s'établit entre nous.

Nous avions formé des projets ensemble. Albert m'assurait que son oncle, qui possédait une vaste exploitation en Afrique, accepterait de m'embaucher. « Tu penses, disait-il, après la guerre, il faudra développer considérablement la mise en valeur des terres. Il aura besoin de cadres jeunes. Le manque de denrées se fera sentir. Ce sera l'occasion ou jamais de gagner des marchés. Mon oncle, tel que je le connais, a déjà repéré tout cela, crois-moi. » Cette perspective m'enchantait. Tous les détails qu'il me donnait sur l'entreprise me passionnaient.

En partant pour la Libye, nous étions dans le même peloton. Nous reçûmes ensemble le baptême du feu. Sous les bombardements d'artillerie qui succédèrent à l'attaque d'El-Alamein, Albert fut grièvement blessé. Un éclat d'obus lui traversa la cuisse et broya le fémur. C'est moi qui l'évacuai dans mon automitrailleuse, car les ambulances étaient indisponibles. J'étais heureux malgré ma peine car je secourais mon meilleur ami. Et huit jours plus tard, j'étais frappé à mon tour. Ces épreuves augmentaient encore notre profonde amitié.

Dès ma première rencontre avec Monique je lui rappelai ce passé. Elle écrivit à son frère pour lui dire cette rencontre. Elle était au centre de ce courant affectueux qui continuait entre Albert et moi.

Dès que son travail lui laissait un moment libre, elle venait bavarder.

– Alors, monsieur Lebreton, quelle nouvelle histoire drôle allez-vous me raconter aujourd'hui?

Pour elle, je les triais. Son rire était si franc et si clair que j'aurais regretté de n'avoir rien à lui dire.

Parfois, elle prenait la plume et elle écrivait, sous ma dictée, les lettres destinées à Henri, à tante Vive, à papa.

Les journées continuaient dans la monotonie. Chaque jour ramenait le programme de la veille. Le seul changement, c'était le départ des blessés guéris, immédiatement remplacés par des arrivées du front. C'est pourquoi les lectures que me faisait Monique Varnoux étaient le seul moment intéressant de la journée. Elle s'y prêtait avec tant de gentillesse, elle agissait avec tant de simplicité que sa fraîcheur fut pour moi comme une bouffée d'air pur dans cette ambiance, plutôt triviale, d'hôpital militaire. Toutes les infirmières rivalisaient d'empressement autour de nous, mais, sans chercher à comprendre pourquoi, je préférais la présence de Monique Varnoux. Aussi, lorsqu'elle venait me voir, j'essayais de la retenir par mon bavardage et, amusée, elle se pliait à ce caprice.

Je lui demandais des nouvelles de son frère.

– Vous savez, il n'écrit pas souvent, mais je sais par maman qu'il va mieux.

Dans un hôpital anglais d'Égypte, il enroulait et déroulait sa bobine. Il aurait pu se faire transférer à Beyrouth, ce qui l'aurait rapproché de sa mère – car celle-ci venait de s'y installer à cause des études de ses jeunes enfants. Mais Albert préférait l'hôpital anglais, « histoire d'apprendre la langue », avait-il dit. Peut-être voulait-il éviter un surcroît de charge à sa mère?

Grâce à Monique, je suivais de loin son retour à la santé. Un jour elle m'apprit qu'il venait d'arriver au Centre de convalescence. Il était pratiquement guéri. Seule sa jambe gauche restait plâtrée. Je savais que ce Centre était équipé pour m'accueillir et je demandai au médecin la permission d'y passer quelques jours. Le médecin accepta. C'est ainsi que j'eus la joie de retrouver mon meilleur ami. Ces journées nous confirmèrent encore dans notre amitié. J'en fis part à Monique dès mon retour et elle s'en réjouit.

Un jour, un copain posa sur ma table un roman drôle en me disant : « Tu te feras lire ça, c'est vraiment marrant. » Mais quand Monique en commença la lecture, je fus gêné pour elle du ton paillard que prenait le récit. Sa fraîcheur, sa féminité m'inspiraient un si grand respect que je lui proposai d'arrêter là cette lecture. Sur un ton enjoué, elle m'en remercia.

Quand je fis ma première sortie en ville avec des camarades et des infirmières, elle m'accompagna.

Je m'étais habitué à sa présence. Sans que j'y prisse garde, mes sentiments évoluaient lentement. Un jour, elle m'apprit qu'elle venait d'être affectée à une ambulance chirurgicale alors en formation. Je la sentais heureuse. Mais sa joie ne put empêcher une certaine amertume de poindre en moi à l'idée de la séparation prochaine.

Le vide laissé par son départ me laissa songeur.

C'est en mai 1944, au cours d'une visite que devait me faire Albert à Londres, que je découvris les raisons de ma mélancolie.

La pitié qu'on me manifestait parfois m'irritait singulièrement. Je dis un jour à Mère Saint-Paul :

– Comme ce serait facile d'être égoïste quand on est un grand infirme! Comme ce serait facile d'exploiter cette pitié qu'on me témoigne avec trop de démonstration. Ces gens semblent si sincères dans leur enthousiasme qu'on leur soutirerait n'importe quoi.

J'étais encore plein d'illusions et la vie se chargerait de me soumettre par la suite à de pénibles expériences. Je repris :

– Qu'ils éprouvent cette pitié, c'est très beau, cela prouve qu'ils ont du cœur. Mais qu'ils la gardent pour eux. En les entendant pleurer sur notre sort, nous finirons par croire que nous sommes malheureux ! Ils devraient comprendre que les mutilés sont obligés de se répéter sans cesse qu'ils ne le sont pas.

Je lui dis encore ceci, un autre jour :

– Cette quadruple amputation fait de moi un être extraordinaire, un être hors du commun, et c'est cela qui est difficile. Ne pas être comme tout le monde ! Je ne puis profiter d'aucune expérience qui m'aurait précédé, et pourtant, il faut bien trouver une solution, aller au-delà de soi-même. Je ne sais plus qui a dit : « Quand on n'a pas tout donné, on n'a rien donné. » Jusqu'à présent, je croyais que cette maxime exprimait l'héroïsme. Or, elle n'est que réaliste. Si j'arrive à trouver une activité quelconque, elle me sortira de moi-même.

J'étais surpris par mon propre raisonnement, et malgré moi j'enchaînai :

– Ma Mère, il me semble qu'en acceptant mes infirmités, en faisant l'offrande de mes mains et de mes yeux au lieu de subir mes mutilations, j'ai déjà fait pas mal. C'est faux. Il n'y a pas de maximum. En adoptant cette position, je plafonne : l'homme n'est pas fait pour cela. Pour garder mon équilibre, ma gaieté, ma joie de vivre, pour être heureux en somme, je dois aller plus loin, donner davantage. On dirait de l'héroïsme, mais c'est tout simplement de l'intérêt bien compris.

J'étais littéralement dédoublé, et je ne reconnaissais pas celui qui parlait par ma bouche. Je me rappelais mon coup de cafard du 19 mars. D'où me venait cette sérénité soudaine? Je traduisais là des sentiments jusqu'alors inconnus. D'où me venait cette audace de prétendre faire face? Il y avait encore peu de temps, l'épreuve m'écrasait, et maintenant j'insistais :

– Mais quoi? Donner quoi? Je n'ai plus rien à offrir.

– Rien? me répondit la religieuse. Êtes-vous si sûr de n'avoir rien à offrir? Croyez-vous, par hasard, que d'être heureux quand même ce n'est pas un don que vous faites aux autres?

– Peut-être? Je n'y avais pas songé.

Désormais, ce courage qui avait jailli de moi emportait tout.

IV

Ceci se passe à Kerval, en 1943.

Maman, dans sa chambre, s'occupait à des ravaudages. Elle avait extrait d'une malle du grenier la vieille redingote de grand-père et l'avait transformée en veste pour Louise. François utilisait les vieux vêtements de ses frères. Terré à Kerval, il n'avait pas de grands besoins. Louise et Michel, pensionnaires en ville, avaient plus d'exigences. Un ancien uniforme de mon père avait procuré un complet à Michel. Louise s'arrangeait pour entretenir elle-même son trousseau.

Maman rapiéçait un drap de lit et la machine à coudre trépignait sur le plancher. Germaine vint l'interrompre. L'officier allemand désirait lui parler. La machine s'arrêta net et maman leva un visage durci. Elle demanda :

– Savez-vous ce qu'il veut?

Elle détestait ces rares conversations avec les officiers des troupes d'occupation. La plupart du temps, c'était pour de nouvelles exigences : « Madame, nous voudrions... ». Et chaque fois, dans le français le plus pur malgré l'accent allemand, on formulait des réquisitions nouvelles. Il fallait rentrer ses griffes, subir l'humiliation et se dire, une fois de plus, qu'on n'était plus maître chez soi. Dès juin 1940, les Allemands avaient occupé le deuxième étage de Kerval. En 1942, ils avaient absorbé la remise et l'atelier de François.

Maman savait qu'elle ne pouvait refuser la rencontre. Depuis longtemps elle leur avait fait comprendre qu'elle n'avait aucun plaisir à les voir. Ils n'avaient pas insisté. Ils ne demandaient à être reçus que si l'entrevue ne pouvait être évitée. Pour rien au monde maman n'aurait voulu les recevoir dans l'appartement. En les rencontrant sur le perron, elle leur faisait mieux comprendre son hostilité. Elle descendit.

Dans le hall, deux S.S. l'attendaient, vêtus de leur uniforme noir à tête de mort avec le brassard à croix gammée, coiffés de la casquette réglementaire, impeccables de raideur militaire.

L'officier rectifia la position et sourit. Avec une légère inclinaison de tête :

– Madame, lui dit-il, j'ai le regret de vous annoncer que mon unité va quitter votre demeure. Elle a le grand honneur d'être choisie pour aller se battre sur le front russe. Je me vois dans l'obligation de prendre congé. Je tiens à vous remercier de l'aimable hospitalité que vous avez bien voulu nous réserver.

Maman n'était pas dupe de cette politesse. Elle cherchait la réponse la plus digne, la plus mordante. Depuis le début elle avait décidé de répondre par oui ou par non aux représentants des forces allemandes. Voulant signifier qu'une seule chose comptait pour elle, l'évacuation de Kerval par les troupes allemandes, elle répondit par une question :

– Dois-je comprendre, monsieur, que la réquisition est levée?

L'officier nazi fut embarrassé à son tour. Il prit un biais et, toujours souriant, répondit :

– Ceci, madame, n'est pas de ma compétence. J'occupe les locaux qui sont mis à ma disposition par les autorités militaires. Vous recevrez sûrement des instructions à ce sujet.

Maman resta impassible.

– C'est bien, monsieur, je prends acte.

Considérant que l'entretien était terminé, elle tourna le dos aux officiers nazis et remonta l'escalier.

Les chars sortaient déjà du bois un à un, dans un vacarme infernal. Maman n'eut pas besoin de quitter sa chaise pour reconnaître le bruit des camions qui succédait à celui des blindés. Elle entendit le convoi remonter l'avenue et se perdre dans le lointain. Tout avait été si rapide qu'elle s'habituait mal à la situation nouvelle. Se retrouver seule à Kerval avec François et Germaine, c'était trop beau pour être vrai. Pour se convaincre de la réalité, elle monta au deuxième étage. Le spectacle était désolant : portes défoncées, fils arrachés qui pendaient lamentablement, plafonds maculés de boue et de graisse, enduits arrachés, et les inévitables gravures pornographiques. Elle ressentit cette désolation comme un outrage. Et elle se rendit dans le bois.

Le dessin des allées avait complètement disparu. Les chars avaient creusé de profondes ornières et entaillé les troncs des grands arbres. Ce vandalisme affectait maman, mais déjà les oiseaux, qui semblaient avoir fui les bois pendant la présence des monstres de fer, revenaient et chantaient leur retour. Les merles se renvoyaient leurs appels. La nature reprenait sa vie énergique. A Kerval, l'espoir était revenu. Heureuse de cette impression de liberté retrouvée, maman regagna sa chambre. « C'est trop beau pour que cela dure; d'autres troupes viendront bientôt remplacer celles-ci; mais profitons du bon moment qui passe et apprécions les joies à l'instant où elles nous sont données. » Elle reprit son travail, le cœur en fête.

On frappa à nouveau. Cette fois, c'était le courrier.

– Je crois, madame, qu'il y a une lettre de Monsieur, dit Germaine en entrant.

Depuis longtemps elle participait à toutes les joies et à toutes les peines de la famille. Elle était depuis tant d'années à Kerval!

– Une lettre du Canada? Donnez vite, vite.

Germaine tardait à repartir, tant elle souhaitait, elle aussi, connaître le message. Maman avait décacheté le pli. Soudain son sourire se figea. Inquiète, Germaine hésitait à questionner. Maman comprenait sa curiosité, mais cette fois elle tenait à garder pour elle la nouvelle et elle congédia Germaine. Lorsqu'elle fut seule, elle ne contint plus son émotion et ses yeux se remplirent de larmes. Elle relisait avec peine le message de papa : « Jacques blessé, yeux atteints ». Le reste n'avait plus aucune importance. Seuls, ces mots comptaient. La joie de voir partir les Allemands aurait décidément été bien courte.

Pendant tout ce temps, François n'avait pas quitté son potager. Germaine s'en fut le trouver. Elle était perplexe et sa curiosité légendaire la rendait inventive. Elle lui raconta ce qu'elle savait, espérant connaître la suite par François. Ce qu'elle avait escompté arriva : François, curieux à son tour, abandonna son travail pour aller rejoindre maman dans sa chambre.

Il vit tout de suite qu'elle avait pleuré. La phrase qu'il avait sur la langue pour lui dire sa satisfaction du départ des Allemands lui resta dans la gorge, et soudain, inquiet à son tour, il demanda d'une voix grave :

– Qu'est-ce que c'est?

– C'est Jacques.

Elle voulut rassurer François car elle savait que son visage l'avait trahie. Elle ajouta :

– Il a été blessé.

Et elle lui tendit le message.

Maman n'avait pas d'illusions : elle avait déjà vécu la guerre de 14 et elle savait que ses fils étaient exposés. Mais un fils aveugle, elle n'aurait jamais pu l'imaginer. François tenta de la rassurer.

– Papa ne dit pas qu'il est aveugle. Mais peut-être n'est-il pas fixé lui-même?

Comme si d'avoir pensé que son fils était aveugle avait pu influencer le destin, maman se reprocha d'avoir imaginé le pire. Mais d'autres arguments pessimistes se présentaient à son esprit. « Les yeux, les yeux... Ou on voit ou on ne voit pas. Si Lucien a cru bien faire en me parlant de cette blessure c'est sans doute qu'elle est grave. Si elle avait été insignifiante, il aurait évité de m'en parler, sachant que cette nouvelle me plongerait dans l'angoisse. Il ne l'a pas fait sans raison. Yeux atteints... C'est une formule qu'il a employée pour adoucir le choc. »

De nouveau elle était déchirée par son tourment. Puis, se ressaisissant, elle reprenait de l'optimisme : « Ce n'est pas possible. Si Jacques était vraiment aveugle, Lucien n'aurait pas pu s'empêcher de me le dire. Yeux atteints, cela veut dire qu'il l'a échappé belle. »

Pendant un an elle sera livrée à ce doute cruel. Elle devra attendre le mois d'avril 1944 pour être fixée.

Juillet et août s'écoulèrent. Le projet d'aller consulter des ophtalmos anglais ou américains prenait corps. Je devais quitter la Syrie. Bien sûr, on ne me mettait pas à la porte, mais quelque chose m'appelait ailleurs.

Si d'aventure je rejoignais mon père à Sainte-Anne de la Pocatière, je pourrais, à la fin de la guerre, lui obtenir une priorité pour rentrer en France, en me servant de guide.

J'étais très bien à Damas, où je comptais beaucoup d'amis. Mais je voyais mûrir ces projets avec joie et, longtemps à l'avance, je commençai mes préparatifs.

Depuis ma blessure, pour tout vêtement, je ne connaissais plus que le pyjama. Il me fallut donc reconstituer un paquetage où le short et la saharienne à manches courtes seraient prohibés. Les pleurnicheries des gens qui s'apitoyaient sur mon sort m'irritaient trop : je ne pouvais me permettre d'exhiber mes cicatrices. Les orbites béantes provoquaient déjà assez de commentaires qui m'étaient désagréables.

Quand je sortais en ville avec un copain ou une infirmière, j'entendais les réflexions des gens sur mon passage et elles m'agaçaient. Généralement nous évitions d'aller trop loin. Je pouvais disposer de l'ambulance, mais on me la prêtait avec tant de bonne grâce que je ne voulais pas abuser.

– Et voilà, dis-je un jour à Mère Saint-Paul, mon séjour à Damas se termine. Je vais perdre la joie de vous voir chaque semaine. Comment vous remercier, vous dire ma reconnaissance pour tout ce que vous m'avez apporté?

Elle protestait. A l'en croire, elle n'avait rien fait. Mais j'insistais.

– J'ai failli passer d'Alexandrie à l'hôpital français du Caire, lui dis-je. Mais on m'a dirigé sur Damas. J'avais peu apprécié la ville pendant que j'y étais en garnison, et je fus très déçu. Mais aujourd'hui les desseins de la Providence m'apparaissent très clairement. Je comprends pourquoi je devais venir ici.

Elle m'apprit alors que les franciscaines, en principe, ne peuvent pas rendre de visites. Seule la Mère provinciale peut permettre de déroger à la règle sur ce point. Or, elle ne visitait la communauté que quatre ou cinq jours par an. Sans sa présence à Damas en décembre 1942, cette permission n'eût pas été accordée.

– Si notre Mère n'avait pas été là, vous n'auriez sans doute jamais eu notre visite, conclut la religieuse.

Je souris à cette intervention manifeste de la Providence.

– Les gens appellent cela le hasard, c'est normal, dis-je. Si Dieu n'existe pas, il n'y a pas de plan divin, tout est incohérent... C'est extraordinaire, vous ne trouvez pas? Avant d'être blessé, je connaissais le rire, la gaieté, mais pas la joie, la vraie joie. Il a fallu que je perde mes mains et mes yeux pour que je la découvre. Comment expliquer cela sinon en admettant Dieu? Que dis-je, Dieu? Le Christ et la vérité de sa doctrine. En particulier : Bienheureux ceux qui souffrent.

Et je revoyais, par la pensée, le mont des Béatitudes, le lac de Tibériade, Capharnaüm. J'évoquais Celui qui, deux mille ans plus tôt, proclamait ces paroles dont la réalité bouleversante se manifestait en moi.

Comment ce calvaire s'est-il soudain transformé en joie et en sérénité? Faut-il que le Seigneur soit bon pour m'avoir ainsi comblé ! Car enfin qu'ai-je apporté? Ma prière et ma bonne volonté, mais aussi ma faiblesse et ma misère. Dans ma détresse je me suis tourné vers Dieu, je me suis orienté tout entier vers lui, demandant un signe, une preuve qu'il était la vraie voie. Sa réponse a dépassé ce que j'espérais. Ce fut plus qu'un signe, quelque chose de plus discret, de beaucoup plus divin, quelque chose d'incroyablement libérateur. Sans éclat ni tapage, le Seigneur a réalisé en moi une sorte de défi. Il m'a fait découvrir la joie dans la souffrance. Bienheureux ceux qui souffrent : ce ne sont pas des mots, c'est une réalité concrète.

– Ma Mère, je vous l'ai dit, je voulais une preuve. J'ai reçu plus et mieux. Une preuve c'est terrible, car elle est irréfutable. C'est une arme à deux tranchants qui nous enlève la liberté. Impossible d'échapper à une vérité prouvée. Par contre, en m'accordant ce qu'il m'a donné, le Seigneur confirme ce que vous me disiez, ma Mère : Il nous appelle à une vocation d'amour. Au lieu du signe j'ai découvert la joie. Il a voulu me laisser la possibilité de refuser cette joie, de me refuser à Lui. Pour marcher dans sa voie, je dois lui continuer ma confiance. C'est là cette vocation d'amour dont vous m'avez parlé.

– Je monterai à l'autel de Dieu, me dit la Mère Saint-Paul.
– Du Dieu qui me remplit de joie, lui répondis-je. Et c'était vrai.

Le 14 septembre, vers sept heures du matin, je pris, à Damas, le Douglas qui devait m'emmener à Alger. Étape par étape, il atteignit Tripoli où il s'immobilisa pour la nuit.

La journée m'avait plutôt fatigué. Les sièges étaient confortables, mais je n'avais pas l'habitude de passer une journée entière assis. Ma jambe me faisait mal. Déplâtrée peu de temps avant le départ, l'articulation du genou était encore ankylosée. La nuit à Tripoli fut salutaire.

Le lendemain matin nous faisions une escale à Tunis et à midi nous étions à Alger. Une ambulance nous attendait. Mme Fouquet, qui m'avait accompagné, me conduisit à l'hôpital Maillot et prit congé, pour aller rejoindre son mari au Maroc.

Là, le décor changeait. Deux gars, me croyant endormi, avaient bavardé à côté de moi dans la chambrée de quarante lits où j'avais été conduit.

– C'est un F.F.L.

– Ah! j'aime pas ces gars-là, c'est tous des communistes!

Je devais apprendre à mes dépens tout le mal que la propagande de Vichy avait fait aux Forces françaises libres. Si j'avais été un prisonnier de guerre allemand ou italien, j'aurais été mieux traité. Comme j'essayais de participer à un groupe où j'entendais blaguer, je perçus nettement que mon intrusion jetait un froid. La religieuse elle-même avait envers moi une attitude très réservée. Décidément, j'étais l'ennemi.

Heureusement, une visite m'arriva, aussi bénéfique qu'inattendue. Une main me tapota le bras et une voix féminine que je reconnus aussitôt m'interpella :

– Eh bien, Jacques Lebreton, qu'est-ce qu'on fait là?

C'était Mme Breuil.

Elle avait quitté Damas et dirigeait un camp de convalescents à Fort-de-l'Eau, à côté d'Alger, où elle recevait les blessés de la 1re D.F.L. et de la 2e D.B.

Je n'eus pas à lui expliquer longuement ma détresse et, le jour même, je partais pour Fort-de-l'Eau, où j'attendrais le bateau pour le Canada. J'y retrouvai des copains qui, comme moi, avaient connu les premières heures de la France libre et cet élan de patriotisme qui nous avait soulevés en juin 1940. Il y avait bien parmi nous quelques recrues de la onzième heure, mais ils avaient la pudeur d'être discrets. Au fond d'eux-mêmes, j'en suis sûr, ils nous enviaient fraternellement.

Henri, qui avait réussi à me rejoindre, était heureux de me savoir debout. Pendant la journée, il allait à Alger faire des démarches pour mon départ au Canada. J'avais abandonné les projets d'Angleterre et des États-Unis. Bien que nul médecin ne se fût prononcé, j'avais perdu pratiquement tout espoir de recouvrer la vue. Je n'avais plus qu'un seul désir : aller rejoindre mon père au Canada et y attendre le retour en France.

Le soir, quand Henri rentrait d'Alger, il me faisait faire un peu de promenade pour habituer ma jambe à la marche et lui rendre sa souplesse. Un jour il revint furieux.

– Ah! mon vieux, ces salauds de Vichy! Ils m'ont écœuré aujourd'hui!

– Quoi encore?

– Dans un premier bureau, un type a eu le culot de me demander : Votre frère a-t-il passé un conseil de révision en entrant dans l'armée? Qu'est-ce qui me prouve qu'il n'était pas déjà aveugle et bi-manchot?

– Quel con! Il s'imagine sans doute que les F.F.L., c'était le bordel!

– Tu parles! Mais mon vieux, c'est incroyable! Figure-toi qu'un colonel a eu l'audace de me dire : Quelle idée saugrenue votre frère a eue d'aller se faire blesser à la bataille d'El-Alamein! J'étais tellement révolté que j'ai pris un dossier sur son bureau et que je le lui ai balancé en pleine figure en lui disant : C'est toujours pas ici que je trouverai ce que je cherche!

Les démarches terminées, il ne restait qu'à attendre. Henri rejoignit son unité en Tunisie et je repris mes promenades quotidiennes avec un copain. Un matin j'entendis une femme qui s'écriait à mon passage :

– Ah ! regardez le blessé. Il est aveugle et il n'a plus de mains. Oh ! quand même, qu'est-ce qu'on peut voir !

Je l'apostrophai :

– T'en fais pas la mère, tu te fais ben plus d'bile que moi !

Puis, à Dupuis qui me conduisait :

– Quand donc ces gens-là comprendront-ils à quel point ils m'emmerdent !

Mais les démarches d'Henri aboutirent et le 3 novembre j'embarquai sur le *Lady Nelson*, un bateau-hôpital canadien, à destination du Canada.

Sur le bateau je rencontrai un ancien élève de mon père, le capitaine Butot. Il avait été blessé en Italie. Nous parlâmes longuement de papa, de l'École des pêcheries de Sainte-Anne et je devinai que le capitaine avait gardé une vive sympathie pour son professeur. Il m'était doux d'entendre ainsi parler de mon père.

Le bateau voguait à destination de l'Angleterre où il devait débarquer la moitié de ses blessés. Un matin, on m'apprit que nous passions au large d'Ouessant. Nous étions tout au plus à soixante kilomètres de la maison. J'eus le cœur serré à cette pensée.

Nous arrivâmes à Bristol. Un contrordre obligea le commandant à débarquer tout son monde. Le bateau devait retourner à Alger immédiatement. C'est en ramenant un deuxième contingent de blessés qu'il repartirait pour le Canada.

C'est ainsi que je fus envoyé pour un temps à l'hôpital militaire de Southampton. Je m'y sentis terriblement perdu. J'avais avec moi un caporal de l'Armée belge libre. Un jour je lui demandai de sortir de ma valise une chemise neuve qui devait encore être emballée dans la cellophane. Il ne la trouva pas. Je fus écœuré.

– Merde alors ! Il existe donc un type assez salaud pour voler un gars comme moi !

Bientôt un représentant des services de la France libre à Londres vint me prendre. J'en fus très heureux, mais plus heureux encore de retrouver, à Londres, ma marraine de guerre, Mrs. Blacktown.

– Pourquoi veux-tu aller au Canada? me dit-elle aussitôt. J'ai reçu une lettre de ton père. Il ne voit pas comment organiser ton séjour là-bas. Tu n'y trouveras d'ailleurs pas les médecins ophtalmos que nous avons ici.

Me restait-il un espoir? Les rapports médicaux envoyés de Damas auraient-ils laissé entendre qu'on pouvait tenter quelque chose? Mrs. Blacktown se faisait si gentiment accueillante que je finis par accepter de consulter les médecins d'un hôpital des environs de Liverpool, et je repris le train.

Je fus examiné aussitôt. Le médecin, plus que mes yeux, observa mes paupières et les cicatrices de mon visage.

Qu'est-ce que cela voulait dire? Je n'étais pas venu en consultation chez un esthéticien. N'y tenant plus, je priai l'interprète d'interroger le médecin-chef de ma part.

– Je voudrais savoir, dis-je, si j'ai une chance de recouvrer la vue. Comprenez-moi. Je suis aveugle depuis un an. J'ai besoin de savoir si c'est définitif. Qu'on ne me leurre plus avec de faux espoirs.

La réponse m'arriva, froide, sèche, mais c'est le genre de réponse que j'avais demandé.

– Ni moi ni personne ne pourra vous rendre la vue; seulement Dieu.

C'était lâché. Je m'y attendais tellement que cette réponse n'eut pas sur moi l'effet qu'elle aurait eu huit ou neuf mois plus tôt.

Le personnel de l'hôpital était prévenant et sympathique. Mais l'impossibilité de parler à qui que ce fût, sauf par l'intermédiaire d'un interprète, me faisait sentir la terre d'exil. Je brûlais du désir de retrouver des compatriotes. Et puisque j'étais certain de ne pas retrouver la vue, autant valait m'en aller.

– Ici, vous apprenez l'anglais, me dit un jour Mrs. Smith, peut-être qu'un jour vous pourrez être interprète. Vous savez, un aveugle bi-manchot peut travailler. Nous avons ici un blessé anglais atteint des mêmes infirmités que vous. On lui a fabriqué la maquette d'un château et il a étudié les moindres détails en la palpant avec ses moignons. Il la connaît parfaitement et aujourd'hui il est le guide du château.

J'étais horrifié.

– Comment? C'est là son idéal? Mais c'est atroce! Bientôt

les gens iront visiter le château non par intérêt touristique, mais pour voir l'aveugle faire son numéro.

Les fêtes de fin d'année approchaient. Je demandai à les passer à l'hôpital français de Camberley. Un infirmier F.F.L. vint me chercher. Je passerais Noël avec mes compatriotes.

Comme le train approchait de Camberley, je me réjouissais à l'idée de retrouver des Français, mais aussi ma marraine et sa propriété, *Moor Farm*, où j'avais hâte de retourner. Mon entrevue à Londres avec Mrs. Blacktown avait été trop brève pour nous permettre d'échanger toutes les nouvelles. Mais *Moor Farm*, c'était aussi tout autre chose, c'était un endroit que j'avais vu, que j'avais connu. Là, les objets avaient une couleur et la maison une forme. J'y reverrais la vieille cheminée en briques rouges et ses chenets en fer forgé, le carrelage ancien, les meubles cossus, le salon confortable, tout un ensemble harmonieux et personnel – un home enfin.

Dès mon arrivée à Camberley je fus impatient de m'y rendre. Très obligeamment le Dr Caron me prêta une voiture.

Mrs. Blacktown était sur le pas de sa porte. Je ne la voyais pas mais je connaissais ses traits, je retrouvais sa voix chevrotante, son essoufflement d'asthmatique. Aux nuances qu'elle donnait à ses paroles, je retrouvais les expressions de son visage, j'avais l'impression de recouvrer la vue.

Dès que nous fûmes assis, le bavardage alla bon train. Elle avait appris par Miss Williams, infirmière à Alexandrie, que j'avais été blessé. Celle-ci, sachant que Mrs. Blacktown était ma marraine, crut bien faire en lui annonçant la nouvelle. Tante Vive fut consternée. Elle avait écrit à papa. Celui-ci, bouleversé à son tour, envoya un message à Kerval. J'aurais voulu éviter cette souffrance à maman, car, à l'époque, ignorant l'étendue du mal, j'espérais encore retourner au front.

Tante Vive me conta aussi sa première rencontre avec Jean. Quand les Américains débarquèrent au Maroc, Jean se trouvait à Alger. Il y attendait un embarquement problématique. Depuis juin 1940, les Anglais arraisonnaient les bateaux français de Vichy.

Les équipages devaient faire le même choix que le nôtre : soit le rapatriement en métropole, soit le ralliement à de Gaulle. Les bâtiments et leurs frets étaient convoyés vers l'Angleterre. Ils restaient la propriété de la France, mais comme les F.F.L. n'avaient pas d'équipages pour ces cargos, la *Royal Navy* les armait et s'en servait pour continuer la guerre. Les accords de Gaulle-Giraud posèrent le problème de l'utilisation des équipages qui séjournaient en Afrique du Nord. La France récupéra ses bateaux armés par l'Angleterre. Officiers et marins furent donc envoyés en Grande-Bretagne pour prendre possession des bâtiments libérés. Et c'est pour une de ces opérations que Jean fut dirigé sur l'Angleterre.

A Londres, il se rendit aux bureaux de la France libre et clama à qui voulait l'entendre qu'il avait deux frères dans les F.F.L. et qu'il voulait les retrouver. On sait que la confiance ne régnait guère entre F.F.L. et Français d'Afrique du Nord. Aussi ses clameurs n'eurent guère d'écho.

Un jour qu'il se promenait désemparé devant Carlten Garden, une vieille dame l'aborda :

– Pardon, monsieur, vous ne vous appelez pas Lebreton?

Jean ouvrit de grands yeux.

– Oui. Mais comment savez-vous mon nom?

– Vous ressemblez étrangement à deux jeunes hommes que j'ai connus, Jacques et Henri Lebreton.

– Mais ce sont mes frères! Je les cherche partout et personne ne veut me dire où ils sont!

La vieille dame était la sœur de tante Vive.

Jean connut bientôt le chemin de *Moor Farm* et tante Vive lui apprit tous les détails. Henri était en Tunisie, préparant son embarquement pour l'Italie. Quant à moi... Elle lui dit que je ne voulais pas qu'on écrive à maman. Jean ne partageait pas cet avis. Mais il n'écrivit pas. Il se contenta d'écrire à André. Il ne s'en ouvrit à tante Vive que le jour de son départ. De la grille, il lui cria qu'il avait tout dit à André sur moi.

Je vociférai quand j'appris cette intrusion de Jean. Et je voulus aussitôt écrire à André pour réparer les dégâts. André, prisonnier, pouvait recevoir des lettres plus longues qui ne mettaient que six semaines à lui parvenir. Comment n'avais-je pas pensé plus tôt à l'utiliser pour écrire à maman ?

J'écrivis à André le 14 janvier 1944. Il reçut ma lettre en février, et il la transmit à Claude qui la reçut en avril et se rendit à Kerval pour la porter à maman.

Bientôt, sachant que j'occupais abusivement une place à Camberley, je retournai à Liverpool. On accueillit l'enfant prodigue avec bienveillance et on s'ingénia à me rendre le séjour agréable.

Chaque matin je prenais une leçon d'anglais, suivie de deux heures de conversation avec un pensionnaire du centre. Le reste du temps, j'écoutais avidement les bulletins d'information de la radio. J'en écoutais douze par jour tant j'avais soif d'entendre parler français.

Chaque semaine, on nous emmenait danser. Ce jour-là je ne refusais pas la sortie. On nous conduisait aussi au cinéma. Mais j'avais du mal à comprendre le dialogue et je sortais en ignorant tout du film. C'est là que mon ennui atteignit son paroxysme.

Un jour, Mac White, mon professeur d'anglais, aveugle comme moi, devina mon cafard et me proposa d'aller faire un tour pour passer le temps.

– D'accord, dis-je, mais qui va nous conduire ?

Il se mit à rire.

– Ah çà ! on n'a besoin de personne, on est assez grand pour se débrouiller tout seul.

Il me saisit le bras et prit sa canne de sa main libre. Dehors, après avoir hésité un instant pour trouver l'allée du parc, il me conduisit à la route. Là, aussi rapidement que l'eût fait un voyant[1], nous nous dirigeâmes vers le village à grandes enjambées.

Au bras de mon guide aveugle, mon pas hésitant et la raideur de tout mon corps trahissaient mon inquiétude. Mac White me réconforta.

– Rien à craindre, dit-il, je connais le chemin par cœur.

C'est vrai qu'il circulait dans ce dédale de petites ruelles avec une aisance stupéfiante. « Tourne à droite, tourne à gauche. » Chaque fois le mouvement se faisait normalement. Pas une fois

1. L'aveugle emploie ce mot pour désigner les personnes dont la vue est normale.

il ne me fit trébucher, ni sur une pierre, ni sur un bord de trottoir, ni sur un bec de gaz.

– Tourne à quatre-vingt-dix degrés à ta droite, me dit-il enfin. Là, maintenant, avance de deux pas.

Je m'exécutai.

– Attention, tu as le bord du trottoir devant toi.

Et c'était vrai. En face de moi, la porte du café nous attendait. Je ne pus m'empêcher de lui dire :

– Ce n'est pas possible, tu y vois un peu.

De nouveau son rire clair.

– Absolument pas. Je suis totalement aveugle.

Cette petite promenade fut pour moi une véritable révélation. Elle n'alla pas sans m'apporter un peu d'amertume. Je pensais que si mes camarades aveugles arrivaient à s'affranchir en utilisant leur canne blanche, l'amputation des mains m'interdirait l'usage de la canne. Que pourrais-je donc inventer pour reconquérir sur mon infirmité cette part d'indépendance que mes compagnons d'infortune avaient si victorieusement gagnée?

Je devais mettre cinq ans à surmonter l'obstacle.

Malgré la gentillesse du personnel, les sorties, les bals, les leçons d'anglais, les conversations avec les camarades, je connaissais de grands moments de solitude. Chaque jour me semblait éternel. Autour de moi, les conversations dans une langue étrangère me rappelaient cruellement ma situation d'exilé. (Je ne dis pas cela sans appréhension, car je ne voudrais pas heurter mes amis d'Outre-Manche, toujours pleins de prévenances pour moi. Mais ces amis, malgré toute leur délicatesse, ne pouvaient faire que leur pays soit la France.)

Mon ennui montait, montait sans cesse. Désormais il emportait tout, il engluait tout. Et je me prenais peu à peu à interpréter de travers les gentillesses dont j'étais l'objet.

Ô nostalgie, ô fringale de la terre natale !

Je n'aurais jamais cru que ce sentiment puisse atteindre une telle ampleur.

Maman, maman, qui, mieux que toi, peut réaliser le drame où je me débats? Ta douleur et la mienne sont faites pour se comprendre. Le pays où tu vis, c'est le pays où je suis né. Celui-là conserve pour moi un visage. Chez toi, je connais chaque mouvement de terrain, chaque tronc d'arbre, chaque talus, chaque sentier, chaque maison. Je connais leur couleur et leur forme. Ici, où que j'aille, le paysage est plat, morne, obscur. Là-bas, les voix ont toutes des visages, ici elles me parlent toutes dans ma nuit.

Je bouillais d'impatience devant la lenteur de la progression des troupes alliées en Italie. « Quand débarqueront-ils donc en Belgique ou en France? »

Mon ennui prit de telles proportions que je demandai à nouveau mon transfert à Camberley. Le Dr Caron accepta de me reprendre. « Tant pis, on serrera les lits, mais on vous fera une place. »

Dans le train qui me ramenait, j'étais heureux. A Camberley, je connaissais les lieux. Les rues, les magasins m'étaient familiers. Parfois, même, les voix ne m'étaient pas inconnues. C'est ainsi que je retrouvai Cordier, un ancien copain de juin 1940, et Jean Binec, mon cousin, fraîchement débarqué de Bretagne. Il avait réussi à s'évader de France occupée grâce à un réseau F.F.C. que mes cousins Gourvennec dirigeaient à Brest.

Je pouvais aussi rendre visite à tante Vive. J'avais retrouvé un havre de paix.

Revenons en Bretagne. Ce jour-là il faisait beau sur la route de Brest. C'était un clair matin d'avril. Le vent du large avait balayé les nuages et le ciel était d'un bleu gris. La mer, secouée des tempêtes de la veille, moutonnait encore, et les vagues se brisaient dans un flocon d'écume sur les récifs de l'extrémité de la pointe de Saint-Marc. En face, la côte était verdoyante. Rocnivelen et le Rocher de l'Impératrice dressaient leurs murailles grises. Au fond de la rade, vers l'est, les trois arches du pont de Plougastel se détachaient sur le paysage.

Claude, à peine chargé d'une petite valise, s'avançait sur la route. Partagé par un double sentiment, il avait cependant hâte d'arriver à Kerval. Il n'avait pas voulu attendre le car. Une nuit en train le laissait tout engourdi. Pourtant, il lui fallait des idées claires. « Comment vais-je lui apprendre la chose? Faut-il lui donner la lettre ou la lire? » Et sa joie de revoir Kerval après tant d'années en était tout assombrie.

Un camion passa. Les cyclistes se firent plus nombreux. L'arsenal allait bientôt ouvrir ses portes et les ouvriers se hâtaient. Claude ralentit le pas en montant la côte de Ker-Jean. Il appréhendait presque maintenant de rencontrer maman.

Dans l'avenue, les camions allemands, rangés sous leurs filets de camouflage, lui rappelèrent la pénible présence. Des sentinelles, baïonnette au canon, faisaient les cent pas. Son irritation augmenta. Dans le jardin, des hommes en vert-de-gris s'affairaient autour d'une roulante placée sous le noisetier. Comme pour les fuir, Claude s'engouffra sous le porche d'entrée du manoir.

Personne dans le hall. Il monta au premier étage. Dans le couloir conduisant à la chambre de maman, il appela. Mais c'est François qui sortit de sa chambre; son visage trahit son étonnement en reconnaissant le nouveau venu.

– Toi ici? Claude?...

– Oui, c'est moi. Maman n'est pas là?

– Elle est partie à Brest.

François ne s'expliquait pas le visage tendu de Claude, qui poursuivit :

– A Brest, tu dis? Déjà?

– Déjà. Que veux-tu? Il n'y a pas de pain au bourg. Pour en trouver il faut aller à Brest. Elle fait l'aller-retour à pied. Le car part trop tard pour permettre de faire la queue devant les boulangeries. Souvent j'y vais moi-même. Mais je dois m'occuper du potager. Heureusement, il y a les patates; sans quoi le ravitaillement est plutôt maigre ici.

En parlant, François lui avait livré passage et ils étaient entrés dans la chambre. Après un court silence, François reprit :

– Mais enfin, explique-toi : comment se fait-il que tu sois ici? Tu as obtenu un " Ausweiss "?

Claude hésita puis il dit enfin :

– J'apporte des nouvelles de Jacques.

– De Jacques?

– Oui, il a écrit à André qui m'a fait suivre sa lettre.

– Aïe. Alors?
– C'est plus grave que nous ne pensions.
– Quoi donc? Il est totalement aveugle?
– Oui... Mais il n'y a pas que cela.
– Sans blague!
Claude fouillait dans son portefeuille et en sortit la lettre.
– Tiens, lis plutôt.
François la prit et la déplia d'une main fébrile. Son regard suivait ardemment les lignes. Puis, tout à coup :
– Mon Dieu, les mains aussi! Le pauvre vieux!
Il continua sa lecture.
– Il a l'air d'avoir un sacré moral, dit-il. Quand même, c'est formidable.
– Tu parles! Cette lettre m'a bouleversé.
Après un silence :
– Il y a longtemps que maman est partie? fit Claude.
– Elle est partie à l'aube. Elle ne tardera pas à rentrer.
Le bruit d'une troupe en marche traversant la cour les attira à la fenêtre. Une trentaine d'hommes, en colonne par trois, sortaient du bois et passaient devant la maison.
– Qu'est-ce que c'est encore? fit Claude.
– C'est la TODT.
– Comment ça, la TODT?
– Ils occupent des baraques qu'ils ont montées dans le bois, et tous les matins, avec les cars et les camions qui sont dans l'avenue, ils s'en vont construire le « mur de l'Atlantique » comme ils disent.
– Tiens, ces types-là me fichent la colique, dit Claude. On va aller au-devant de maman.
Ils rejoignirent la route et, après le passage à niveau, s'engagèrent sur le sentier le long de la voie.
– Elle passe toujours par là, expliqua François. C'est un peu plus court et on n'y rencontre pas d'Allemands.
Bientôt ils aperçurent de loin la silhouette d'une vieille femme qui venait vers eux, chargée de deux lourds cabas.
– Tiens, la voilà, dit François.
Du plus loin qu'elle reconnut son fils, maman sourit à Claude.

– Quelle chance aujourd'hui, dit-elle en l'abordant. Une visite de toi, je ne m'attendais pas à cette joie. Et, tout comme François tout à l'heure, elle marqua sa surprise : c'était tellement inattendu ! D'habitude tu écris avant de venir. Tu n'as pas eu le temps?

Mais le visage de Claude restait sombre. Il ne pouvait s'empêcher de penser à la peine qu'il allait lui faire.

– Il a reçu une lettre de Jacques, dit François.

Maman ouvrit de grands yeux.

– De Jacques? Mais comment cela?

– Jacques a écrit à André qui a transmis la lettre.

– Oh! alors, donne vite, donne vite, dit maman en posant ses cabas.

– Je l'ai laissée à la maison, elle est dans ma valise.

– Eh bien, dépêchons-nous.

Claude et François avaient pris les sacs. Maman marchait devant, des ailes aux talons.

Claude déposa les pains à la cuisine et rejoignit maman dans sa chambre.

– Ah! mes pauvres enfants, dit-elle en s'effondrant dans un fauteuil, je suis rompue. Alors, cette lettre?

Claude s'assit à côté d'elle.

– Tu sais, maman, dit-il.

Maman lui posa la main sur le bras, le regard figé.

– Tu me caches quelque chose. Il est aveugle, n'est-ce pas?

– Hélas! Mais ce n'est pas tout.

La main de maman se crispa.

– Quoi encore? Ce n'est pas assez?

– Il y a les mains, dit Claude.

– Les mains aussi? Il est blessé aux mains?

Claude hésitait devant cette émotion qui la submergeait. Pourtant, il fallait avancer.

– Pire, maman, il les a perdues.

Et, soudain délivré du poids terrible de cette confidence, il reprit :

– Mais il a un moral! Tu vas voir!

Et il lui tendit la lettre.

Maman déplia le papier et lut avidement : « Comme tu as dû

l'apprendre, un grave accident m'a causé la perte de la vue et l'amputation des mains. »

Son regard se brouilla et elle ne put en lire davantage.

– Mes pauvres enfants, c'est affreux ! Aveugle, et sans mains !

– Lis la suite, dit Claude, lis la suite.

Maman sortit son mouchoir et s'essuya les yeux. D'une voix grave elle dit en tendant le papier à Claude :

– Lis toi-même, je ne puis plus.

Claude lut à voix haute :

– Mon cher André, comme tu as dû l'apprendre, un grave accident m'a causé la perte de la vue et l'amputation des mains. Et une grave blessure à la jambe, dont je me suis d'ailleurs très bien remis. Cela a été une grosse épreuve, mais les prières de maman et ses souffrances ajoutées à la mort de cette pauvre Misette ont été pour le Bon Dieu une occasion de me combler de dons. J'ai perdu la vue, mais Il m'a apporté la lumière intérieure.

Il marqua un temps puis reprit :

– Il m'a donné la grâce infinie de souffrir avec courage, et m'a fait comprendre cette parole de l'Évangile : Heureux ceux qui souffrent. Et comme je le disais à une religieuse qui venait me voir, je vous assure que je n'ai rien perdu au change. J'ai goûté, depuis ce grave accident, plus de joie, plus d'enthousiasme pour ma foi que je n'avais pu goûter précédemment. Cet accident me compliquera peut-être l'existence...

– Peut-être ! interrompit maman, il dit peut-être... !

– ... mais il me facilitera l'accès au ciel, reprit Claude. Tu as peut-être tendance à me plaindre. Ne me plains pas, je t'en supplie, mais envie plutôt mon sort... La foi qui est en moi est immense. Si je crois, ce n'est pas parce qu'on m'a dit de croire; si je vais à la messe, ce n'est pas parce qu'on m'a dit d'y assister mais parce que j'ai senti la vérité de toutes ces réalités. Je voudrais te dire ici toute ma foi. Ce message est trop court. Que ferai-je de ma vie? Je n'en sais rien encore, mais ce que je sais c'est que je suis entre les mains de Dieu et qu'il saura bien me guider.

Claude s'interrompit.

– Il pense à toi, maman, dit-il, écoute la suite : Je ne sais pas ce que tu dois dire à maman à ce sujet. De toute façon, épargne-la. Dis-lui mon bonheur, dis-lui toute ma foi. Évite de lui parler de mes blessures. Pauvre maman ! J'ai peur pour elle. Elle souffrira de me savoir dans cet état, mais elle sera heureuse quand elle connaîtra mon bonheur. Prie pour moi dans tes messes. Affectueusement à toi. Jacques.

Claude regarda maman. Elle était livide. Elle avait vieilli de dix ans. Son visage tendu était sillonné de larmes. Elle regardait, par la fenêtre, une chose invisible dans le lointain. Sur ses genoux, ses mains tourmentaient nerveusement son mouchoir.

Le silence pesait lourdement dans la pièce. On n'entendait que les appels rauques des Allemands dans la cour.

Maman parla la première, d'une voix méconnaissable, étrangement calme.

– Il ne s'est pas révolté. Mes enfants, que Dieu est bon ! Puis elle dit, après un nouveau silence : le pauvre petit.

A Camberley, je reçus une convocation pour le centre d'appareillage de Londres. La main orthopédique, fabriquée à mon intention, était prête.

Quand j'eus au bras la main artificielle droite, je fus profondément déçu. L'appareil était très lourd et son efficacité plus que douteuse. Par un renflement du dos et un mouvement d'épaules, j'actionnais une courroie qui ouvrait le pouce sur l'index. Mais ce mouvement artificiel se faisait à plus de vingt-cinq centimètres de l'extrémité du moignon. Je ne me rendais pas compte de ce que je faisais, ni par le toucher ni par la vue.

L'appareillage orthopédique d'un aveugle bi-manchot n'est pas chose facile. Si on lui pose un appareil, quel qu'il soit, au bout du bras, on lui enlève le sens tactile, si précieux à l'aveugle. Que faire d'une main insensible si on n'a pas la vue pour contrôler l'action du geste artificiel?

Cette main d'un kilo et demi pesait lourdement sur mon épaule encore affaiblie par la blessure. « C'est une question d'entraînement », me dit-on. Pour m'habituer à cet appareil, on me donna une ceinture où je passais le pouce. Pendant plusieurs semaines j'essayai de m'y habituer, mais chaque jour, après une demi-heure ou une heure d'essais, je suppliais qu'on m'en débarrassât. Le bras et l'épaule souffraient. Et ces efforts aboutiraient à quoi?

Plus j'allais et plus je croyais que ma maison devrait être conçue comme le seraient toutes les maisons si les hommes, au lieu d'avoir des mains au bout des bras, n'avaient que de simples moignons. Déjà je découvrais que les poignées de porte à bec de cane étaient pour moi d'un maniement plus facile et me permettaient de circuler dans un appartement. Avantage appréciable.

J'abandonnai un jour ma main orthopédique dans un train. Vraiment je ne savais qu'en faire.

Quand j'allai voir un tailleur, muni de ma carte de textile destinée à me permettre de recevoir des vêtements civils, je lui fis faire un pantalon sans bouton que j'avais conçu moi-même. Je pouvais l'enfiler sans l'aide de personne et une fermeture éclair à la braguette me permettait de me promener sans requérir la présence constante d'un infirmier. Il était temps, car cette présence d'un tiers dans tous mes déplacements finissait par me donner le complexe du prisonnier.

Un jour, tante Vive me proposa de m'installer dans une famille anglaise, en attendant mon retour en France. Je ne savais trop que répondre. Pour me faire une opinion, j'aurais dû connaître cette famille. Tante Vive, qui ne pouvait me loger chez elle, se mit en quête. Deux semaines plus tard, elle m'apprit que ses voisins, Mr. et Mrs. Campbell, qui disposaient d'une grande maison, étaient prêts à me céder un petit appartement : un living, une chambre et une autre pour une infirmière.

Depuis quatre ans que je traînais de camp en caserne et d'hôpital en infirmerie, ce fut un vrai délice de retrouver un « chez-moi ». Marcher sur des tapis, m'enfoncer dans de confortables fauteuils, autant de plaisirs oubliés que je retrouvai. Cette nouvelle situation facilita mon attente. Et j'atteignis sans cafard la seconde quinzaine de mai.

Un jour, mollement vautré sur le divan du living, je fumais une cigarette devant la radio. Captivé, j'écoutais la 5e symphonie de Beethoven, musicien qui, depuis ma blessure, avait pris tout son sens pour moi.

Je n'avais pas entendu l'infirmière entrer dans la pièce. Elle me tapota l'épaule.

– *A visit for you, Mr. Lebreton.*

Quelqu'un était entré sur ses talons et soudain :

– Salut Jacques, fit une voix mâle.

– Bon sang, Albert, toi ici ! Chic alors. Je ne m'attendais pas à celle-là.

Varnoux se mit à rire.

– En tout cas, tu n'as pas oublié ma voix !

Albert était devenu sous-lieutenant. Comme il parlait parfaitement l'anglais, on l'avait envoyé à Londres pour servir d'officier de liaison entre les Français et les Anglo-Saxons dans l'hypothèse d'un débarquement sur le continent. Nous bavardions. Son amitié pour moi était restée intacte. Sa visite en était la meilleure preuve.

Une question me brûlait les lèvres depuis son entrée. Mais j'hésitais à lui demander des nouvelles de Monique. C'est lui qui en parla le premier.

– A propos, la dernière nouvelle, me dit-il. Monique, ma sœur, est fiancée.

La foudre tombant au milieu de nous ne m'aurait pas plus désarçonné. J'eus beaucoup de peine à contenir mon désarroi. Mais déjà Albert se levait.

– Excuse-moi, mon vieux. Je n'ai guère de temps aujourd'hui. Mais je connais le chemin et je reviendrai.

J'essayai de le retenir, mais sans grande conviction. Malgré tout le réconfort de son amitié, je préférais la solitude.

– Bon courage, me dit-il, avec une tape généreuse dans le dos, comme je le reconduisais.

Dans le living, on entendait les derniers accords de la symphonie du destin !

Pendant les jours qui suivirent je fus de plus en plus troublé. L'émotion qui m'avait envahi à l'annonce des fiançailles de Monique m'éclairait sur mes propres sentiments. Je l'avais aimée sans vouloir me l'avouer.

Je devrais taire par pudeur cette pénible expérience sentimentale, mais elle est si étroitement liée au problème de mes infirmités que mon témoignage risquerait d'être incomplet. A la réflexion, cet attrait pour Monique m'apparaissait comme plus réel que je ne me l'étais avoué. Je m'étais refusé à admettre son existence. Pourquoi? La sœur d'Albert aurait pu être pour moi une compagne idéale. Mais je craignais son refus.

Elle était très jeune, à peine vingt ans. Je n'en avais guère plus. Mais cette vie qui lui souriait avait perdu pour moi tout son côté fleur bleue. Eût-elle été capable d'admettre que le bonheur pourrait naître d'un mariage avec un jeune homme aussi gravement mutilé? Étais-je assez égoïste pour offrir en partage à une jeune fille que j'avais la prétention d'aimer une épreuve aussi lourde que la mienne? Ces raisons m'avaient maintenu dans un mutisme quasi instinctif.

Maintenant que je savais Monique fiancée, les arguments en faveur du mariage d'un aveugle bi-manchot affluaient à mon esprit. Pourquoi taxer d'égoïsme la proposition faite à une jeune fille de partager ma vie? L'histoire est remplie d'hommes célèbres qui ont réalisé leur œuvre grâce à leur femme, grâce à cette présence féminine qui les soutenait et les encourageait. Ces femmes n'avaient-elles pas raison d'être légitimement fières du succès de leurs maris?

Le célibat me protégerait-il de toute forme d'égoïsme? Le mariage ne me serait-il pas comme une obligation d'échapper à moi-même? Sans doute je ne pourrais jamais avoir avec ma compagne le moindre échange de regards (et aujourd'hui, après vingt ans de mariage, je puis affirmer que c'est une vraie douleur), mais faut-il croire qu'une jeune fille qui épouse un infirme entre automatiquement dans une vie de renoncements? Lui sera-t-il impossible de s'épanouir dans cette union? Toute union implique nécessairement la mise en commun des épreuves; mais les infirmes n'en ont pas le monopole. Pourquoi imaginer qu'un infirme n'ait que des épreuves à offrir à sa femme? Cette mise en commun ne concerne pas seulement les ennuis, elle concerne les joies aussi.

A cette époque, j'étais loin d'admettre ces vérités. Mon silence en face de Monique en est bien la preuve. Je n'avais pas accepté complètement mes amputations et je n'en voyais que le côté pénible.

Mais si j'avais analysé la situation comme je le fais aujourd'hui, Monique Varnoux aurait-elle accepté? N'aurait-elle pas été effrayée si je lui avais fait part de mes sentiments?

Cependant, les tourments que je traversai à cette époque devaient m'être un jour retournés en bonheur.

Juin arriva.

Une nuit, je fus tiré d'un sommeil profond par un vacarme infernal. Des avions, en nombre incalculable, survolaient la campagne proche. Au bruit de leurs moteurs, on pouvait deviner qu'ils volaient à faible altitude. Ils se succédaient par vagues ininterrompues. A chacun de ces passages la maison vibrait jusqu'à sa base. Ce n'était pas inquiétant : depuis longtemps, les Allemands ne possédaient plus une telle puissance aérienne.

Impossible de dormir. Les vagues se succédaient sans cesse. Entre chaque passage, j'entendais des bruits de moteurs dans le lointain. Une véritable armada de bombardiers survolait la région.

Mon infirmière était réveillée, elle aussi. Elle vint voir si je dormais. Nous pensions bien qu'une chose insolite s'était produite.

A l'aube, la radio nous apprit l'événement : le débarquement des troupes alliées en Normandie. Nous étions le 6! Enfin, il avait lui, ce jour que nous attendions depuis quatre ans!

J'étais tout excité et l'infirmière riait de mon exaltation. Ce jour-là, Jean, qui passait près de moi son congé annuel, vint me voir plus tôt que d'habitude.

– Alors, tu connais la nouvelle?

Mon agitation, ma fébrilité, mon large sourire lui avaient déjà répondu.

Quand nous arrivâmes à *Moor Farm*, tante Vive sortit de derrière les fagots une bouteille de champagne qu'elle gardait précieusement depuis le début de la guerre.

– Je la réservais à cette intention, dit-elle, en faisant sauter le bouchon. Toute seule, je crois que je l'aurais débouchée quand même. Mais puisque j'ai deux Français chez moi, c'est une raison de plus, n'est-ce pas?

Nous n'avons pas manqué de terminer cette journée sans faire un tour à l'hôpital de Camberley et, là aussi, nous eûmes de nombreuses occasions de trinquer.

Quelques semaines plus tard l'ordonnance d'un officier F.F.L. nous apporta un petit colis.

– Madame n'a pas pu venir elle-même, nous dit-il. Elle m'a demandé de l'apporter. Il paraît que c'est urgent.

Jean et moi, nous étions très intrigués. Nous ouvrîmes en hâte le colis. Quelle ne fut pas notre surprise d'y trouver un camembert, un litre de rouge et un paquet de gauloises.

Seuls ceux qui ont vécu quatre ans d'exil comprendront. Seuls ils sauront ce que peuvent signifier, dans un colis, un camembert, un litre de rouge et un paquet de gauloises!

– Évidemment c'est français, dit Jean : le bleu des gauloises, le blanc du camembert et le rouge du vin! Le drapeau est complet.

– Cocardier! lui dis-je en lui lançant une bourrade.

Il me posa les objets l'un après l'autre sur les genoux pour me permettre d'en reconnaître la forme. Je retrouvais ce litre qui n'avait pas du tout la forme des bouteilles anglaises, je sentais le bois de la boîte de camembert et l'emballage du paquet de gauloises.

Nous hésitions à entamer.

– Ah! mon vieux, dis-je, il faut en profiter pour aller voir Cordier à l'hôpital.

Il était dans un sana, à deux pas de la maison de Mrs. Campbell. Il nous fit fête quand Jean sortit de son sac le litre, la boîte de camembert et le paquet de gauloises.

En partant, nous laissâmes quelques cigarettes sur sa table de nuit. Quant au camembert et au «kil de rouge», ils s'étaient volatilisés.

La 2e D.B. se battait déjà aux portes de Paris. Les bulletins d'information regorgeaient de détails. Mais si nous avions des nouvelles du moindre village d'Île-de-France, nous ne savions pratiquement rien de l'avance des troupes américaines en Bretagne. On finit cependant par apprendre qu'un front se stabilisait autour de Brest et un jour la radio nous annonça l'assaut final. Nous étions dévorés d'inquiétude.

Que se passait-il là-bas? Les opérations étaient-elles meurtrières? Kerval était-il libéré? Faisait-il encore partie de la zone occupée? Qu'étaient devenus maman, François, Louise, Michel? Avaient-ils évacué? Peut-être étaient-ils tués dans les derniers combats? Autant de questions sans réponse.

Enfin, le 18 septembre, nous apprîmes que le canon s'était tu à Brest. Que faire? Comment reprendre contact avec Kerval? Écrire? Mais la poste n'était sûrement pas réorganisée.

– Pourquoi ne pas risquer un télégramme? dit tante Vive.

– Un télégramme? Après tout, pourquoi pas? Si nous l'envoyons avec réponse payée, nous saurons s'il est arrivé.

A peine le télégramme était-il expédié que nous attendîmes la réponse. Évidemment, elle ne vint pas ce soir-là. Et notre anxiété s'accrut. La nuit qui suivit, je dormis mal. Je me redisais dans mon insomnie : Si le télégraphe fonctionne, le message aurait dû faire l'aller-retour dans la journée.

Le lendemain matin je dormais encore quand Jean frappa à la porte de ma chambre.

– Une réponse, cria-t-il.

– Sans blague, lis vite!

« Tous sains et saufs, vous attendons. »

Ouf! Nous étions rassurés. L'angoisse tomba d'un seul coup. Désormais nous n'avions plus qu'une hâte : faire nos bagages.

Octobre s'écoula, et j'étais toujours chez Mrs. Campbell. Le 8 novembre, nous prîmes congé de tante Vive. On devait venir nous chercher le lendemain en voiture. Tante Vive était émue jusqu'aux larmes. Elle avait pris tant de part à nos épreuves que nous avons dû lui paraître bien ingrats, en mettant une telle hâte à la quitter, en manifestant si bruyamment notre joie de retrouver la France. A Londres, elle nous fit une dernière visite, pour nous apporter une lettre de papa, arrivée depuis notre départ.

Et le 18 ce fut le grand jour.

V

Les avions de Londres à Paris n'étaient pas nombreux; par contre les voyageurs affluaient.

Du 9 au 18 nous attendîmes notre tour. A plusieurs reprises on nous annonça que c'était fait. Mais chaque fois, au moment de monter dans le car, nous apprenions que notre départ était remis.

Jean avait obtenu l'autorisation de me servir de guide. Chaque jour, il partait aux nouvelles. Un beau matin, il revint en criant :

– Debout, on fout le camp!

Quelques instants plus tard nous montions dans le car.

– J'ai eu de la peine à obtenir nos places, me dit-il. Avec ces cent vingt kilos de bagages!

Ah! ces bagages! Tante Vive avait commencé nos préparatifs de retour dès notre arrivée en août 1940. Jour après jour, morceau par morceau, elle économisa, pendant quatre années de guerre, quinze kilos de sucre, qui, peu à peu, s'entassèrent au fond de la malle. « Lorsque vous rentrerez, disait-elle, il n'y aura plus de sucre en France. C'est pour ta maman. » La malle s'emplissait de mille et une merveilles : un coupon de tissu pour faire un manteau à maman, un autre pour faire une robe à Louise. Rien ne manquait. Tante Vive, à force de penser à nous de tout son cœur, finit par tout deviner. Il ne manquait même pas la bobine de fil ni les aiguilles pour coudre les vêtements.

Un jour elle avait demandé à Henri, devant la vitrine de son salon :

– Quel est, à ton avis, le plus joli objet de cette vitrine?

Henri, sans hésiter, désigna une petite statuette en porcelaine de Saxe, toute de grâce et de finesse. Le dimanche suivant, la statuette avait disparu.

– Je l'ai emballée, expliqua tante Vive. Elle est dans la malle du retour. Tu l'offriras à ta mère en rentrant.

Nous ne pouvions laisser toute cette délicatesse, toutes ces intentions derrière nous. Si l'embarquement avait été impossible avec nos bagages, nous aurions attendu le bateau.

Mais déjà le car s'arrêtait sur l'aérodrome de Londres. Une heure et demie plus tard, nous descendions de l'avion à Orly.

L'aérodrome, déformé par les bombardements, était recouvert d'une boue épaisse où nous enfoncions jusqu'aux chevilles.

Peu de temps après, nous étions au Val-de-Grâce. Jean m'abandonna aux mains des infirmières et se mit aussitôt en quête d'un moyen pour gagner Brest. Ce n'était pas commode. Il mit trois jours avant d'aboutir.

Pendant qu'il multipliait les démarches, je restais à l'hôpital, bavardant avec les blessés. J'étais consterné de la misère qui régnait dans le pays : les difficultés du ravitaillement, le prix des denrées et surtout l'existence du marché noir, qu'on ne connaissait pas en Angleterre. Je ne comprenais pas comment un paquet de gauloises coûtait neuf francs au bureau de tabac et cent chez l'épicier ! On me mit un journal sur les genoux. Ce n'était plus qu'une simple feuille de format commercial, imprimée recto-verso.

Le 20 au matin, Jean m'apprit que nous aurions la visite, dans l'après-midi, de Marie, ma cousine, et de ma sœur Louise.

– Comment, Louise est à Paris?

– Mais oui, elle vient y suivre des cours.

– Des cours? Mais quel âge a-t-elle donc? (Puis, réfléchissant): Voyons, elle est née en 1924. Eh, bon sang ! cela lui fait tout juste vingt ans.

Jean éclata de rire.

– Pardi, qu'est-ce que tu crois? Que le monde, par hasard, aurait cessé de tourner pendant ton absence?

Après le déjeuner, il m'emmena faire les cent pas sur le trottoir devant le Val-de-Grâce. Tout à coup, je le sentis s'agiter à mes côtés.

– Tiens, les voilà, me dit-il.

J'entendis des bruits de pas qui venaient vers nous du bout de la rue. J'étais content de revoir Marie qui, avant la guerre, venait souvent passer les vacances à Kerval avec sa mère. Mais c'était surtout Louise que je pressais de questions. Elle était arrivée la veille par le premier train mis en service depuis la libération, organisé à l'intention des étudiants pour la rentrée scolaire, déjà si tardive. Elle avait mis trente-deux heures pour venir de Brest. Que dis-je? De Landerneau!

– Pourquoi de Landerneau?

– Parce que le viaduc de Kerhuon a sauté, me dit-elle. Le train ne va pas jusqu'à Brest.

– Ça n'explique pas les trente-deux heures!

– Non. Mais c'était un omnibus. Il s'est arrêté dans toutes les gares, sans exception.

Impensable mais vrai. La pénurie de wagons, l'insuffisance de charbon obligeaient le train à faire toutes les stations.

Nous étions surexcités. Nous nous pressions mutuellement de questions.

– Et comment ta blessure t'est-elle arrivée?

– Et comment vous nourrissez-vous à Kerval?

Les questions arrivaient à une telle cadence que les réponses ne suivaient pas. Et nous riions l'un et l'autre de notre empressement à tout savoir. Elle me donna des détails sur l'attitude des Allemands à Kerval, sur le comportement de maman, elle augmenta ma hâte de poursuivre la route.

Mon frère avait régularisé ma situation militaire. J'étais affecté au dépôt des F.F.L. de l'avenue de Saxe et je partais, officiellement, en permission de convalescence.

Le 20, en allant chercher nos billets pour Brest, il apprit que le train n'allait pas plus loin que Saint-Brieuc.

– Au-delà, lui avait dit l'employé, je ne sais pas. Vous verrez sur place.

Jean ne voulait pas donner trop de chance au hasard.

– Savez-vous à quelle heure nous arriverons à Saint-Brieuc?

L'autre eut un geste évasif.

– Là, je ne sais pas. Disons, entre six et huit heures du soir.

Le lendemain matin, une ambulance nous conduisit à la gare Montparnasse, mon frère, moi et nos cent vingt kilos de bagages. Deux places nous avaient été réservées. Heureusement ! Le train était plein à craquer. Au long du parcours, je m'impatientais de la lenteur du train et de la fréquence des arrêts. Il était plus de huit heures du soir quand le convoi entra en gare de Saint-Brieuc et s'immobilisa le long du quai. Aussitôt des gens s'affairèrent sur le trottoir, vociférant, s'interpellant, maniant des paquets. De temps à autre un voyageur lourdement chargé, ne voyant pas que j'étais aveugle, me bousculait. J'étais pressé de toutes parts. Le haut-parleur nasillait des renseignements que personne ne comprenait. Jean interrogea un employé.

– Quand avons-nous un train pour Landerneau ?

– Pour Landerneau ? Les lundi, mercredi, vendredi.

– Parfait, nous sommes mercredi justement. Sur quel quai, s'il vous plaît ?

– Mais il est parti depuis plus de deux heures.

– Alors, plus de train avant vendredi ?

– Eh non, vendredi à dix-huit heures.

Je pris Jean à part.

– Écoute, mon vieux, on ne va pas se lamenter. Nous sommes à Saint-Brieuc. Cela commence à sentir bon l'écurie, tu ne trouves pas ?

– Tu n'as pas l'air de t'en faire. Tu as raison après tout.

– Bon. On va aller manger un morceau et essayer de dénicher une chambre d'hôtel. Après, on avisera.

Le lendemain, après qu'à la caserne locale un officier nous eut éconduits gentiment, nous fîmes du stop jusqu'à midi. Un camion américain nous prit en charge et nous conduisit à Morlaix. En face de la gare – c'était plus prudent – nous refîmes du stop. Une voiture de la Marine passa, qui voulut bien nous conduire à Landivisiau. Mais une avarie la contraignit à se réfugier au dépôt. L'officier nous prit en pitié et réquisitionna le gazo de l'épicier d'en face.

Je prends place à côté du chauffeur, et Jean, après avoir chargé les bagages, s'apprête à s'installer sous une bâche avec un officier de marine qui se rend à Brest. Au moment de monter, il hésite. Bien qu'il se familiarise avec ma cécité – car nous vivons ensemble depuis six mois – il reste inquiet.

– Tu ne vas pas pouvoir indiquer la route au chauffeur, dit-il.

J'explose – et c'est presque d'indignation.

– Par exemple ! Me crois-tu donc si bête ! Tu vas voir. Laisse-moi faire, je t'en prie. On est pressé, mon vieux.

Il ne demande qu'à me faire confiance.

Nous sortons de la cour du dépôt et nous voilà partis.

Évidemment, je ne sais rien de l'obscurité qui nous entoure. Il est bientôt neuf heures du soir et nous sommes en novembre. La nuit est tombée depuis longtemps.

Nous traversons Landerneau qui semble désert. Les habitants se sont déjà enfermés chez eux. Et de nouveau, c'est la grand-route. Je reconnais parfaitement l'itinéraire. A chaque instant, je donne un détail au chauffeur, lui montrant que je situe exactement où nous sommes. Il est effaré.

– Tiens, lui dis-je, vous venez de tourner à droite, et maintenant ça descend. Nous arrivons au fond de l'anse de Kerhuon.

Il se met à rire. Au bas de la pente, je sens la camionnette virer lentement à quatre-vingt-dix degrés vers la gauche et, après quelques tours de roue, virer à nouveau dans la même direction.

– Parfait, dis-je. Vous venez de contourner l'étang et nous allons passer sous le viaduc.

– Non, dit-il, on ne va pas passer dessous.

– Impossible de faire autre chose. C'est le seul chemin.

Taquin, il m'explique :

– On ne peut plus, puisqu'il a sauté. On va passer sous les échafaudages.

Je ris. Je suis tellement exalté que la moindre plaisanterie prend des proportions exagérées.

A l'emplacement du viaduc, la voiture cahote dans un nid de poule et tourne à droite. Je dis aussitôt :

Prenez à gauche, comme pour aller vers le port.

Après un deuxième virage et une certaine distance, je lui indique le cinéma.

– C'est exact, me dit le chauffeur.

La voiture descend. Je préviens :

– Dans le bas de la côte, à droite.

Le tournant franchi, je le laisse descendre jusque dans le tournant de Camfrout et, la côte amorcée, je lui dis :

– A droite, nous avons un grand mur de propriété.

– Exact.

– Vous allez jusqu'au bout et vous prenez à droite à l'extrémité du mur.

La voiture ralentit et, dans une secousse, s'engage sur un petit chemin de terre. Je trépigne sur mon siège.

– Maintenant, sur la gauche vous voyez de grands arbres. Ah ! c'est vrai qu'il fait nuit et que vous ne pouvez pas les voir. Ralentissez quand même. Vous les apercevrez en approchant. Sous ces arbres, vous verrez une route. Vous vous y engagerez.

Docile, la voiture braque à gauche et descend l'avenue. Je ne tiens plus en place. On est à trois cents mètres. De mon bras gauche, je flanque au chauffeur des bourrades sur l'épaule. Je le tutoie soudain comme s'il était un vieux copain.

– Tu te rends compte, mon vieux, quatre ans et demi que je suis parti.

Il ne répond pas. Il a cessé de rire tant il est ému sans doute. Je reconnais un cahot de la voiture.

– Ça y est, lui dis-je. Nous sommes en bas de l'allée. Sur la droite une petite maison. A gauche, une prairie.

Puis bientôt :

– A droite, une entrée de jardin. C'est là.

Le mur répercute le bruit du moteur. Je comprends que nous sommes dans le parc. Je voudrais appuyer moi-même sur l'avertisseur, tant je suis surexcité. Il le fait lui-même et le camion hurle dans la cour.

Je crie, je vocifère n'importe quoi. Jean crie à son tour. Le camion s'est arrêté. Je ne puis ouvrir la portière et je bous d'impatience. Mais le chauffeur fait vite et il me libère.

J'entends qu'on nous répond de la cuisine. C'est une voix d'enfant que je ne reconnais pas. Soudain une autre voix crie – ah ! celle-là, quand bien même je ne comprendrais pas ce qu'elle dit, je la reconnaîtrais entre mille –, une voix crie :

– C'est mon Jacquot.

– Maman !

Le cri a jailli de ma poitrine. Oubliant que je suis aveugle, je me rue à travers la cour en toute hâte et, sans hésiter, je trouve le perron. J'étreins maman dans mes bras.

François et Jean-Marie, le fils de Jean, sont là. Maman veut me soulever les lunettes du nez. Je la gronde gentiment :

– Veux-tu bien laisser cela !

Soudain je reconnais le rire de Claude :

– Toi ici, chic alors !

Nous sommes tous là, criant, gesticulant, dans un chassé-croisé de questions sans réponses, quand je demande à Jean, brusquement :

– Dis donc, as-tu libéré le camion, as-tu déchargé les bagages ?

Éclat de rire général.

– Mais on est là depuis une demi-heure, mon vieux !

Nous avons tant de choses à nous dire que le temps s'écoule sans qu'on s'en rende compte. On interroge et on répond à tort et à travers.

– Oui, c'est une grenade.

– Les Allemands ont-ils été corrects ?

– Non, on ne peut pas dire que nous ayons eu faim.

Maman a déniché une bouteille de champagne.

– Il faut arroser cela ! Je la réservais pour papa. C'est la dernière. Mais aujourd'hui, ce n'est pas possible, il faut la déboucher. Pour papa, on en retrouvera une autre.

Il est tard, très tard dans la nuit, quand nous gagnons nos chambres et que maman vient me déshabiller.

Je suis trop excité pour dormir. Je tourne dans mon lit. Et je sais que de l'autre côté de la cloison maman ne dort pas non plus. « C'est mon Jacquot, c'est mon Jacquot ! » J'entends encore sa voix. Elle m'appelait ainsi lorsque j'étais enfant. Maman, c'est bien ton fils qui est revenu, mais ce n'est plus un enfant, c'est un homme que la souffrance a mûri.

Ce matin, à cent mètres de la maison, une caravane de pèlerins, pieds nus, escortés d'un prêtre en surplis, portaient Notre-Dame de Boulogne, Notre-Dame du Grand Retour.

Le lendemain, au petit jour, j'entendis le bruit du lit de maman dans la chambre voisine. J'appelai. Un instant plus tard, elle commençait à m'habiller. La conversation reprit. La vue de mes cicatrices, de mes orbites béantes, l'attendrissait. Mais elle était bouleversée de me trouver si gai et si heureux de vivre. Elle cachait sa peine.

Nous gagnons la salle à manger où mes frères nous ont précédés. Jean et son fils n'ont guère dormi non plus. Jean-Marie est tout excité de revoir son père. Il avait cinq ans lors de son départ. Il en a huit maintenant.

– Tu sais, mon pauvre garçon, dit maman, je ne vais pas pouvoir t'offrir grand-chose. En fait de café je n'ai que de l'orge grillé.

Jean proteste et sans plus attendre il ouvre la malle de tante Vive et en sort une boîte de Nescafé, une autre de lait concentré et même un peu de pain – du pain rassis mais que nous ferons griller. Et nous voici à table.

La présence de Claude m'intrigue.

– J'étais en permission ici, me dit-il, quand le télégramme de Mrs. Blacktown annonçant ton départ de Londres est arrivé. J'ai obtenu une prolongation.

Une lettre de papa m'avait appris en 1941 l'engagement de Claude aux chantiers de jeunesse. Sans douter de lui, je me faisais du souci. Dans quelle mesure la propagande de Vichy, si dure à notre égard, avait-elle eu prise sur lui? La franche amitié de la veille m'avait rassuré. Mais je voulais en savoir davantage.

– Comment se fait-il que tu sois à l'armée? dis-je.

– Mais mon vieux, j'étais au maquis. Qu'est-ce que tu crois? Tu t'imagines sans doute avoir été seul à faire du boulot?

– Au maquis? Tu n'étais donc pas aux chantiers de jeunesse?

– Je vais te dire. La nuit du 5 au 6 juin 1944, j'ai été réveillé par un coup de téléphone. Une voix inconnue voulait parler au « chef Lebreton ». C'est moi, dis-je. « Chef, je vous connais, dit la voix. Je suis un de vos anciens jeunes. Depuis le chantier, j'ai pris le maquis. Je suis dans la résistance, pas très loin de vous. Je vous informe que trente camionnettes allemandes, dont la moitié chargées de soldats armés, se dirigent actuellement vers votre chantier pour vous emmener, vous et vos hommes, en Allemagne. Vous disposez de deux heures. A vous de savoir ce que vous avez à faire. » Et le type raccrocha. J'ai réveillé mes adjoints et, après quelques minutes de débats, j'ai donné l'ordre de rassemblement.

– Tu avais déjà eu des démêlés avec les Allemands?

– Plus ou moins. Les jeunes travaillaient au reboisement quand les Allemands m'ont demandé de les faire travailler à un aérodrome. J'ai esquivé sous de faux prétextes. Ils avaient dû comprendre. J'avais pris parti et je m'attendais à le prendre plus nettement un jour ou l'autre.

– Ce fut ce jour-là?

– Oui. A cinq heures, paquetage sur le dos, vivres répartis, mes cent jeunes, à la file indienne, s'engageaient à marche forcée dans la montagne. Après deux heures de course, nous avons fait halte dans une clairière. Au bout d'une longue attente mon adjoint est venu nous rejoindre. Du haut d'un arbre, il avait vu, à la jumelle, les Allemands arriver vers six heures et gueuler devant le camp vide. Ils avaient abattu à la hache le mât des couleurs avant de mettre le feu aux baraques. Nous n'avions que trois jours de vivres devant nous. Il fallait trouver une solution d'urgence. J'ai fait prendre contact avec le maquis voisin, j'ai rassemblé les garçons et je leur ai dit : « Ce matin, à quatre heures, les troupes alliées ont pris pied sur les côtes normandes. A la même heure, les Allemands arrivaient à notre camp pour nous faire prisonniers. Conformément aux ordres reçus, je vais remettre à chacun d'entre vous sa feuille de démobilisation. Ceux qui le désirent peuvent rentrer chez eux. Mais je crois que personne n'a le droit de rester indifférent devant les événements qui vont venir. Qui m'aime me suive. Je prends le maquis. » Nous avons été absorbés par le maquis voisin. Depuis, nous sommes dans l'armée.

Ces explications de Claude m'apaisaient : ainsi, chacun dans notre sphère, nous avions de notre mieux recherché l'intérêt national, n'hésitant pas à prendre nos responsabilités quand il fallait les prendre.

....

Maman est bouleversée lorsque je lui raconte mes rencontres à Damas avec Mère Saint-Paul. A son tour elle me parle de Misette.

– J'ai écrit des notes à votre intention, dit-elle. Je te les lirai lorsque nous serons plus au calme.

Après le déjeuner nous procédons à l'ouverture des malles. Maman s'extasie à chaque paquet.

– Des aiguilles ! Justement, on n'en trouve plus ! Cette petite statuette de Saxe ! Mon Dieu, je penserai à tante Vive chaque fois que je la regarderai.

A midi, les malles ne sont pas encore vides. Chaque objet appelle de nouvelles explications.

Kerval n'a pas souffert des bombardements. Une bombe est tombée dans la prairie en face et la maison a été ébranlée comme par un tremblement de terre. Mais elle est solide. Seules les étables de la ferme ont été endommagées. Trop heureuse de voir sa maison intacte, maman a offert à certaines familles sinistrées la partie du manoir naguère réquisitionnée par les Allemands. Il en est trois qui résident au second étage, et les baraquements du jardin abritent douze foyers.

Le lendemain 25 novembre, c'est dimanche. Nous allons à la messe au Relecq. Maman est à côté de moi. Grande joie. L'action de grâces est facile.

Jean est parti pour Saint-Malo, emmenant son fils. Claude s'en va lui aussi, sa prolongation est terminée. Kerval retrouve son calme, mais pas pour longtemps. Claude est à peine parti que nous sommes réveillés à quatre heures dans la nuit par un klaxon. Le heurtoir est agité énergiquement. En un clin d'œil tout le monde est aux fenêtres. C'est Henri.

La grande scène se renouvelle.

– Sais-tu que Claude vient de nous quitter ? dit François.

– Tu parles, si je le sais ! L'autre jour, dans les Vosges, j'apprends que Claude est au 5e dragons et que son unité occupe les positions à côté de nous. Je fais un saut en voiture jusqu'à son régiment. C'est pour apprendre qu'il est en permission. Ah ! mon vieux, j'ai bondi. L'officier s'indigne de mes protestations. C'est bien naturel. Il n'a plus vu sa mère depuis six mois. Et moi, dis-je, cela fait quatre ans et demi !

Tout cela se passe dans les rires et les éclats de voix. Mais il fait froid en pyjama et Henri nous suit dans nos chambres où nous achevons de nous habiller. Maman le presse de questions. Il est terriblement marqué par la vie qu'il a menée. Depuis le début de la guerre il totalise trois ans de première ligne. La Libye, la Tunisie, Saint-Tropez, les Vosges, sans compter toute l'Italie.

Les huit jours s'écouleront très vite. Henri doit repartir. Et Noël approche, avec son réveillon bien maigre, avec la douleur des absences, mais aussi avec la joie de l'espérance.

VI

Nous venions de regagner la chambre de maman où, depuis que la bibliothèque avait été transformée en garde-meuble, maman et François avaient pris l'habitude de passer la soirée. J'étais plutôt d'humeur maussade, l'ampérage de l'électricité était trop faible pour faire marcher le poste de radio à certaines heures et nous empêchait d'entendre un programme dont je me réjouissais. C'est alors que maman me proposa de me lire les notes qu'elle avait rédigées sur Misette.

J'avais hésité à les lui demander tant je craignais de raviver sa peine ; cependant j'étais avide de les connaître et j'acceptai. Quelques instants plus tard, assise à mes côtés, elle lisait :

Comme j'arrivais au couvent le mardi 7 mai 1940 on m'introduisit au petit parloir. J'étais déchirée par un double sentiment : l'empressement de revoir ma Misette et l'anxiété de constater en elle les ravages causés par la maladie.

La porte s'ouvrit soudain et dans le contre-jour, encadrée de son grand voile blanc qui laissait transparaître la lumière, Mère Jean m'est apparue toute souriante. Je n'ai voulu voir que son sourire, il était radieux. Sous le bandeau franciscain ses beaux yeux étaient ardents et jeunes. Elle saisit mes mains dans les siennes tout amaigries, comme pour s'assurer que j'étais bien là ; peut-être aussi pour s'appuyer car elle chancelait. D'une voix que la maladie avait rendue chevrotante : « Je ne pouvais pas croire, dit-elle enfin, Mère supérieure m'a dit tout à l'heure que tu venais, c'était trop de bonheur, je ne le crois que maintenant parce que je te vois là ! »

Elle parlait lentement en prononçant toutes les syllabes, mais on sentait cependant la surprise toute récente, la joie prise sur le vif. Dans cet enthousiasme je retrouvais toutes ses ardeurs d'autrefois, ses élans vers la vie, cette force qui était en elle si peu dirigée avant son entrée au couvent. Mais aujourd'hui, dans cette grande robe blanche, sous ce voile de lumière, elle m'apparaissait comme engainée, spiritualisée.

L'illusion n'a pas duré, j'ai très vite vu la figure allongée, les traits tirés, les yeux fiévreux, la bouche décharnée et trop grande, j'ai vu les vêtements flottants autour de ce pauvre corps amaigri. Deux jours après mon arrivée, Mère Thérèse, jugeant que le voile la fatiguait, demanda à Mère supérieure l'autorisation qu'il soit supprimé. Et Mère Jean vint au parloir avec une sorte de guimpe de toile qui, encadrant la figure, couvrait la tête et les épaules. Une fois, même, une transpiration comme elle en avait tant survint pendant qu'elle était au parloir avec moi. La guimpe fut changée et je vis ma Misette la tête toute rasée comme un garçon : où étaient ses beaux cheveux qui l'embellissaient tant ? Cette suppression du voile devant moi avait peut-être été prévue; si cela est, je sais gré à la Mère supérieure de cette délicate attention qui me permit de revoir ma fille comme au temps heureux où je ne la possédais rien qu'à moi.

Cette image de Mère Jean dans l'embrasure de la porte du parloir est celle que je garde à jamais ! C'est elle qui, lumineuse et toute souriante, se penche vers l'ombre où je suis.

Dès le jeudi 9 il fut convenu que je ne pourrai plus voir ma fille que le matin, le soir amenait une remontée de la fièvre qui la fatiguait trop pour qu'on la descendît au parloir; on prévint Mère Jean que je désirais employer mes après-midi pour visiter la région. « Je suis ravie, me dit-elle dans sa docile abnégation, tu vas être si contente ! » Ma généreuse enfant ne soupçonnait pas que ma joie de la posséder encore pouvait seule me distraire de l'angoissante torture de la croire perdue.

Le vendredi 10 mai, un car se rendant à Saint-Jean-de-Luz, je décidais de m'y rendre pour y faire quelques commissions que désirait Mère Jean : papier à dessin, crayons, tubes d'aquarelle. Je désirais également pouvoir dire à Lucien que j'avais visité ce petit port de pêche qui avait en son temps été une escale heureuse du *Président Théodore Tissier*, ce bateau océanographique que commandait alors mon mari. Comme j'attendais le départ du car, le chauffeur m'apprit la nouvelle du matin : la rentrée des troupes allemandes en Hollande et en Belgique. « Mon Dieu, et André ! André qui est à Fourmies ! »

Je vis les montagnes, les petites barques de pêche dans le port, mais je ne connus que l'angoisse qui me déchirait ! Je visitais le vieux palais de l'Infante mais restais insensible aux mille et un détails de l'architecture qui me sollicitaient. Le miroitement de la mer sur la plage, les somptueuses villas aux parcs tout remplis de senteurs printanières ne réussirent pas à m'arracher à mes deux douleurs, mes deux tendresses à vif, mes deux religieux. Le lendemain, gardant le secret de mon double tourment, j'attendais ma Misette au parloir; elle y entra avec des roses dans les mains : « Celle-ci, me dit-elle en me les offrant, est pour le crayon, celle-là pour le pot de confiture, celle-ci encore pour le papier. » Elle ne savait qu'inventer pour me dire son remerciement et le plaisir que lui avait provoqué mon modeste cadeau. Elle y mettait tant de tendresse, tant de naïveté enfantine, elle qui se montrait si farouche autrefois, que j'eus envie de crier, de la supplier de se taire : « Eh quoi, mon Dieu! est-ce maintenant, alors qu'elle se montre si affectueuse à mon égard, que Vous allez me la prendre? »

Plus tard, lorsqu'elle m'offrit une aquarelle représentant le couvent dessiné par une de ses compagnes, je compris le pourquoi des objets qu'elle m'avait demandé de lui acheter. La surprise que me procura ce modeste tableau, le plaisir que je manifestai lorsqu'elle me l'offrit, furent reçus par elle avec une telle expression de bonheur dans le regard que je compris que la source de toutes ces joies résidait dans le bonheur qu'elle procurait aux autres. Tout au long de ces quelques jours passés auprès d'elle, j'ai eu maintes et maintes occasions de constater sa délicatesse à l'égard de tous.

Craignant que ma tendresse maternelle à l'égard de ma Misette ne puisse être rendue responsable du jugement que je porte ici sur elle; craignant que l'on ne m'accuse d'être aveugle à l'égard de ma fille, peut-être jugerez-vous utile que je vous raconte quelques faits qui en porteront témoignage à ma place.

Que d'histoires elle m'a narrées sur l'une ou l'autre de ses sœurs : petits frottements, mots incompris, c'est le pain quotidien de la vie, au couvent comme ailleurs; et Misette de conclure toujours : « Elle ne savait pas... c'est une malade... elle n'avait pas compris... » Un jour, elle me demanda de recevoir au parloir deux religieuses canadiennes : « Cela te fera plaisir, n'est-ce pas, d'entendre parler du Canada? Et à elles aussi, tu sais, ajouta-t-elle; et puis, il y a un peu de difficulté dans leurs rapports, elles l'oublieront du coup... »

Quand je sortais après la bénédiction du soir, je longeais la chapelle et me trouvais alors devant la fenêtre de sa cellule; de son lit elle m'apercevait, nous nous faisions un signe de la main, c'était notre bonsoir qui me gonflait le cœur de tendresse. « Maman, me dit-elle un matin, laisse-moi te faire signe de mon lit, le soir, lorsque tu passes, mais ne me réponds pas : des cellules d'à côté les autres malades pourraient te voir et cela leur ferait de la peine ! »

Je m'abstins donc désormais d'aucun geste mais ne ratais aucune occasion de jeter un coup d'œil vers sa fenêtre et de retrouver son cher visage. C'est ainsi qu'un jour je la vis debout, elle eut un mouvement brusque vers la Mère infirmière qui s'affairait dans la pièce : « Oh ! Mère Thérèse, c'est maman ! » s'exclama-t-elle. Je vis sa surprise, sa joie, son sourire épanoui, j'entends encore son mot : cette tendresse débordante de ma Misette, oh ! quelle douceur ! Le lendemain, lorsque je lui en parlais, elle me dit avec une douce tristesse : « C'était trop pour moi ! Il m'en faut si peu ! Après, mon cœur a battu si fort avec des palpitations ! »

Ce qui la mit le plus à l'épreuve, ce fut sa maladie sans doute, mais la patience qu'elle témoignait montrait qu'elle avait appris à la dominer. Cette lourde croix ne lui épargna pas pour autant ce que leur Mère fondatrice, Mère Marie de la Passion, appelait le martyre à coups d'épingle : ces mille et un détails de la vie quotidienne, ces heurts, ces difficultés de caractère entre deux personnalités qui s'opposent, ces mots incompris qui, mal interprétés, provoquent parfois des ambiances lourdes, des atmosphères pénibles; elle me raconta dans le détail une de ces incompréhensions dont elle fut la victime; ce n'était pas pour s'en plaindre, oh non ! mais je me montrais si désireuse de tout connaître !

Sa Mère infirmière était Polonaise; elle avait, au milieu des exigences parfois sévères de son rôle, l'exubérance démonstrative d'un tempérament méridional; c'est ainsi que, croyant bien faire, elle déforma le nom de Mère Jean et l'appela tout simplement Jeannot. Et Misette, dans son for intérieur, se refusait à ces manifestations de tendresse, aussi maternelles qu'elles fussent, mais en dehors de la règle. La réaction de ma fille n'était pas pour m'étonner : tout enfant, cette pudeur de sentiment se montrait farouche en elle. Elle avait peut-être sept ou huit ans quand un jour, à table, assise à ma gauche, dans la salle à manger de Brest, elle eut un mot dont la spontanéité me surprit autant qu'elle me mit de joie au cœur; j'ai oublié l'histoire qu'on venait de raconter et qui provoqua en elle un retour intérieur et lui fit dire tout d'un coup en regardant ses frères autour de moi : « Mais moi, j'aime maman ! » Ce fut pour moi comme une porte ouverte sur un jardin plein de soleil ! Je voulus le lui faire répéter : « Tu aimes ta maman, ma Misette? » Mais tout s'était déjà refermé et ses boucles brunes pendaient dans son assiette.

Cette opposition de caractère provoqua chez son infirmière un jugement préconçu qui lui faisait prendre pour de la froideur, voire de l'ingratitude à son égard, la réserve dans laquelle se réfugiait Mère Jean devant les manifestations de tendresse qu'elle lui prodiguait. Cette divergence prit très vite des proportions inquiétantes et Mère supérieure, qui, au début surtout, ne connaissait pratiquement Mère Jean que par l'intermédiaire de son infirmière, s'inquiétait de l'état d'esprit de sa malade; et la première année à Cambo, commencée dans la dure épreuve de l'entrée dans un sanatorium, fut poursuivie dans la crainte provoquée par ce malentendu de ne pas être conservée dans l'institut. Mère Jean, qui était loin de soupçonner ses torts, en recherchait la cause sans comprendre : « Mais qu'est-ce que je lui ai fait ? » me demandait-elle un jeudi de juin 1939, lors de ma première visite. « Si vous voulez prononcer vos grands vœux l'an prochain vous ferez bien de changer », lui dit un jour Mère supérieure. Pauvre Mère Jean prise d'angoisse qui, dans la droiture de ses sentiments, ne s'expliquait pas cette attitude. Elle cherchait et recherchait sans cesse une explication valable qui la menait parfois à des réponses absurdes. « Peut-être est-ce parce que je n'ai pas de santé que l'on ne veut pas me garder ? Et pourtant, maman, retourner à Kerval pour vous contaminer tous ? »

C'est toujours au cours de cette première visite de juin 1939 qu'elle me fit, un soir, une réflexion que je crus utile de rapporter à la Mère supérieure : « Enfin, maman, me dit-elle, en me montrant le portrait de la Mère fondatrice, regarde, elle me voit, elle me sourit, crois-tu qu'elle ne soit pas contente que je sois ici ? »

Le lendemain, lorsque je rapportai le mot à la Mère supérieure, elle en fut émue : « Ça me fait plaisir, ce que vous me dites là », me répondit-elle.

Lorsque je quittai Cambo lors de ma première visite, ce malentendu n'était toujours pas dissipé. Néanmoins, le ciel de ma Misette s'éclaircit progressivement au fur et à mesure que s'aggravait sa maladie et Mère Jean découvrit en Mère Thérèse, son infirmière, une Mère profondément bonne, appliquée à son rôle avec un dévouement sans mesure et dont les sollicitudes de toutes les heures ne furent jamais démenties. Elle découvrit alors que cette tendresse exubérante n'était pas que des mots. Soins de tous genres, attentions répétées pour les repas, les siestes, tout était une occasion pour Mère Thérèse de manifester sa sympathie. Les transpirations abondantes de ma Misette, que provoquait sa maladie, obligeaient à de fréquents changements de linge jusqu'à deux et trois fois par nuit. Mère Thérèse était là présente et maternelle. La pauvre petite avait tant maigri qu'elle ne pouvait conserver longtemps la même position dans le lit; il fallait l'aider, la déplacer avec douceur et patience, tendre un drap, replacer un oreiller. Mère Thérèse était mise à contribution et conservait son sourire. Je l'ai vue à l'œuvre autour de la chaise longue de ma Misette au parloir :

– C'est bien ainsi?

– Non, plus haut.

– Et comme ça?

– Pauvre Mère Thérèse, répondait Misette qui, voyant le dévouement de son infirmière, n'osait lui dire son insuccès.

Et Mère Thérèse reprenait l'oreiller ou la couverture jusqu'à ce que le visage de Mère Jean se détendît dans un sourire. « Quand vous serez grandes malades, disait Misette à ses compagnes, vous saurez ce qu'elle vaut et comme elle est bonne! »

Je la remerciais de sa patience dans son rôle parfois ingrat. « Il y a des malades exigeantes, répondait-elle, Mère Jean n'en est pas, oh non! Elle ne cause pas d'embarras, elle est douce et facile. »

Les indépendances de Misette, je les évoque non seulement sans amertume mais avec une douceur pleine de reconnaissance pour le couvent qui les a canalisées. Ses frères et sœur, ses éducatrices, son père et moi, nous les avons tous connues, une puissance de vie débordait en elle sans direction, sans frein, et cela n'était pas sans nous inquiéter profondément Lucien et moi. Du jour où la porte des Châtelets s'est refermée sur elle, cette grande richesse a découvert sa voie et tout s'est ordonné. Par quels prodiges d'efforts? C'est le secret de Dieu. Aux Châtelets, sa maîtresse des novices disait d'elle : « Depuis qu'elle est ici elle n'a pas désobéi une seule fois, on n'en dit pas autant de toutes! » – « On sent, disait à Cambo sa Mère infirmière, qu'elle obéit parce qu'elle a « ça. »

« Ça » c'était l'habit religieux.

Cette réflexion me fut faite par Mère Thérèse lors de mon premier séjour à Cambo en juin 1939. Mais en mai 1940 ce n'était plus pareil.

Maintenant on me disait d'elle qu'elle était devenue douce et facile. Misette était devenue douce et facile! Était-ce croyable?

La température, très forte à mon arrivée, baissa puis remonta; je le sus par la Mère supérieure, car Misette devait ignorer l'aveu du thermomètre. Je fus si émue de cette révélation qu'un mot m'échappa et dans un sanglot je m'exclamai : « Elle est perdue, ma pauvre enfant, elle est perdue! »

L'infirmière et la Mère supérieure présentes gardèrent le silence. Et je compris. Je résolus alors, sans vouloir affoler ma pauvre malade, d'effleurer le sujet délicat. Je parlais avec elle ce jour-là des âmes qui ont peur de la mort : « Oh ! me dit-elle, le Bon Dieu est plein de miséricorde, Il me recevra comme un bon père très heureux et puis il y aura la Sainte Vierge, tous les saints et pour nous Mère fondatrice... »

Quelle tranquillité, quelle sérénité devant la mort ! Aucune surprise, tout était prévu. Et puis elle ajouta toute songeuse : « Maman, la vie n'est qu'un rêve ! »

Et nous évoquâmes quelques souvenirs de son enfance. Je rappelai avec elle le temps de nos difficultés, de ses indépendances. La comparaison de nos souvenirs communs couvrait le présent de tant de paix ! Une fois, lui disais-je, j'ai été si contente ! Tu devais avoir treize ou quatorze ans, tu portais encore tes boucles sur les épaules, je ne sais plus quels étaient tes torts, je voulais te les faire avouer; je te vois encore debout dans le bureau, devant la porte du couloir et, brusquement, après un silence qui m'inquiétait, en relevant la tête et me regardant droit dans les yeux :

– Oui, maman, c'est moi !

Comme elle est belle, pensais-je alors, quand elle dit la vérité !

Misette me sourit, elle se souvenait des faits :

– Et même, ajouta-t-elle, que tu m'as punie malgré mon aveu !

– Peut-être, lui dis-je, il y avait sans doute des raisons... Mais, tu sais, ce n'est pas toujours facile d'être parents ! D'imposer ou de lever une punition ! J'ai pu me tromper quelquefois. Tu ne m'en veux pas?

– Oh non ! me dit-elle, c'est pour les fois où je n'ai pas été attrapée. Tout ce qui me coûte c'est pour cela que je l'accepte.

Et la pauvre petite ajoutait dans une humilité qui ne se payait pas de mots :

– J'avais décidé que je ne me plaindrais jamais ! Ah, maman !

Et son regard se fixait sur quelque chose dans le lointain et je pensais à toutes ses faiblesses que cette exclamation évoquait. Que de plaintes cependant elle a dû refréner, elle si ardente, si active, qu'elle aurait embrassé le monde. « Cela me coûte tant de ne rien faire ! »

Et elle montrait le petit morceau de toile qu'elle marquait pour le trousseau de ses sœurs, petit ouvrage facile que ses yeux de myope lui permettaient encore.

« Je suis si contente d'avoir été en mission ! » Elle racontait son voyage en Guyane et parlait volontiers de ses élèves qui secouaient facilement toute autorité. « Mais, ajoutait Mère Jean, je n'ai travaillé que six mois ! »

Pendant ces six mois elle avait doublé les étapes, ne tenant aucun compte du climat, de la fatigue.

« Ici, lui avait-on dit, il faut vivre au ralenti. » Et l'ardente Mère Jean continuait de monter et de descendre les escaliers à la course, se donnant sans compter.

« Qu'est-ce que j'ai fait pour l'institut? » Elle avait donné sa vie et semblait ne pas le savoir.

Le dernier jour de ma visite vint, le onzième. Heureusement, Dieu avait permis que depuis quelques jours la température cédât, l'espoir d'un mieux retenait notre émotion, combien cependant elle m'étreignait! Je revis Misette dans l'après-midi, mon train ne partant que vers six heures. Je crois me rappeler qu'il nous fut permis de prendre ensemble une tasse de thé. Et le temps courait...

Je parvins à lui dire avec calme :

– Ma Misette, pendant que nous sommes encore seules...

– Oh oui, maman!... m'interrompit-elle avec une précipitation qui montrait la gravité qu'elle donnait à ces derniers instants...

– Veux-tu que je te donne ma bénédiction pour ton papa et pour moi? Et puis toi aussi tu me donneras la tienne.

– Oh, moi, maman?

– ... avec tes mains de consacrée..., lui répondis-je.

Je sentis sa main tremblante faire une croix sur mon front. Nous avions tout dit, ayant pu toutes les deux retenir nos larmes, il le fallait, mais ni l'une ni l'autre n'avions d'illusions!

La Mère infirmière et la Mère supérieure vinrent nous dire au revoir. Le dernier baiser fut rapide. Misette, en chancelant, vint me conduire dans l'entrée. Le taxi m'attendait. Je vis son sourire comme à la porte des Châtelets lorsque nous la conduisîmes Lucien et moi, comme à celui de l'avenue Rueil la veille de son départ pour la Guyane, mais cette fois c'était bien autre chose! Je savais que je ne la reverrais plus, j'étais déchirée. Mais devant tant de douceur, tant de patience chez ma Misette, avais-je le droit de me révolter?

Seigneur, que votre volonté soit faite et non la mienne!

9 septembre 1941

J'ai vécu d'heure en heure cette journée douloureuse de l'an dernier, la dernière de mon enfant chérie. Le soir, elle reçut une suprême absolution. Quand vint la nuit le sommeil était loin, hélas! Sa tranquillité d'âme était si profonde qu'elle se mit à chanter, à chanter avec une pauvre voix qui n'était plus qu'un souffle. Être tout près de la mort, et elle le savait bien, et garder une sérénité toute simple jusqu'à s'essayer à chanter! Ce suprême cantique de ma Misette est pour moi une joie pleine : c'est sa liberté d'âme, c'est son amour confiant en Dieu, c'est le bonheur suprême de sa vocation, de sa consécration.

10 septembre 1941

La nuit fut pénible; ces mots me paraissaient faibles quand je pense à ce qu'elle a dû être. Le jour fut long à venir. Mère supérieure et Mère Thérèse ont dû se surpasser. Dans une lettre datée du 1er septembre, où l'on sentait tout l'effort du sacrifice d'elle-même que ma petite Mère Jean voulait pleinement donner, elle m'avait prié de lui faire cadeau d'une messe. Comment n'avais-je pas pensé à lui dire plus tôt qu'il y avait longtemps que c'était chose faite? Cependant, comme l'oncle Gayet arrivait à Ker Ménez, je lui demandai sa messe du mardi 10, la reculant jusque-là pour que Misette fût prévenue. Mais Dieu attendrait-Il?

Et le mardi vint. J'avais fleuri toute la chapelle, voulant fêter ma Misette. A Cambo, dans sa petite cellule étroite, elle vivait cette messe avec nous, noyant son sacrifice dans celui du calvaire.

Peu après, elle eut un mot qui fait partie de mon trésor maternel : « J'aime tant, dit-elle à sa Mère supérieure, que vous soyez auprès de moi, il me semble que c'est un peu ma maman! »

Que pouvait-elle nous dire de plus doux à toutes les deux?

Sa supérieure lui donna un dernier baiser de ma part, elle le reçut en souriant. Elle respirait à peine tant elle était oppressée. Dans un souffle on l'entendit murmurer : « Elle m'emporte au ciel, le ciel... oh! le ciel! »

Et c'est ainsi que, passant d'une mère à l'autre, elle est entrée au paradis.

Il était onze heures vingt du matin, heure française d'été, le 10 septembre 1940, un mardi.

Je me sens torturée de sa souffrance, mais je suis dans la paix, la paix sereine des âmes qui ont tout donné et qui s'en vont à Dieu dans une confiance d'enfant.

« Oh! je sais bien, disait-elle, le Bon Dieu m'accueillera comme un bon Père très heureux, et puis il y aura la Sainte Vierge, tous les saints et pour nous Mère fondatrice. Je ne peux pas penser au purgatoire, c'est plus fort que moi, je ne pense qu'au paradis. » Elle m'a dit cela en mai 1940 et c'est alors que j'ai compris qu'elle avait tout envisagé en dépit des mots d'espoir dont elle voulait me leurrer. « Est-ce que maman est courageuse lorsqu'elle vous parle de moi? » avait-elle demandé un jour à sa Mère supérieure.

Oh! ma Misette qui se tourmentait pour moi de l'épreuve, sans se douter que celle qu'elle vivait jusqu'au bout transformerait la mienne et y mêlerait plus de joie que de douleur.

10 septembre 1942

Aujourd'hui j'ai, comme l'an dernier, garni l'autel de dahlias roses et de feuilles d'acanthe et l'oncle Gayet a dit la messe pour elle. Toute ma vie je pleurerai ma Misette, mais toute ma vie et bien au-delà je savourerai les joies immenses, les bonheurs profonds qu'elle m'aura donnés, que Dieu m'aura donnés par elle.

Tout est très calme au fond de moi.

Quand maman eut terminé sa lecture, je ne fus capable que de me répéter qu'il y a des morts qui expliquent bien des choses, et que celle de Misette me les expliquait tout à coup avec une extraordinaire clarté.

VII

Janvier, déjà, s'avance rapidement. Kerval reprend son rythme quotidien.

Maman s'habitue avec peine à ma cécité. Elle s'étonne de me voir tourner la tête vers elle quand nous bavardons.

– Ce ne sont pas mes yeux que je tourne vers toi, lui dis-je, mais mes oreilles.

Elle rit. Elle n'y avait pas pensé.

Je lui parle de Damas, du lac de Tibériade, de Nazareth, des Pyramides. Mes descriptions colorées lui font oublier que, désormais, je ne verrai plus ces paysages.

Elle craint aussi de me voir faire le moindre pas de pigeon tout seul. Un jour, avant de partir à Brest, elle me laisse seul devant la radio.

– Tu as une pièce de théâtre, dit-elle. Cela t'aidera à passer le temps. Dans trois heures je serai là.

– Ne t'inquiète pas, petite maman, je sais ce que c'est d'attendre.

Mais j'ai mon idée. A peine ai-je entendu la porte se refermer que je fais taire le speaker. Je me lève, traverse la pièce, passe dans le hall et je cherche à tâtons ma capote et mon béret au portemanteau. Je parviens à les trouver. Je m'habille et sors à mon tour.

La poignée de la porte est dure, mais je réussis cependant à la faire tourner. De la pointe des semelles je cherche les marches du perron, je descends puis je tourne à gauche et m'en vais. Je n'ai ni guide ni canne. J'avance à petits pas prudents.

Au fond du bois, je me heurte à la grille, mais sans dommage. La grille n'offre pas de difficulté : la serrure a sauté. Je m'engage sur le sentier à travers champs et, toujours du bout des semelles, je reconnais le terrain.

Depuis mon retour, j'ai déjà emprunté ce sentier en compagnie de maman. Je sais qu'on y trouve un passage difficile : dans un creux, il faut traverser une mare boueuse. Quelques grosses pierres la jalonnent. En faisant de grandes enjambées on parvient à ne pas se salir.

En m'appuyant au mur, toujours à tâtons, je cherche les pierres et les découvre une à une. Cette difficulté franchie, je me retrouve dans le sentier.

J'arrive à la grand-route, mais les bolides ne sont pas à craindre. Toujours à petits pas, je continue mon itinéraire. Tout se passe si bien que je m'enhardis et j'accélère. Soudain, je m'étale de tout mon long. Heureusement, personne n'a rien vu, personne ne s'apitoiera sur mon sort. Que s'est-il passé? C'est très simple. Les Ponts et Chaussées ont déposé à cet endroit un tas de cailloux qui ne s'y trouvait évidemment pas avant la guerre. Mais je me remets debout rapidement. Puisqu'il s'agit de cailloux, je ne dois pas être très sale. Une chance que je ne me sois pas étalé dans le ruisseau!

Je m'oriente toujours du bout des semelles. Je reconnais les lieux au bruit de mes pas. Ici, ça se resserre : c'est la tranchée où passe la route. Maintenant, il n'y a plus d'écho : c'est le plateau. Je continue. Le chemin est simple et je le connais par cœur. En fait, ce n'est pas très difficile. Il suffit de reconnaître les touffes d'herbe avec les pieds et de suivre tout droit. L'herbe et les cailloux donnent des sensations différentes. Et je continue. Tiens, voilà le goudron. Ici, je tourne à gauche. J'entends des bruits de voix. Je prends à droite.

Après une demi-heure de marche je suis au milieu du bourg. Et tout comme avant la guerre, j'arrive chez le coiffeur. Je viens de faire quinze cents mètres sans guide, sans canne, sans rien. Si Mac White savait cela, il serait ravi!

Le Père Collin est quelque peu ébahi de me voir arriver. Mais il est heureux de mon succès et partage ma joie.

Après la séance chez le coiffeur, je reprends le chemin du retour et tout se passe normalement. A Kerval, je retrouve le perron, j'accroche au portemanteau capote et béret, et je vais me rasseoir devant le poste de radio.

Beethoven est fidèle au rendez-vous. Ce n'est pas la cinquième mais la neuvième et j'écoute avec délices le choral de l'*Hymne à la joie*.

Maman rentre vers la fin de la symphonie.

Quand les derniers accords se sont tus, elle me dit :

– Alors, cette pièce était intéressante? (Et soudain) Mais on t'a coupé les cheveux!

– Oui, je suis allé chez le coiffeur. Mais tu passeras payer, je n'avais pas d'argent sur moi.

A partir de ce jour, maman comprendra et me laissera aller dans la maison sans plus se soucier des risques et des obstacles.

Elle connaîtra cependant un moment de frayeur en me voyant descendre du deuxième étage, traînant une échelle de trois mètres.

Elle voulut m'aider.

– Mais non, comprends-moi, lui dis-je. Il faut absolument que j'arrive à faire quelque chose. N'importe quoi, pourvu que j'aie au moins l'illusion d'être utile.

Car c'est là le secret du moral : ne pas se sentir à charge, ne pas devenir un parasite. Cette idée m'anime plus que jamais. Je prends de plus en plus d'audace. Ici je peux me permettre des choses qui ne m'auraient pas été permises chez Mme Campbell.

Un autre jour, maman me surprend dans l'escalier avec un fauteuil sur la tête.

– Ce n'est pas possible, dit-elle. C'est le métier de déménageur que tu veux apprendre.

Ce qui signifie pour moi qu'elle commence à s'habituer.

– Maman, lui dis-je, peu de temps après l'incident du fauteuil, tu devrais m'aider à enfiler ma capote. Je vais aller voir bonne-maman.

– Mais mon pauvre enfant, je n'ai pas le temps de t'accompagner!

– C'est tout ce que je souhaite.

Et quelques instants plus tard, je m'engage dans le jardin. Cette fois j'ai un gros avantage : mon vêtement est boutonné.

J'aime flâner ainsi, seul, par les sentiers. Livré à moi-même, j'essaye de retrouver, au toucher, les détails les plus infimes que ma mémoire connaît mais que ma vue ne peut retrouver. Tiens ! cette souche du hêtre en 1938, serait-elle toujours là ? Je m'écarte du chemin, et c'est pour m'apercevoir que la souche a été arrachée. Et cette vieille gargouille, sur le talus, quelle forme avait-elle ? Pendant mon exploration je déchire mon pantalon dans les ronces. Bon sang, il n'y avait pas de ronces à cet endroit autrefois. Je reconnais mon pays, mon village, mon hameau, ma maison.

Parfois ces retrouvailles sont décevantes. Un jour, en furetant tout seul, je rends visite aux fermiers Le Gall. Ce sont des gens rudes. Mais quand j'étais enfant, j'aimais aller chez eux. Le fermier me laissait conduire l'attelage. C'était passionnant. En chemin, les souvenirs reviennent. Chaque année je leur donnais un coup de main à la moisson. Un jour de foire j'ai accompagné le Père Le Gall qui allait vendre Bichette et qui acheta Morhian pour la remplacer. Une belle bête, cette Morhian, un peu ensellée, mais une véritable croupe de percheron.

J'entends le chien qui aboie. Il m'a reconnu. Plus j'avance et plus il s'excite au bout de sa chaîne. Cette fidélité m'émeut. Avant la guerre, je lui apportais un sucre chaque fois que je passais à la ferme, et il m'avait pris en amitié.

En abordant le perron, je lui crie :

– Tout à l'heure, Kiki, sois sage !

Je reconnais, dans la maison, le pas traînant de la mère Le Gall et je franchis le seuil.

La fermière me fait fête. Elle sait que j'ai été blessé. Elle n'est pas surprise de mon état, mais sa voix trahit son émotion. Elle me fait asseoir. Dehors, on entend l'attelage qui pénètre dans la cour. Les cris de Yann arrivent jusqu'à nous. Bientôt ses sabots claquent sur les marches. Le fermier m'aperçoit, assis sur la huche à pain, et m'interpelle du seuil.

– Tiens, c'est toi, Jacques ! Alors, comme ça t'as été blessé ?

– Eh oui, qu'est-ce que tu veux, Yann, on ne fait pas la guerre sans prendre de risques.

– Oh ! ben, reprend-il, maintenant tu as une belle pension.

Je suis écœuré. Si c'est là toute sa réaction, je ne crois plus avoir grand-chose à faire chez lui.

J'écourte ma visite et je rentre à la maison.

VIII

La vie à Kerval est bien sympathique. La présence de maman est si douce. Et le soir à la veillée, quand elle a le temps de s'asseoir un peu, c'est si agréable de bavarder avec elle et François. Tout cela est bien beau, mais ne peut pas durer toute la vie.

A plusieurs reprises je lui ai dit que je souhaitais prendre contact à Paris avec des organisations qui s'occupent des aveugles, et leur soumettre mes problèmes. Maman a détourné la conversation. Je devine qu'elle n'est pas pressée de me voir partir. Pourtant elle a eu le courage de me lancer dans l'aventure en juin 1940. Et le départ que je projette aujourd'hui ne doit pas la plonger dans la même angoisse. Maman aimerait me garder mais elle sait que cette solution ne peut pas être définitive.

Tante Geneviève, qui s'occupe d'œuvres sociales depuis son veuvage, qui a appris le braille à un jeune aveugle et qui connaît beaucoup de choses dans ce domaine, nous dit qu'une de ses amies dirige à Paris le Foyer Malais, spécialement conçu pour recevoir des mutilés de guerre. Nous lui demandons de prendre rendez-vous. Elle le fixe au 12 janvier.

Le 11 au soir, nous débarquons gare Montparnasse et un porteur nous conduit chez tante Yvonne. Tante Geneviève a prévu en outre un rendez-vous avec le président de l'Association des aveugles.

Le lendemain, Mme Lenoir nous accueille au Foyer Malais. Elle m'offre un lit en dortoir. J'aurais préféré une chambre. Et Mme Lenoir m'assure qu'elle me réservera la première chambre libre. Le centre assure une infirmière pour tous les soins qu'exigent « les actes indispensables à la vie »; entendons par là : toilette, habillement et repas. Pour les promenades, les courses, les distractions, les lectures ou la correspondance, l'infirme doit embaucher quelqu'un. C'est un avantage : il choisit lui-même la tierce personne. Le centre l'assure, par ailleurs, de l'indispensable. Toute cette organisation rassure maman. Et le soir, quand nous nous rendons chez M. Toutain, le président de l'association des aveugles, elle n'a qu'un désir : voir une solution se dessiner de ce côté.

M. Toutain est un « vétéran » de la cécité. Il ne s'apitoie pas sur mon sort. Il sait que mon état est beaucoup plus pénible que celui d'un aveugle. La cécité compliquée de l'amputation des deux mains ne facilite pas le problème de la réadaptation professionnelle. Il parle net, il va droit au but. J'aime cela.

– Vous auriez vos mains, dit-il, il n'y aurait pas de problème. Je vous conseillerais immédiatement le massage. Mais sans les mains ce n'est pas facile. En somme, si je considère vos amputations, il n'y a pas trente-six moyens, il n'y en a qu'un : il faut faire travailler la tête.

Maman l'interrompt.

– Il a de la voix, dit-elle. Il pourrait faire du chant.

– C'est une activité, en effet, dit M. Toutain. Mais je vous avoue que je n'y avais pas songé. Personnellement, je chante horriblement faux.

J'avais pensé à cette solution. Mais elle ne m'avait pas emballé. Pour un chanteur, à moins d'être un crack, la réussite est problématique.

– Mais, dis-je, maman vient de vous interrompre et vous alliez me proposer quelque chose.

– Oui. Pourquoi ne pas envisager de reprendre vos études?

L'énergie de cet homme me subjugue et j'ai confiance en lui. Au moins, en voici un qui ne fait pas de quartier et qui exigera tout de moi. Il me change des pleurnicheries sentimentales. Il vient cependant de me porter un direct qui me coupe le souffle, et j'hésite à répondre. Comme il est aveugle, il ne peut voir l'effet de ses paroles sur mon visage et déjà il s'impatiente.

– Alors, qu'en pensez-vous? dit-il.

Je réponds timidement :

– Des études, mais lesquelles?

– Avez-vous votre bac?

Je dois avouer que non. J'ajoute que les études que je faisais avant la guerre et qui devaient me conduire au diplôme d'agriculture n'exigeaient pas le bac.

– Dans ce cas, reprend M. Toutain, pourquoi ne pas envisager de le passer?

Cette fois, c'est trop dur.

– Vous vous rendez compte, dis-je, sans mains je ne puis pratiquer le braille. Faire des études sans écrire, ce n'est pas chose facile.

Il s'aperçoit qu'il a visé trop haut. Mais le corps à corps reprend. Cette espèce de combat m'exalte.

Je sors complètement groggy et, dans le métro, je suis plutôt méditatif. Nous n'avons pas tiré de conclusion. Mais sans savoir où l'affaire me mènera, je suis bien décidé à revoir M. Toutain.

Je charge tante Yvonne de me trouver une tierce personne.

– Tu sais, ma petite tante, lui dis-je, un peu taquin (elle adore ça), tu dois me trouver une jeune fille prolongée, une femme mariée, une veuve, n'importe, mais dans les trente-cinq, quarante ans. Comprends-moi. J'ai vingt-trois ans. Je ne veux pas risquer de m'attacher sentimentalement à la personne qui me servira de guide. D'autre part, je crois qu'une femme remplira mieux qu'un homme cette fonction. Toute femme a en elle un sentiment maternel que je crois indispensable pour ce rôle que j'attends de mon guide.

Tante Yvonne et maman approuvent. Le lendemain, confiant à la Providence le soin de faire aboutir les démarches entreprises, nous reprenons le train pour Kerval. Ce séjour ne sera pas long. Dix jours plus tard, une lettre de tante Yvonne nous dit qu'elle a trouvé quelqu'un.

Dès notre arrivée, elle nous parle de sa trouvaille. Elle lui trouve toutes les qualités. Je l'entends dire à maman, en chuchotant : « Vous savez, Marie, c'est une jeune fille très bien. Trente-trois ans, excellent milieu, très bonne éducation. » Je me méfie un peu. J'attends de voir, si j'ose dire.

Le lendemain tante Yvonne introduit la personne au salon :

– Voici Mlle Yvonne Pontonnier.

La conversation sera brève et dans le style conventionnel. Chacun minaude un peu. L'affaire est conclue. Rendez-vous est pris pour le lendemain au Foyer Malais. J'ai joué l'hypocrite. Au cours de la conversation, je me suis montré empressé. Tante Yvonne est un peu déçue quand je lui donne franchement ma première impression. Je conclus :

– Nous verrons bien. Nous avons convenu d'un essai pour un mois.

Le lendemain, mon guide est fidèle au rendez-vous. Une heure plus tard, mon installation terminée, la « passation des pouvoirs » accomplie, maman prend congé et je me retrouve seul avec Mlle Pontonnier.

Instinctivement je veux la mettre à l'épreuve. Je lui demande d'abord de me lire une lettre. Ça va. Elle lit bien. Je lui demande ensuite :

– Pourriez-vous me conduire téléphoner?

Elle s'empresse et nous partons bras dessus bras dessous. Avec toute la simplicité que je souhaite, elle me guide parfaitement. Contrairement aux gens qui n'ont pas l'habitude de conduire un aveugle, elle me prévient à l'avance des obstacles à contourner, des trottoirs à descendre ou à monter. Elle se débrouille parfaitement au téléphone. En bon provincial que je suis, cette épreuve me paraît déterminante. Pour moi, le téléphone est une chose bizarre et compliquée et la consultation d'un annuaire m'a toujours semblé un peu monstrueuse. Allons, la deuxième impression est meilleure que la première. Nous verrons, au déjeuner, si elle ne me barbouille pas de sauce.

Yvonne s'amusera beaucoup, plus tard, quand je lui raconterai ces anecdotes.

Maman regagne Kerval et, pendant les jours qui suivent, je fais quelques démarches avec Mlle Pontonnier. D'une part, ma pension n'est toujours pas liquidée et, d'autre part, je veux reprendre contact avec M. Toutain. Le moment de passer aux choses sérieuses est arrivé et je voudrais conclure le premier entretien que j'ai eu avec cet homme énergique.

Je le quitte en concluant que je prendrai des leçons de chant et de solfège et que, parallèlement, j'entreprendrai des études. Il a pris rendez-vous pour moi avec le directeur d'une école commerciale.

Je vais à ce rendez-vous, gonflé d'optimisme. Mais l'accueil que je reçois est bien différent de celui que m'avait réservé M. Toutain. Suis-je plein d'illusions sur mes aptitudes? Est-ce au contraire le directeur qui est effaré de mes infirmités? En tout cas, il refuse tout net de m'inscrire parmi ses élèves. Il est presque choqué par ma demande. Et je devine qu'il se contient par égard pour mes infirmités. Si j'insistais, il exploserait. Le magnétophone n'était pas inventé. Or, c'est un appareil très précieux pour un aveugle, et à plus forte raison pour un aveugle bi-manchot. S'il avait existé, j'aurais insisté. Mais la réaction du directeur fut si nette, en dépit de sa discrétion, que je sortis de son bureau complètement désappointé.

Il ne faut pas songer davantage aux cours par correspondance. Il reste encore trop de Français en captivité. Les professeurs manquent. Je ne trouve pas de solution dans ce secteur. Que faire?

En attendant, je prends deux cours de solfège par semaine. Même si le chant ne me conduit nulle part, je pourrai toujours en faire mon violon d'Ingres.

Puisque j'ai du temps libre, je vais au centre d'appareillage. Les mains artificielles qu'on me propose ne valent guère mieux que celles qu'on m'avait données en Angleterre. Elles sont aussi lourdes.

L'affaire de ma pension est enfin liquidée. Mais, dans les autres secteurs, le bilan est plutôt négatif. Un jour, je demande à mon professeur de solfège quand il compte commencer les leçons de chant. Il est interloqué.

– Mais, dit-il, pas avant trois ans.

Voilà qui est fait pour m'encourager, vraiment.

– Quand ma formation musicale et chorale sera terminée, à quoi croyez-vous que je puisse aspirer?

– Je ne sais pas, moi. Vous pourriez être chantre dans une église par exemple.

Chanter des enterrements trois ou quatre fois par semaine ne me réjouit guère. Et une déception de plus vient s'ajouter aux autres.

Heureusement la collaboration de Mlle Pontonnier se révèle de plus en plus efficace. J'ai dépassé ma première impression, et j'admets qu'elle est bien la perle rare que je recherchais. Jusqu'à présent, les gens qui voulaient me rendre service essayaient inconsciemment de m'imposer leur point de vue. Mlle Pontonnier fait exactement le contraire. Sans doute elle est rétribuée et il est difficile de dire si ce n'est pas cet élément de sa fonction qui lui dicte sa conduite. Pourtant je suis certain que son attitude vient d'une compréhension exacte de mon état. Elle a compris que ma cécité me fait parfois prendre mes rêves pour la réalité et que la meilleure pédagogie c'est de me laisser faire mes expériences moi-même. Mon attitude, de réservée qu'elle était au début, glisse rapidement vers l'amitié. Souvent, pendant les heures creuses, elle me fait la lecture, et nous commentons ensemble. Plus je vais, plus je constate que nous sommes sur la même longueur d'onde. Un beau jour – il fallait s'y attendre – je me mets à penser, en dépit de notre différence d'âge, à une union éventuelle. Mais c'est d'abord assez inconscient.

Les déceptions se sont accumulées pendant ces deux mois. Je voudrais changer d'air. Je lui demande si elle accepterait de me conduire à Kerval. Malgré l'attrait que Kerval exerce sur moi, je ne lui ai jamais décrit ces lieux de mon enfance. Quand elle arrive à Kerval, à la fin mars, elle est profondément séduite par la vieille demeure. Elle ne me cache pas son enthousiasme; et c'est un lien de plus entre nous.

Quand nous rentrons à Paris en avril, des raisons personnelles l'obligent à me quitter provisoirement. La personne qui la remplace est si peu synchro qu'elle lui sert de repoussoir. Elle m'irrite tellement que, dès son arrivée, je lui demande d'aller chercher des allumettes. A cette époque les allumettes étaient très rares. Quand elle revient à midi, après avoir visité tous les bureaux de tabac du quartier, elle ramène une ou deux boîtes. Je finis par en avoir un stock impressionnant, mais qu'importe! Le matin, dès qu'elle frappe à la porte, je lui dis, après les salutations d'usage :

– Vous savez, mademoiselle, je voudrais que vous alliez me chercher des allumettes ce matin. Elles sont si rares qu'on pourrait en manquer. Trente boîtes ne font pas une réserve suffisante.

Ouf! Me voilà tranquille pour la matinée.

Le 8 mai, Yvonne est de retour. Je ne puis lui cacher ma joie de la retrouver. Elle-même semble si heureuse qu'il n'est pas difficile de deviner quel fut le thème de notre conversation ce jour-là ! Mais notre différence d'âge donne à ce projet de mariage un aspect choquant. Nous sommes les premiers à le voir. Et nous hésitons à en parler. Cependant nous révélerons nos intentions fin juillet.

En juin, André rentre d'Allemagne. Avant de gagner la Bretagne, il prend contact avec nous au Foyer Malais. Henri et Claude sont précisément en permission. Tous les cinq, nous prenons le train gare Montparnasse, heureux d'amener à maman celui de ses fils qu'elle n'a pas revu depuis le début de la guerre.

Cette fois, c'est André qui a la vedette. A Paris, il nous a tous pressés de questions. Maintenant qu'il a retrouvé maman, c'est elle qui interroge.

Il parle de sa vie au stalag 3b puis au 1a à Berlin. Il nous dit ses difficultés avec les Allemands qui voulaient le faire travailler en dépit des conventions de Genève. Il nous raconte des histoires invraisemblables, des scènes extravagantes, ou comiques ou tragiques. Ce qui nous frappe le plus, mes frères et moi, c'est la variété des types d'homme qui entrent en action dans chacun de ses récits : Militant jociste ardent et mystique, instituteur laïque buté et sectaire, militant communiste bourré de doctrine et de généreux principes.

– Mon pauvre André, dit maman. Comme cette promiscuité a dû t'être désagréable ! Côtoyer sans cesse des gens qui ne partageaient pas tes convictions, comme cela devait être pénible ! Tu seras heureux de retrouver ton couvent.

André fouille dans son baluchon et en sort une espèce de boîte aux lettres. D'un ton grave, en nous montrant l'objet :

– Savez-vous ce que c'est? dit-il.

Il le décrit à mon intention : c'est un coffret de bois verni, hérissé de barbelés. On y lit cette inscription : « Jésus prisonnier avec nous ».

Il enchaîne :

– C'est mon tabernacle. Savez-vous qui me l'a fabriqué? Un militant communiste qui bouffait du curé. Tout simplement parce que j'étais son copain. Si j'avais habité au presbytère en face du camp, si j'étais venu les voir en soutane à boutons noirs avec mon bréviaire sous le bras, crois-tu que j'aurais pu créer ce courant de sympathie entre mes compagnons et moi? Si j'avais été enfermé dans mon couvent, j'aurais peut-être assisté à de plus beaux offices – encore faudrait-il savoir ce qu'on entend par là; car la beauté d'une cérémonie n'est pas forcément fonction de la qualité de la chorale ou de la richesse des ornements. Dans mon couvent j'aurais pu avoir plus faim et plus froid qu'au camp de prisonniers, cela n'aurait eu aucune importance : ma souffrance n'aurait pas été la leur. Mais en restant au milieu d'eux, souffrant avec eux de la captivité, de la sous-alimentation, du froid, de toutes les précarités, j'étais des leurs. Notre souffrance était commune. A partir de ce moment le dialogue devenait possible. D'eux à moi, l'échange était une chose naturelle. Et n'est-ce pas une condition indispensable à l'exercice de mon sacerdoce?

– Oui, bien sûr, dit maman. Ils avaient besoin de toi.

André répondit en riant :

– Et moi j'avais besoin d'eux!

Il reprit :

– Ma vie au milieu des prisonniers m'a enrichi d'une manière que tu ne peux pas soupçonner. Aujourd'hui, je comprends mieux que le prêtre doit être mêlé à la foule – perdu dedans... Le levain dans la pâte! Pour qu'il agisse il ne peut se contenter d'être une pièce rapportée. Même collé contre elle, il ne peut faire aucun effet. Mais s'il est fondu dans la pâte, perdu, anéanti en elle, alors il fera lever le pain. Je te prie de croire que cette expérience de quatre ans m'a permis d'approfondir mon sacerdoce.

Deux ans plus tard, fort de cette richesse, André s'embauchera en usine comme prêtre-ouvrier.

Yvonne participe entièrement à cette conversation. A la pression de sa main sur mon bras, je comprends que si elle ne dit rien, elle n'en pense pas moins.

La première fois qu'elle est venue à Kerval, elle était mon guide. Cette fois, elle est ma fiancée. Elle est un peu éclipsée par l'intérêt que suscite André. Elle est un peu intimidée par cette armée de garçons qui ne sont pas habitués à compter parmi eux une future belle-sœur. Mais elle sent naître l'affection. Et maman, malgré tout ce qui l'accapare, sait se faire accueillante pour Yvonne. Celle-ci comprend bientôt qu'elle peut compter sur l'amitié de tous.

Nous sommes pressés maintenant de nous marier. Papa n'est toujours pas rentré du Canada. Yvonne et moi, nous démarchons pour hâter son retour. Mais rien ne s'annonce et notre impatience grandit. Nous fixons une date, le 22 septembre, espérant que d'ici là papa trouvera une place sur un bateau.

Juillet et août s'écoulent en préparatifs. A Kerval, maman fait des merveilles. Le jardin a pris une parure de fête. Les sinistrés qui logeaient chez nous ont réintégré leur demeure. La bibliothèque retrouve son aspect primitif. Et lorsque j'y pénètre pour la première fois après la remise en état, je ne puis m'empêcher d'aller m'asseoir sur cette banquette où, le 3 septembre 1939, j'ai appris par la radio le début de la guerre. Par la pensée, je revois le fauteuil en velours marron où maman s'était effondrée en apprenant la nouvelle.

Que d'événements depuis lors ! Que d'épreuves aussi pour chacun. J'en ai pris ma part. Mais je ne regrette rien. C'est à cause des souffrances d'hier que je connais la joie d'aujourd'hui. Et je pense à cette phrase de l'Évangile que Mère Saint-Paul m'avait rappelée à si bon escient : « Si le grain de blé ne tombe en terre et ne meurt, il ne portera pas de fruits. » Le chemin de la joie est semé d'embûches. Yvonne le sait aussi, car l'épreuve ne l'a pas épargnée non plus.

Le 21 après midi nous nous rendons à la mairie. La plupart des invités n'arriveront que le soir. Après le dîner, une trentaine de personnes sont déjà là. Nous montons à la bibliothèque. Un grand feu brûle dans la cheminée. Toutes les lumières sont éteintes. Seul le feu nous éclaire. Les assistants sont dispersés dans l'immense pièce où dansent les reflets des flammes. De l'escalier, utilisé en amplificateur de son, nous arrivent les échos de la *Pastorale* de Beethoven.

Le lendemain, deux cars nous emmènent de Kerval au bourg.

Mes frères, mes sœurs et toute la famille d'Yvonne sont là. Une seule absence, celle de papa. Jusqu'au dernier moment nous avons espéré son arrivée.

Sur la place de l'église, c'est à qui me félicitera. Yvonne est délicieuse. En dépit des difficultés de l'époque, elle a fait des prodiges pour sa toilette de mariée.

Le carillon nous appelle. Maman me prend le bras et nous pénétrons sous le porche, derrière Yvonne que conduit son frère aîné. André bénit notre union. Il est plus éloquent que jamais. Mes autres frères nous font une surprise : ils ont formé une chorale pour la circonstance.

En quittant l'église, c'est Yvonne qui me tient le bras. Si apparemment, c'est moi qui la conduis pour les premiers pas de notre union, elle sait très exactement prendre la démarche qui convient au couple très particulier que nous formons.

Nous sommes accueillis par une vingtaine de camarades des F.F.L. qui, ayant appris mon mariage, sont venus nous fêter. Ce sont des copains d'Everley School et du bataillon de chasseurs. Ils sont tristes de me retrouver si gravement mutilé, mais ils sont en même temps joyeux de me voir heureux. Eux aussi ont payé de leur personne : celui-ci a une jambe de bois, celui-là une manche vide. Leur présence me touche profondément. Je ne peux pas les laisser repartir ainsi. Ils prennent place sur la galerie des cars qui nous ramènent à Kerval. Nous ne pourrons pas les garder à déjeuner, mais maman m'a dit à mi-voix qu'elle avait de quoi leur offrir l'apéritif.

Sitôt après leur départ, nous passons à table. A la fin du repas, nous ouvrons le bal. Et soudain, on nous cherche : nous avons disparu.

Huit jours plus tard nous prenons le bateau qui nous ramènera à Brest. Pendant tout le voyage, Yvonne a été embarrassée par nos deux valises. Et je m'inquiète du trajet que nous aurons à faire du port de commerce à la gare.

En débarquant, Yvonne s'empare des valises. Un homme s'approche de nous : « Porteur, messieurs dames? »

Chic alors !

En vérité, le porteur n'est qu'un docker qui vient de débarquer un bateau de vins. Comme d'habitude en pareille circonstance, un tonneau a été mis en perce et le soi-disant porteur a le verbe haut. Il est terriblement loquace. Yvonne et moi, nous pouffons de rire à chacune de ses réflexions. Il s'indigne :

– Comment, vous pouvez rire? Dans l'état où vous êtes? Ben, merde alors ! Aveugle et pas de mains, moi j'aimerais mieux être mort.

Alors, là, j'explose :

– Tiens bon, mon vieux, tiens bon... Je suis en voyage de noces !

Nous nous rendons à Paris. Ma belle-mère nous offre une chambre chez elle; c'est très sympathique. Au Foyer Malais, nous passons reprendre nos affaires et nous faisons nos adieux.

Après les multiples salutations, Yvonne, quand nous nous retrouvons seuls, me rapporte une perle que je ne veux pas laisser perdre :

– Alors, comme ça vous êtes devenue Mme Lebreton? Eh bien, vous avez de la chance ! Maintenant, vous êtes à l'abri du lendemain !

Pendant mon séjour au Foyer Malais, j'avais rencontré un mutilé de la guerre 14-18 qui avait les mêmes infirmités que moi. Depuis 1919, il était là et il attendait. Quoi? Je me le demande encore. La mort, sans doute. Il s'était installé dans cette vie végétative et n'avait aucune ambition. Sa seule satisfaction, c'était d'aller rendre des visites en compagnie d'un guide. Le reste du temps, il écoutait la radio. Cette perspective d'avenir m'avait horrifié. Si c'est le sort qui m'attend, mieux vaut en finir tout de suite. Cet exemple décuplait mon désir de trouver une activité. En dépit de mes échecs, je ne désespérais pas. Il fallait absolument arriver.

En attendant autre chose, Yvonne et moi décidons de suivre des cours de philo en auditeurs libres. Mais fin décembre, Yvonne m'apprend qu'un heureux événement se prépare. Tout à la joie d'avoir bientôt un fils – car ce ne peut être qu'un fils – nous devons abandonner ces études.

Papa vient enfin de rentrer du Canada. Comme Yvonne ne craint pas de prendre le train, nous allons passer Noël à Kerval.

Je suis très ému de retrouver papa. Son émotion est grande aussi. En dépit des lettres qu'il a reçues, les miennes et celles de maman, il est surpris de ne pas me trouver plus affligé par mes infirmités.

Mon mariage, la préoccupation constante de donner un sens à ma vie et les nombreuses démarches que j'ai faites avec Yvonne pour régulariser ma situation militaire, tout cela absorbe mon esprit, ne me laisse pas le temps de penser à mon état.

Papa est tout heureux de faire la connaissance d'Yvonne. Au Canada, il avait comparé le courrier que je dictais à Yvonne et celui qui avait précédé. Il m'avait trouvé beaucoup plus décontracté dans ma nouvelle correspondance et il en avait conclu que la présence d'Yvonne m'apportait mon épanouissement.

Je lui fis part de nos déboires et il se proposa comme professeur de philosophie. Yvonne fut ravie de cette proposition et accepta aussitôt de s'installer à Kerval.

Tout cela fut fait en février 1946. Et le 14 juillet de la même année nous avions un héritier.

Comme prévu, c'est un garçon. Il s'appellera Éric. Il me reprochera plus tard de ne pas l'avoir appelé Liberté. Ce sera pour moi l'occasion de mon premier sermon.

– Apprends, mon cher, que ta liberté à toi ne doit, en aucun cas, être préjudiciable aux autres.

Mon mariage m'avait fait faire le premier pas pour sortir de l'individualisme où mon infirmité risquait de m'enfermer. Cette naissance continuait la libération. Je voulais des soucis, des ennuis comme tout le monde. Ils n'étaient pas encore bien lourds. Mais j'étais, néanmoins, engagé dans la vie.

Plus tard, Bruno, en août 1947, Claire en mai 1949, Jean-Paul en février 1951 et Monique en janvier 1956 viendront rejoindre leur frère aîné et se chargeront bien de me rendre ces soucis moins désirables.

Mais ces soucis, je ne suis pas seul à les porter, et je ne le serai jamais. Yvonne est heureuse de les partager avec moi.

DEUXIÈME PARTIE

I

Derrière M..., c'est la zone, un morne plateau de quelques dizaines d'hectares, où les masures ont poussé au hasard dans le puzzle des jardins ouvriers. Les moins misérables de ces taudis sont en briques. D'autres sont faits de tôles, de bois, de carreaux de plâtre. Rares sont les toitures de tuiles. C'est le règne de la tôle ondulée et du goudron. Les chemins serpentent comme ils peuvent dans ce désordre. Dès le petit matin, les cyclistes dévalent vers les proches banlieues, puis les enfants se hâtent, cartable sous le bras. Enfin les femmes, le cabas à la main, vont faire leur marché, évitant les bidonvilles des Nord-Africains.

C'est Ben Hamar qui a recruté tous ces compatriotes. Il est passé maître dans l'art d'utiliser les vieilles carcasses de camions. Il a commencé par acheter une infâme bicoque, qu'il a baptisée « Auberge de la bonne entente ». Puis il a logé cinq à six Nord-Africains par chambre au prix de quinze cents francs anciens par tête et par mois. Inspiré par l'esprit d'hospitalité, il acheta quelques vieilles carcasses de camions qu'il fit amener dans la cour derrière chez lui. Il y mit un peu de paille et put louer ainsi de nouvelles chambres qui contenaient chacune dix ou douze pensionnaires – le tarif restait le même. A ce prix, la ferraille est bientôt amortie. Ben Hamar en achète d'autres. Pour circuler entre les camions, il faut avancer de profil. Le terrain est complètement recouvert et l'homme se demande ce qu'il va pouvoir inventer pour accomplir son devoir d'hospitalité. Il a une idée de génie : il vide la fosse d'aisance; il s'offre même le luxe de la laver, et voilà de quoi loger quatre compatriotes de plus. Une fosse d'aisance qui rapporte six mille francs par mois, qui dit mieux? Autour de l'auberge, les terrains vagues deviennent des latrines, mais personne n'en a cure. La municipalité a bien pensé faire creuser des feuillées, mais ce serait encourager le scandale. En attendant, les bidonvilles fleurissent sur la zone comme jonquilles en avril.

Au camp des gitans, les roulottes s'alignent côte à côte. Quelques-unes, assez rares, éclatent, par leurs couleurs vives, au milieu des autres, dont le délabrement trahit la misère des occupants. Elles reposent sur leurs roues avachies ou tout simplement sur de vieux bidons d'essence. Un tuyau de poêle émerge du toit ou d'une fenêtre. De nombreuses familles vivent dans cet entassement, et les enfants, sales comme des poubelles, s'ébattent en commun au milieu des chiens querelleurs.

Des ferrailleurs ont installé leurs pénates dans le creux de carrières désaffectées ou sur d'anciennes décharges comblées. Les coques de voitures s'entassent alentour, vestiges de modèles archaïques ou tristes témoins d'accidents meurtriers. Quelques ouvriers travaillent dans l'enchevêtrement de tôles rouillées. Les uns découpent des coques au chalumeau, d'autres démontent les moteurs pour récupérer les pièces.

Une seule rue proche, la rue de la République. La circulation est encore faible. Nous sommes en 1947 et l'essence est rationnée. Quelques rares chalands aux étalages. Les petits vieux de l'asile, vêtus de leurs capotes d'anciens poilus de 14, battent la semelle et vont essayer de vendre à l'arrêt de l'autobus les quatre tickets que l'administration leur donne en guise d'argent de poche. La vente faite, ils iront, deux par deux, acheter une chopine chez l'épicier du coin, qu'ils iront boire dans un terrain vague. Que faire quand on est un vieux de l'asile, sinon noyer son ennui dans le gros rouge?

Au bord du plateau, quelques vastes hangars, des cheminées d'usine, un remblai de chemin de fer et les stries des fils sur le ciel.

Tel est le paysage désolé où trois Pères capucins viennent de monter leur baraque. C'est une simple bâtisse en planches achetée au service de récupération. Ils l'ont montée eux-mêmes. Le Père Charles, en bleu de travail, a cloué le papier goudronné sur le toit.

Ce moine au travail avait intrigué les gens. Mais quand les

ménagères le reconnurent au marché, son cabas à la main, les commentaires allèrent bon train. Les plus hardis vinrent frapper à la porte de la baraque. Bientôt le premier contact est établi, et c'est un vrai défilé.

Un vieux buffet aux portes mal assurées, un fourneau acheté chez le brocanteur, une table à tréteaux et un banc composaient le mobilier.

Ce premier contact avec le quartier n'avait pas été facile. Toute l'éducation et toute la culture des Pères les séparaient d'une population rude et drue, parfois même triviale. Seul, le Père André, mon frère, qui avait passé cinq ans dans les camps de prisonniers en Allemagne, avait acquis une tournure d'esprit, un style de comportement qui le dégageait des habitudes ecclésiastiques. Mais le Père Robert et le Père Charles sortaient tout droit de leur couvent. Ils avaient eu plus souvent l'occasion de confesser de bonnes chrétiennes que de recevoir les confidences d'un militant ouvrier.

En arrivant à M..., les Pères ne s'étaient pas mépris : ils savaient qu'un temps d'adaptation serait nécessaire. Ils convinrent d'envoyer le Père André et le Père Robert travailler en usine, tandis que le Père Charles serait le curé de la chapelle paroissiale et se chargerait de la tambouille et de la baraque.

Dans les premiers temps, c'est le soir, surtout, que les hommes venaient frapper à la porte.

Ce soir-là, peu après le retour d'André, alors que la baraque embaumait la bonne cuisine frugale du Père Charles, Albert vint demander timidement si son ami Cornec n'était pas là. L'homme semblait embarrassé par sa carcasse d'athlète, ses bras trop longs, sa force énorme. Il pouvait avoir cinquante ans.

– Non, dit le Père Charles. Cornec est venu ce matin, mais il est reparti tout de suite.

Cornec était le secrétaire de la cellule anarchiste de l'endroit.

– Assieds-toi, si tu veux.

Et il offrit au nouveau venu le traditionnel verre de rouge accompagné d'une cigarette.

La conversation s'engagea. L'homme raconta son histoire. C'était un gitan. Il était né aux environs de Lourdes. Bien que chaudronnier de son état, il avait traîné sa bosse dans tous les métiers. Le Père Charles lui avait dit bonjour, comme il le faisait avec tous ceux qu'il rencontrait. Albert avait été séduit par ce bonjour et il avait voulu faire plus ample connaissance.

Il parlait lentement, avec de pauvres mots entrecoupés de silences. Et il tirait vigoureusement sur sa cigarette. Il se disait anarchiste, mais il ajoutait aussitôt :

– Les anarchistes n'ont pas compris. Ils disent que Dieu, c'est le patron, c'est le gendarme. Mais c'est pas ça Dieu.

Il avait une intuition. Mais il ne pouvait préciser davantage.

Le Père, enchaînant sur le ton de la conversation, tenta de compléter :

– Non, c'est pas ça Dieu. Dieu, c'est la joie, c'est le bonheur.

Un large sourire épanouit le visage d'Albert. La bouche entrouverte, il buvait ces paroles. Le Père osa dire :

– Dieu, c'est l'amour.

Albert répondit en levant le bras. Était-ce une approbation ou un reproche?

Le Père Charles alluma la lampe à pétrole et la posa sur la table (l'électricité n'était pas encore installée). Et le gitan se mit à raconter le quartier, les roulottes du haut de la rue, les habitants du plateau.

Soudain de petits coups timides furent frappés à la porte et une fillette de huit ans entra. C'était une petite fille, au visage maigre, comme vieilli, au tablier sale; mais son sourire et ses yeux vifs la conservaient dans le charme de l'enfance. Elle tendit un verre à moutarde au Père.

– Maman vous demande si vous ne pourriez pas lui prêter un peu d'huile, dit-elle comme si la réponse ne pouvait pas faire de doute.

Le gitan vida son verre et se leva d'une pièce, comme s'il était gêné d'être surpris en conversation chez les Pères. Il grommela qu'il reviendrait, remit sa casquette et s'en fut.

C'est par un froid matin de décembre qu'André s'en était allé chercher de l'embauche. Casquette sur l'oreille et musette à l'épaule, il suivit la file de piétons et de cyclistes qui se rendait à Paris-Récupération. Au portail, une pancarte : « pas d'embauche ». Tant pis, on essayera à l'Électrolux. Le chemin tourne à gauche et passe sous la voie; mais peut-être peut-on continuer tout droit. Le Père hésite et interpelle un ouvrier qui passe.

– Dites donc, pour aller à Électrolux?

– Ah! c'est pas par là, il faut passer sous le pont.

Et voilà qu'il quitte sa route pour guider l'inconnu.

Geste banal sans doute, mais qui émeut André. Et le Bon Dieu n'en ferait pas autant, lui, pour les sauver? Mais si, c'est déjà fait puisque les prêtres ont pris la route de l'usine.

– J'ai été chercher du boulot au chantier de récupération, dit André.

– J'en suis, dit l'autre.

– Ah! tu en es. Il n'y a pas d'embauche actuellement. Je vais voir à Électrolux.

A quelques pas derrière eux un homme a pris le même chemin. Le compagnon du Père l'attend.

– Tu vas du côté d'Électrolux?

– Oui.

– Conduis donc celui-ci. Il cherche du boulot.

– A Électrolux, dit l'homme, c'est marqué qu'on n'embauche pas. Mais essaye toujours, tu verras bien.

Le Père se dit qu'il n'est pas encore dans la peau d'un ouvrier cherchant de l'embauche. S'il avait une femme et des gosses qui attendent de quoi manger à midi il aurait bien trouvé cela tout seul.

– Sans blague, dit-il. Si c'est comme ça, j'ai envie d'essayer au chantier de récupération.

Son guide s'intéresse brusquement à l'affaire.

– Mais bien sûr. Si tu veux, je connais quelqu'un au bureau qui pourrait t'aider.

Aussitôt fait que dit : les deux amis prennent la route de l'entrepôt. Ils entrent. Le gars cherche son collègue. Il n'est pas là. Mais il aperçoit un employé de bureau, lui glisse deux mots et parle du candidat comme d'un vieux copain.

– D'accord, dit l'employé. Viens lundi matin. Viens à sept

heures et quart. Tu verras Marcel. Il sera là. N'est-ce pas, Marcel? Tu verras, on arrangera ça.

C'est ainsi que le Père apprit le prénom de son nouvel ami.

Le lundi, à l'heure dite, le Père attend Marcel en battant la semelle sur la terre gelée. Marcel arrive, il entre, parle pour le Père; l'affaire est faite.

Le Père est entré avec quelques autres candidats et Boucher arrive. C'est le « mec » de l'embauche, c'est lui qui règle tout cela.

– Vous avez vos convocations?

Quelques minutes d'angoisse. Les autres en ont une, le Père n'en a pas. Il lance :

– C'est Marcel qui m'a dit de venir.

Ce nom fait l'effet d'un mot de passe.

Marcel, Marcel, pense le Père, au nom de Dieu je te bénis. Il te rendra au centuple ce que tu as fait. Un jour il te dira : J'étais sans travail et tu m'as fait embaucher. Si un verre d'eau ne doit pas rester sans récompense, qu'en sera-t-il d'un geste d'amitié qui fait du premier venu un frère? Marcel, tu ne sais pas que c'est au nom du Christ que je suis ton frère, mais tu l'apprendras un jour, et c'est comme si tu le savais déjà.

Le petit groupe des nouveaux se dirige vers le bureau de Boucher. On remplit des paperasses, on parle de la visite médicale. Le médecin n'est pas encore là, mais qu'importe, on attendra. La journée est payée. On fait connaissance en bavardant. Un petit gars se lie tout de suite d'amitié avec le Père. C'est un ancien prisonnier de guerre. Il est fier de dire aux autres : « On a été prisonniers en Allemagne. C'est comme si on avait passé cinq ans ensemble. »

Pendant que le Père bavarde avec son nouveau copain, un grand gars tisonne le feu en parlant à la cantonade. Dans cette assemblée où il ne connaît personne, il ne craint pas de vilipender Maurice Thorez, « le déserteur », et qu'est-ce qu'ils viennent nous raconter maintenant avec leurs boniments sur le patriotisme? C'est la C.G.T. qui a trahi le peuple et le parti communiste ne vaut pas plus cher que les autres.

André se tait, observe, fait connaissance avec ce nouveau milieu. Enfin voici le docteur. En dix minutes, l'affaire est terminée. La radioscopie c'est pour l'après-midi, et l'infirmière donne une adresse. Il est l'heure d'aller déjeuner. On s'en va en groupe à la cantine.

Les réfectoires sont aménagés dans une immense baraque où près de trois mille ouvriers mangent au coude à coude. Presque pas de femmes, sinon quelques employées de bureau.

Le Père examine toute cette masse – jeunes de vingt à trente ans, précocement vieillis par leur condition de sous-prolétaires, quelques vieux, des éclopés avec un bras ou une jambe amputés –, tout ce milieu ouvrier très caractérisé. Comme on se sent petit devant lui. N'est-ce pas folie, mon Dieu, de vouloir le remuer? Pourtant le Christ est mort pour eux.

André et son copain errent entre les tables, cherchant deux places. Ce n'est pas facile. A la cantine, chacun a la sienne et y tient. Ils découvrent une table presque vide – qui sera plus tard le lieu de fameuses discussions. Le grand gars au franc-parler, reconnu à l'infirmerie, les rejoint.

Voici la soupe. Bénissez, Seigneur, dit le Père mentalement, l'humble repas de vos ouvriers. Faites qu'ils bâtissent un monde à votre image.

Le lendemain, dans l'après-midi, les résultats de l'examen médical sont connus. Le Père est embauché comme manœuvre de force. Il se rend au syndicat et enfin est présenté à M. Tarot, le chef de service qui accueille les nouveaux. Bonasse et souriant, le chef de service serre des mains et conduit son monde aux ateliers et aux entrepôts. On commencera demain. Car la sirène hurle. Il est dix-sept heures vingt-cinq. On se quitte, salut les gars, à demain.

Le Père Robert, après de nombreux insuccès, s'était décidé à tenter sa chance à Électrolux, en dépit de la pancarte : « pas d'embauche jusqu'à nouvel ordre ».

Il entre sans trop y croire.

– Je suis sans travail, avez-vous quelque chose pour moi?

– Que savez-vous faire? demande le secrétaire.

Un interrogatoire serré suit, pendant près d'une demi-heure. Le Père doit reconnaître son incompétence, sans trop se diminuer cependant.

Les Pères avaient décidé de ne pas faire état de leur qualité de prêtre lors de l'embauche. Que cela plaise au patron, et le piston joue; que cela ne lui plaise pas, et le prêtre est rejeté aussitôt.

Le secrétaire aux grosses lunettes lui fait nettement sentir son incompétence. C'est humiliant. Mais si on ne subit pas l'humiliation du pauvre type qui n'a pas de corde à son arc, comment pourra-t-on l'incarner? A la fin, on le prend presque par pitié. Il sera soudeur à l'étain.

Il se présente au travail avec un gars de dix-sept ans et une femme. On les conduit au hangar où ils travailleront. C'est immense : cinquante mètres de long sur vingt-cinq de large. Dès l'entrée une odeur caractéristique; le Père apprendra bientôt que c'est l'odeur des vapeurs d'étain.

Un contremaître les accueille et les met au travail. La nouvelle aventure a commencé.

Après des soudures à l'étain, il s'agit pour le Père de monter et de régler de petits appareils dont il ne connaît pas l'usage. Dès l'abord, le Père a la révélation de la déshumanisation du travail. Pas plus que lui, les autres ouvriers de cette chaîne de montage n'ont à connaître la signification de leurs gestes.

Dans cet atelier, ils sont une trentaine, vingt à vingt-cinq femmes et une dizaine d'hommes. Les femmes vont et viennent devant lui, avec un sourire au passage, un mot aimable. De temps à autre, le chef d'atelier vient examiner le travail du nouveau. Courtoisement, il lui explique ce qu'il faut faire et ce qu'il faut éviter. Tout le monde le regarde avec sympathie. Il songe amèrement que ce n'était pas toujours le cas lorsqu'il portait sa robe de bure. Pourra-t-il s'intégrer à ce monde ouvrier? Que de problèmes à résoudre d'abord! Pourtant, dès cet instant, il se sent solidaire de ce monde qui l'admet. Déjà, il aperçoit les perspectives d'apostolat qui s'ouvrent devant lui et son cœur chante silencieusement une prière de joie.

A midi, il mange à la cantine. Une table l'adopte, table de huit : cinq femmes, un jeune, un Nord-Africain et lui. La nourriture est bonne mais insuffisante.

L'après-midi se passe sans incidents, comme la matinée. Le

Père Robert continue de régler ses appareils. La même atmosphère de camaraderie normale le touche. A la fin du travail il se lave les mains avec un groupe de jeunes. Il est comme en famille. Il a dû tomber dans une bonne boîte. On sort ensemble, on se serre les mains.

A l'atelier, sa table est dans un angle, et lentement, consciencieusement, il fait le mieux possible le travail qui lui est confié. Il prie, il prie. Il a décidé de rester aimable mais réservé. Pour se créer des amitiés, il doit d'abord être estimé.

Le soir du troisième jour, alors qu'il se lave les mains à l'atelier, des femmes bavardent à côté de lui et entreprennent de le taquiner. La plus hardie, une femme dans la cinquantaine, lui lance :

– Dites donc, vous, là, vous n'auriez pas été curé des fois? Dans votre petit coin, vous pourriez bien confesser tout le monde!

Le Père est interloqué. Il ne se démonte pas.

– Ma bonne dame, c'est peut-être plus vrai que vous ne pensez.

– Après tout, dit une autre. On ne sait jamais. En civil, on ne les reconnaîtrait pas.

– En tout cas, dit le Père, je suis chrétien. Je pratique et je suis fier d'appartenir à l'Église.

La femme qui avait lancé la conversation lui répond.

– Moi aussi. Si vous connaissiez ma mère!... Une vraie bonne sœur. Il faut dire qu'il n'y a pas de mal à ça...

Et elle enchaîne sans aucune méchanceté, sans aucun vice, avec une candeur désarmante :

– Moi je voudrais bien coucher avec un curé. Eux, au moins, ils ne sont pas fatigués!

Éclat de rire général.

La femme reprend :

– D'où êtes-vous donc?

– Du pays nantais.

– Ah! mince alors, moi aussi. De quel coin?

– De Pontrousseau.

– Çà alors! Moi, je suis de Saint-Nazaire.

De joie, elle lui aurait presque sauté au cou.

Désormais ce sont des amis, presque de vieux amis. Elle ne sait pas que, par son interpellation tapageuse, elle a fait l'œuvre du Saint-Esprit : camper le Père en face des gens de l'atelier, créer des liens entre les ouvriers et lui. Joie! Dieu est bon, la vie est belle.

Peu à peu, le Père arrive à bavarder avec tout le monde. Jour après jour, le monde ouvrier se révèle à lui dans toute sa simplicité. Le dialogue s'engage.

Peu avant Noël, voici un brave homme qui s'en vient bavarder. Il s'appelle Robert Butaut. Il se dit célibataire, mais en réalité, il vit avec une femme dont il a un enfant. Il raconte fièrement qu'il a été champion de saut à la perche. Il demande au Père tout à trac:

– Tu vas à la messe de minuit, toi?

– Bien sûr, je suis pratiquant.

– Moi j'ai été à la messe ce matin, dit Robert. J'aime bien aller à la messe de temps en temps, mais pas tous les dimanches. C'est quand ça me dit, comme ça. J'ai été enfant de chœur jusqu'à quinze ans. Ensuite j'ai travaillé chez mon curé.

En fin de compte le Père et lui sont d'accord pour dire qu'il faudrait un peu plus de religion chez l'ouvrier.

Le lendemain de Noël, les visages sont un peu tirés. Il n'y a pas beaucoup d'ardeur au travail dans l'atelier. On bavarde. Les femmes surtout y vont bon train. Bientôt le Père connaîtra tout le menu de leur réveillon. Le champion de saut vient le relancer.

– Alors, tu es allé à cette messe de minuit? dit le Père.

– Bien sûr. Je suis allé à Saint-Germain-l'Auxerrois. Tu vois, j'ai tellement chanté que j'en ai pris une extinction de voix.

Quelques minutes plus tard, il raconte son passé.

– Moi, j'ai pu être confirmé qu'une fois, parce que chez nous l'évêque ne venait que tous les cinq ans.

– Ah! Et quel évêque c'était?

– J'sais pas. Je crois bien que c'était le Pape qui venait de Rome.

Le lendemain, à la cantine, deux femmes se font remarquer par leur mauvais genre et leurs éclats de voix. Ce sont des filles de joie qui corrompent certains ouvriers. A la table du Père, elles sont unanimement blâmées. Or le contremaître, satisfait du travail du Père, vient précisément de lui annoncer qu'il va l'affecter à l'atelier où travaillent ces deux femmes. Le Père s'en réjouit. « Je ne suis pas venu appeler les justes, mais les pécheurs. »

Depuis qu'il a changé d'atelier, le Père est devenu quelqu'un. Il a été augmenté, il a passé « O. S. 2. ». Son nouveau chef d'atelier lui a annoncé des durs. Mais au total ces durs ne sont pas bien terribles : des gars turbulents qui hurlent, qui sifflent, qui chahutent – et qui restent bien sympathiques.

Un matin de janvier, en allant faire pointer son bon de travail, il rencontre sa payse.

– Alors, mon pays, dit la femme, on s'habitue? Et à l'atelier à côté, ça marche?

– Je crois bien. Ça biche au poil.

– Oui, mais, pour être heureux tout à fait, il te manquera toujours quelque chose.

– Ah? Et quoi donc?

– Une femme, pardi.

– Une femme? Mais vous savez bien que ça ne me dit rien. Je m'en passe facilement, allez.

– Tiens, et pourquoi donc?

– Je vous le dirai bientôt.

La Nantaise éclate de rire.

– Regardez-moi ça ! Il a un secret à nous dire.

Le Père éclate de rire à son tour et s'enfuit.

Il vient à peine de reprendre son travail que sa payse surgit, venue là pour meuler son fer à souder, mais qui, en réalité, crève de curiosité.

– Alors, c'est-y que vous avez eu des ennuis avec une femme, dit-elle en passant devant lui, que vous n'en voulez plus?

– Non. Mon cas à moi, c'est spécial.

La Nantaise ne sait que penser. Elle ne trouve qu'une réponse :

– Merde alors.

Le Père se demande s'il doit parler. Il réfléchit un instant, puis se décide.

– Écoutez, madame, êtes-vous capable de garder un secret?

– Oh ! bien sûr.

– Eh bien, je vais vous dire ce que je suis : je suis moine capucin ; je suis prêtre.

– Ah, merde ! s'exclame la femme. Mon petit aussi avait pris l'habit. Et il est ressorti. Puis il est mort peu de temps après.

Ses yeux de maman se sont embués. Elle refoule son émotion. Puis elle reprend :

– Et moi qui vous disais des conneries. Excusez-moi, on ne savait pas.

– Il ne faut pas vous gêner. Et puis il faut me dire tu. Je suis le frangin, le petit frère de tout l'atelier.

Elle approuve.

– D'accord. Comme ça, ça va.

– Mais je vous demande le silence, dit le Père.

– Vous pouvez compter sur moi. Je le jure sur la tête de ma mère.

Pauvre mère ! Une demi-heure plus tard, quatre femmes étaient au courant. L'après-midi du même jour, le contremaître vint inspecter le travail du Père. La conversation s'engage.

– Je voudrais savoir si je serai astreint encore longtemps aux heures supplémentaires, dit le Père. Car, voyez-vous, je suis prêtre, j'ai un bréviaire à dire. Cela me fait bien tard le soir.

– Prêtre, reprend le contremaître. Je le savais déjà. Renée me l'a dit.

Avec un peu de malice dans la voix, le chef reprend :

– J'avais bien remarqué quelque chose dès le premier jour. Un rien, un tact, une politesse que les autres n'ont pas. D'ailleurs, Renée l'avait remarqué aussi.

– Dites tout de suite que j'ai une gueule de curé !

– Franchement oui, dit le chef en riant.

Ce chef est chrétien. Il a lu *France, pays de mission?* et *Paroisse, communauté missionnaire*. Il connaît la mission de Paris. Il révèle une recherche en lui, une interrogation religieuse. C'est sans doute pourquoi il a admis si facilement la présence d'un prêtre à l'usine.

Il a un geste familier qu'il ne se serait sans doute pas permis avec un prêtre en soutane. Il frappe de la main l'épaule du Père.

– C'est bien, ce que vous faites là, dit-il. Cela fait du bien, cela réconforte. L'Église se remue aujourd'hui.

Emporté par son enthousiasme, il propose au Père de lui donner la liste des chrétiens de l'usine, il va en parler à l'ingénieur chargé de la production, qui est, dit-il, « un grand chrétien ». C'est tout juste s'il n'échafaude pas un plan de noyautage de toute l'entreprise. Le Père doit modérer son enthousiasme. Il dit doucement :

– Je ne suis pas venu pour cela.

Le Père André s'habitue à son travail. Il doit ouvrir et vider d'énormes caisses de plus de 150 kilos des surplus américains. On y trouve des vêtements blindés pour aviateurs, destinés à protéger des éclats de D.C.A., véritables armures du XXe siècle. Le Père en ignorait même l'existence. On vide et on trie : usagés, neufs, rebut. On en aura pour plusieurs semaines.

En travaillant, on bavarde. Le Père André se familiarise avec ses compagnons. Le grand gaillard qui fut embauché en même temps que lui travaille à ses côtés. Il a toujours son franc-parler, teinté d'ironie sans amertume. « Il y en a de trop payés sur le tas. » Il est Breton. C'est un lien supplémentaire avec André. Il s'appelle Spartacus. Ce nom de révolutionnaire romain lui va comme un gant. Mais où l'a-t-il pêché? André apprendra plus tard que son grand-père était de l'Assistance publique et que c'est lui qui avait reçu ce nom. Spartacus parle de sa mère avec une mâle émotion. « Brave type, songe André. Tu ne sais pas qui je suis mais tu es beaucoup plus près de moi que tu ne l'imagines. »

On continue à trier. Nous aussi, nous serons triés un jour. « Seigneur, lorsque vos anges me regarderont, ne serai-je pas loqueteux et misérable? » Le travail est lent, monotone, fastidieux. Et le Père songe à la Vierge Marie. Ses petits travaux ménagers n'avaient pas tellement de sens. Mais, précisément, ces travaux enseignent l'humilité. Les saints nous ont appris que c'est là où Dieu semble se taire qu'il nous est le plus proche. Ô Maman enfouie dans le mystère de Nazareth ! Petite lumière insignifiante infiniment plus précieuse aux yeux de Dieu que l'intelligence du plus grand savant, merci pour la leçon donnée à mon cœur orgueilleux. On dit qu'il existe des métiers religieux, celui du paysan, du menuisier, du maçon. Si c'est vrai, c'est que ces métiers sont lourds d'un héritage spirituel. Pourquoi le métier de métallo ne pourrait-il être vivifié par une puissante spiritualité? Elle est encore à découvrir. Les prêtres-ouvriers s'en chargeront. Dieu est partout et il n'y a pas de malédiction spéciale pour la ferraille ou le charbon.

Les jours se suivent et se ressemblent. Il n'est pas encore temps pour le Père André de révéler son sacerdoce. L'incarnation se fait dans la nuit et le silence.

Le lendemain de Noël, la conversation s'engage avec Robert Dunain, un ami d'une cinquantaine d'années.

– Alors t'as bien rigolé pour Noël, t'as fait un bon gueuleton?

– Oh! moi, je suis plutôt rangé des voitures. J'ai été à la messe de minuit, puis j'ai mangé un morceau et je me suis couché.

– La messe de minuit. Moi, j'ai jamais été à ce truc-là. Il est vrai que je ne vais jamais à la messe.

– Possible. Mais tu sais, y en a qui ne vont jamais à la messe et qui vont quand même à la messe de minuit.

Un autre intervint :

– Ah oui, y en a qui vont là, c'est pour rigoler.

– Façon de parler, dit André. Parce que, tu sais, à la messe de minuit, y a pas tellement à rigoler.

– D'accord. Je voulais dire : ils vont là pour écouter les chansons et la musique.

– Ça se trouve, dit le Père. Rien que pour entendre ça, ça vaut la peine de se déranger.

– Ben moi, dit Josette, une petite bonne femme qui s'était approchée, je suis allée à la messe jusqu'à quinze ans. Après j'y suis plus allée, j'avais compris.

Pauvre petite bonne femme! Son visage fatigué dit assez ce qu'elle a compris. Le Père la connaît. L'autre jour, en lui parlant de son mari fusillé par les Allemands, elle lui dit : Il s'appelait, attendez donc, comment s'appelait-il? Ah oui, il s'appelait Bardache... La Samaritaine non plus, sans doute, ne connaissait pas le nom de son mari.

Les conversations avec Spartacus sont autrement riches. Un jour, le Père lui parla du *Libertaire* en lui signalant qu'il y avait trouvé un article intéressant. Sparta lui répond qu'il le lit chaque semaine. Il est anarchiste. Il ne s'en cache pas. Dans les conversations de groupe il condamne ostensiblement les partis, y compris le parti communiste. Un jour le Père intervient.

– C'est pas tellement la politique en soi qu'il faut changer, c'est l'homme. Tant qu'on n'aura pas changé l'homme, on n'aura rien fait. Par contre, quand on l'aura fait, on aura tout réussi.

Un marxiste lui répondit aussitôt :

– C'est précisément pour changer l'homme qu'il faut changer les structures.

Un troisième, qui semblait ne pas avoir entendu, intervint :

– Changer l'homme c'est difficile.

– Possible, dit André. Mais c'est indispensable, et il faudra bien y arriver.

C'est alors que Spartacus décocha une de ses répliques.

– Parce que tu sais, des gars sincères, y en a pas beaucoup en dehors de Jésus-Christ.

Il y eut un long silence. Le Père aurait embrassé Sparta. Il fut sur le point de révéler son sacerdoce. Mais la sirène mugit soudain et le groupe se dispersa.

Ce soir-là, André acheta le *Libertaire* pour se documenter. Sur ce fond de mystique ardente des anarchistes, pensait-il, on doit pouvoir greffer le Christ. Comme ils l'attendent !

Un article l'accrocha. Il parlait du Christ. Il était bourré d'hérésies et de blasphèmes, contre l'Église, contre saint Pierre, et même contre la Vierge. Le Père en eut mal. L'Évangile était déformé, systématiquement dénaturé. Mais le texte révélait cependant une insondable nostalgie du Christ. Il faisait allusion à « Celui qui a dit : Aimez-vous les uns les autres », et « qui est né dans une étable et mort sur une croix ». Il avait des phrases merveilleuses sur l'efficacité du martyre. Était-ce là le matérialisme sordide des masses ?

En pliant le journal, le Père se dit que Spartacus serait le premier à qui il parlerait de son sacerdoce.

Le lendemain, vers midi, ils attendaient l'heure de la soupe dans un hangar. Le travail était terminé, il restait vingt minutes à tuer. Ils étaient trois : Sparta, le Père et le loustic de prisonnier. Sparta sciait des planches de rebut pour emporter du bois à brûler;

Robert, affalé, la tête sur les avant-bras, ne disait rien. Le Père était assis sur l'établi, les jambes dans le vide.

Il était décidé à parler. Mais une sorte de gêne lui serrait la gorge. Était-ce du respect humain? Il veut se lancer. Mais les mots ne viennent pas. C'est compliqué. Il dit enfin :

– Je vais vous raconter une histoire. Mais ce n'est pas une histoire de brigands. C'est une histoire vraie.

Pour se donner une contenance, il ramasse un peu de sciure dans le creux de la main, la fait passer dans l'autre main. Il cherche des mots, il bredouille. Et tout à coup :

– Je suis moine, je suis moine ouvrier.

Spartacus s'arrête de scier, signe d'une énorme stupéfaction. Robert se lève, vient se placer entre les deux hommes, les observant. André ne pourrait pas dire quelle tête ils font; il ne les a pas regardés. Il continue son histoire. Il parle de sa vocation, explique son passage dans les camps de prisonniers, ses contacts avec les ouvriers.

– En rentrant, j'ai vu mon supérieur. Je lui ai demandé : pourquoi ne serions-nous pas ouvriers? Le Christ l'était, lui. Voilà. C'est pour ça que je suis venu. Je ne veux rien faire d'autre que ce que le Christ a fait.

André se sentait terriblement seul, dans le silence de l'atelier désert. Robert, devinant la gêne de son ami, s'approcha et lui dit délicatement.

– Eh bien, mon vieux, c'est très bien. La religion, c'est l'affaire de chacun. Il n'y a pas de mal à cela. Moi, en captivité, j'ai connu beaucoup de prêtres. Il y en a un, eh bien, c'était mon meilleur copain.

Le Père sourit en le regardant. Sparta s'est remis à scier. En regardant son travail, il dit de sa voix de basse :

– La religion, c'est l'opium du peuple.

André est déçu. Ce gars, ce type à la personnalité originale, il n'a trouvé que ce slogan usé.

– Tu permets, vieux? La religion, opium du peuple? Faudrait voir laquelle. Il y a religion et religion.

L'anarchiste se redresse et répond à pleine voix :

– Je voudrais voir, moi, je voudrais voir dans la tête des gens, je voudrais voir dans la tête des curés combien y en a qui y croient. On peut tout de même pas croire au Bon Dieu!

André répondit vivement :

– Le Bon Dieu, j'y crois, moi! Mais qu'est-ce qu'on entend par là? Les gens sont pleins d'idées fausses sur Dieu. On nous reproche d'adorer un vieux bonhomme barbu assis sur son nuage. Il ne faudrait tout de même pas nous prendre pour des imbéciles. Il s'agit de quelque chose d'infiniment plus grave et plus sérieux.

Mais la sirène retentit et les trois hommes se dirigent vers la cantine. Ils continuent leur conversation. Robert parle des dominicains.

– Tu les connais? Ce sont des types, ceux-là.

– Oui, ils ont des types très forts, très calés, dit le Père.

– Ça ne vaut quand même pas les jésuites, fait Sparta.

– Eh bien mon vieux, dit Robert.

Les voilà qui se chamaillent à propos des deux ordres. Sparta conclut :

– Dire que c'est des gens comme ça qui nous mènent! On est mené par les forces occultes, les jésuites et la franc-maçonnerie. Avant la guerre, t'aurais voulu être député, t'aurais pas pu si t'étais pas franc-maçon!

Le Père André sourit et n'insiste pas. En arrivant à la cantine, ses compagnons changent de sujet. Il leur est reconnaissant de cette discrétion.

L'après-midi, malgré la révélation du matin, Sparta continue d'appeler le Père mon petit pote. Il n'a pas changé d'attitude. André se rappelle avec un peu de honte son hésitation au moment de parler, cette gêne, cette paralysie. Il cherche à comprendre; il devine qu'elle s'explique par ce qui reste dans sa foi de surajouté, d'étranger à elle-même, de fidélisme au fond, de ce qui reste dans sa piété de servilisme. Il apprend avec douleur qu'il ne possède pas encore la vraie liberté des enfants de Dieu. Saint François aurait parlé de sa voix chantante, il aurait souri, il aurait caressé l'âme de ses petits frères ouvriers, il aurait écouté plus qu'il n'aurait parlé, et quand il n'aurait plus su quoi dire il aurait dansé! Pauvres sommes-nous, honteux témoins d'un Évangile dont nous ne sommes pas dignes ! C'est le moment de méditer la parole de saint Paul et d'y trouver consolation : « C'est quand je suis faible que je suis fort. »

Le lendemain, la poignée de main est toujours aussi franche de part et d'autre. Le Père sait qu'il sera plus à l'aise pour parler aux autres.

L'après-midi, il bavarde, assis sur un chariot avec Dédé Crémec. Dédé a beaucoup souffert. Il a été prisonnier et sa femme l'a abandonné, laissant deux enfants à la garde des voisins; l'aîné est un déficient mental et physique. Dédé est resté un bon gars cependant, timide, un peu craintif devant la vie. Brusquement, il demande au Père :

– Où tu étais toi, avant de venir ici?

– Moi? Mais j'étais au couvent. Je suis moine-ouvrier...

Et de nouveau, c'est le même récit, les mêmes détails; mais cette fois sans aucune gêne. Dédé semble heureux. Il sourit et son sourire fait plaisir à voir. Il se met à parler avec une volubilité extraordinaire.

– Et tu as trouvé ça quand t'étais prisonnier? Ah ! c'est formidable, ça. Tu vois, quand tu causes avec un gars qu'a pas été en captivité, il comprend pas. Mais c'est normal : ces gars, ils ont pas souffert. Mais quand tu causes avec un prisonnier, il comprend. Ah ! c'est formidable, ça, c'est formidable.

Il n'avait plus que ce mot à la bouche.

Ils rentrent ensemble à l'atelier. Et Dédé dit au Père dans une sorte d'élan d'affection :

– Tu sais, malgré tout, on voyait bien que t'étais pas ouvrier.

Le Père sourit à son ami. Il se console en pensant que Sparta et Robert ne lui ont pas dit cela.

A la fin de l'après-midi, il rencontre précisément ces deux hommes. Ils sont dans le hangar où il leur a fait ses confidences. Spartacus scie du bois. En hâte, André va chercher le numéro du *Libertaire*.

– Tiens, voilà ce journal dont je t'ai parlé. Je l'ai apporté pour toi. Tu devrais lire cet article sur le Christ. Remarque, je ne suis pas d'accord sur tout. Il s'en faut. Mais il y a des choses qui me plaisent. J'aimerais savoir ce que tu en penses.

Spartacus prend le journal. Il s'assied sur l'établi, jambes pendantes, les coudes sur les genoux, et se met à lire.

« En ce temps-là... la civilisation juive craquait comme une branche chargée de fruits trop mûrs. L'autorité romaine appesantissait sa loi au rythme lourd de la soldatesque. D'un côté une misère noire, profonde, affreuse, sans autre espoir que l'esclavage odieux qui transformait les hommes et les femmes en machine à travail et à plaisir, en choses dont on jouait avec plus de mépris et de négligence qu'on ne semblait en avoir pour les animaux favoris. De l'autre côté, des jouissances orgiaques, des plaisirs effrénés, une corruption sans nom et, dominant tout cela, la cruauté la plus féroce jointe à l'oppression la plus lourde. »

Tandis que Spartacus lisait, le Père sifflait l'air du *Minuit chrétien* : « ... peuple à genoux, attends ta délivrance. »

« En ce temps-là... sur la paille d'une cabane, une fille du peuple, la pauvre compagne d'un charpentier, mettait au monde un gosse voué à la misère, peut-être à la révolte... Parmi la bonté infinie des siens, entre sa mère, une mère d'adoration, et un brave homme de père adoptif, il connut l'enfance prolétarienne, l'enfance douloureuse en butte à l'indifférence haineuse, à la malveillance brutale d'un milieu social rongé de corruption et de bassesse.

» En ce temps-là... un immense besoin d'amour battait au fond de l'âme humaine. Il y avait chez les gueux, chez les humbles, chez les parias du monde un désir fébrile, une attente anxieuse d'un verbe qui ne fût ni la parole mortelle du commandement ni le voluptueux et infâme appel de jouissance. Jésus... prononça les mots qui pouvaient désarmer les hommes : « Aimez-vous les uns les autres. » Une aube miraculeuse se leva sur les cœurs. C'en était fini de la haine qui ne cessait de torturer cœurs et chairs. Plus de maîtres, plus d'esclaves, plus de luttes fratricides. La vieille douleur des hommes allait faire place à l'harmonie. Autour de lui, aimant comme lui, une élite de vagabonds, de hors-la-loi, de réfractaires enthousiastes, enflammés, prêts au sacrifice, donnèrent l'exemple de cette « charité » qui ressemblait étrangement à la solidarité des compagnons révolutionnaires et anarchistes d'aujourd'hui. Mais, parce que venaient à eux tous les souffrants et tous les révoltés, comme un cercle infernal se tramait autour d'eux le resserrement de toutes les forces du crime, Jésus fut arrêté. Animateur, lumière bienfaisante et productrice d'efforts, il fut condamné à mort et mis en croix entre deux larrons. Ses disciples furent traqués, exterminés. Mais la vague d'amour ne mourait pas.

» Mais cette idée pour laquelle Jésus mourut en croix, cette idée que les persécutions n'avaient pu affaiblir, languit depuis la fondation de l'Église. Étouffant la mémoire du Vagabond d'Amour, Pierre en a posé la première pierre. Et pourtant, Pierre savait... Précisant ses commandements, fixant sa Loi, légendant l'histoire du révolutionnaire Jésus, ce révolté dont elle fit un résigné – Jésus n'aimait et ne pleurait en ses ennemis que l'homme pur, l'autre Jésus qu'ils eussent pu être –, l'Église autoritaire a nié l'idée d'amour telle que la prêchait le fils que Marie, la pauvre fille du peuple, avait eu d'un amant qui l'avait oubliée. Et, petit à petit, au nom du Christ qu'elle méconnaît encore, l'Église fit œuvre de haine et de conquête. Elle se fit l'auxiliaire des puissants du monde, donna à leur œuvre néfaste, à leur force de maîtres, une apparence de justification morale. Elle fut à la tête des armées, encouragea au combat et plaça l'abominable guerre – ô Jésus – à l'ombre de ta croix. Sur ta dépouille outragée, elle accumula sans cesse les corps meurtris, les âmes brisées des hérétiques, des réfractaires, des hors-la-loi, d'autres Christs, ô Jésus. Les robes noires du clergé furent à côté des robes rouges du bourreau. Jésus, ô Vagabond d'Amour, ne leur pardonne pas cela. »

Spartacus, sa lecture terminée, replie le journal. Lentement, il le pose à côté de lui, relève la tête et dit :

– Tout à fait d'accord.

Alors le Père se risque.

– Vois-tu ce qu'ils disent de l'Église? Ils en veulent aux gens d'Église qui ont trahi le Christ. Mais, mon vieux, je suis d'accord avec eux. Mais ils ont tort d'accuser toute l'Église. Au catéchisme on apprend que l'Église est sainte. Qu'est-ce que ça veut dire? Que Jésus, son chef, est saint, que sa doctrine est sainte et qu'elle forme des saints.

Pauvre théorie! Comme elle est loin de ce qu'il faudrait dire! Le Père poursuit cependant :

– Ça ne veut pas dire que dans l'Église il n'y a que des saints. Ça ne veut pas dire que tous les chrétiens et tous les curés sont des saints. Mais ça signifie qu'il y a des saints dans l'Église, qu'il y en a toujours eu et qu'il y en aura toujours. Quand tu vois un saint Paul ou un saint François, ou, si tu préfères, quelqu'un plus près de nous, un curé d'Ars ou une sainte Thérèse de Lisieux, mon vieux, c'est des gens devant lesquels il n'y a qu'à se mettre à genoux, c'est des hommes parfaits quoi.

(Pendant la journée, le Père avait eu une conversation avec Sparta à propos du Père Yvon et de ses démêlés avec l'amiral Lacaze. L'amiral était partisan d'une charité qui dispense de la justice; le Père Yvon lui avait répondu : moi, je ne mange pas de ce pain-là.)

Le Père André conclut par une allusion à cette conversation.

– L'autre jour, tu me disais : la religion, c'est l'opium du peuple. La religion de l'amiral Lacaze, oui, mais pas celle du Père Yvon. Et tu remarqueras que c'est toujours pas elle qui l'a endormi.

Spartacus sourit.

– Tu vois, mon petit pote, dit-il. Un qui y croit, tu verras qu'il fera du bien partout où qu'il ira. Mais un qui y croit pas...

Un qui y croit pas, se répétait le Père... Terrible exigence du peuple qui réclame des chrétiens un témoignage absolu. Spartacus, si tu savais comme tu lui ressembles, à ce Christ qui a dit : « Malheur aux tièdes » et « Bienheureux les pacifiques ». Comme tu es proche de ces paroles !

Ceux qui n'ont pas encore compris, au milieu du XXe siècle, l'urgence de la sainteté auraient intérêt à venir travailler à Paris-Récupération. On y reçoit des leçons dont la vigueur, voire même l'orthodoxie, dépasse celle de bien des sermons.

Le Père Robert ne travaille pas beaucoup. Il reçoit trop de visites. C'est que la Providence, elle, ne chôme guère.

Voici René qui rôde par là. C'est un ouvrier habile et consciencieux. Sa compétence lui a valu d'être promu chef d'atelier. Le Père attaque aussitôt.

– Vous aussi, on vous a dit que j'étais curé. Qui est-ce qui vous a dit ça?

– C'est votre payse. Mais c'est vos affaires. Chacun ses idées.

L'abord est plutôt froid. La conversation semble mal partie.

– Vous savez, reprend l'autre, moi aussi j'ai été élevé dans ces idées. Mais maintenant j'ai compris. Jusqu'à quarante ans, j'ai pratiqué. Quatre ans en arrière : la collaboration; les curés, ils sont pas meilleurs que les autres. Ils font la bombe avec les femmes et ils ont des sous plein les poches. L'Église, c'est le repaire de la richesse. Ces ornements en or et en argent pendant que ses gosses n'ont même pas un morceau à se mettre sous la dent. Chez vous, il y a quelque chose qui va pas. Tu vois, les protestants, j'aimerais mieux.

Il vide tout son sac. Tant mieux. On sait au moins ce qu'il avait dedans. Le Père essaye de répondre à ses arguments mais sent qu'il ne le convainc pas.

Parfois, il faut savoir se taire, pour mieux écouter. Le Père a ressenti le scandale de l'Église, la vie bourgeoise de certains curés. La responsabilité des clercs lui paraît écrasante. Il a devant lui un homme sincère, blessé par ce scandale. Il essaye de conserver à la conversation le ton du dialogue.

– Toi, dit René, tu pourras parler du travail manuel, tu sauras ce que c'est. Mais les autres !... Ils n'en fichent pas une ramée; alors, qu'ils se taisent.

Le Père essaie d'expliquer que le travail intellectuel est très dur aussi, et que l'administration d'une paroisse, c'est éreintant. Mais l'ouvrier ne le comprend pas.

– Et je ne suis pas seul à travailler en usine, ajoute le Père.

– Bien sûr, mais c'est une toute petite minorité.

Il repart sur les lois de l'Église concernant les devoirs conjugaux, sur les prêtres célibataires.

– La famille, ils ne savent pas ce que c'est. Parle-moi plutôt des pasteurs protestants. Ils savent, eux.

Tous les sujets y passent. Il déclare qu'il n'est pas communiste mais qu'il déteste le M.R.P. Il serait plutôt de tendance socialiste.

La conversation a été longue. Pourtant, vers la fin de l'après-midi, l'homme revient. Le Père hésite à reprendre le dialogue, non qu'il craigne la discussion, mais il ne voudrait pas risquer de passer pour un propagandiste. Cette fois, l'homme parle de sa famille.

– Je n'ai pas voulu faire baptiser mes enfants. C'est une trop grosse responsabilité. Ils doivent choisir eux-mêmes. Si, à vingt ans, ils veulent se faire baptiser, je serai le premier à les encourager. Mais jamais je ne les influencerai.

Le lendemain matin, il est à nouveau là.

– Tiens, je viens travailler avec toi.

Est-il remué? Que Dieu l'éclaire.

Il parle d'un prêtre qui hébergeait les pilotes alliés pendant la guerre. « Ça c'est un homme avant d'être un curé. » La phrase reste gravée dans l'esprit du Père. N'est-ce pas tout le programme de la mission de France : être un homme avant d'être un prêtre? Incarner, être ouvrier avec les ouvriers, être l'un d'eux, pour que le sacerdoce du prêtre soit vivant, compris à sa vraie place. Porter le sort du monde ouvrier dans sa chair, dans son esprit, dans sa condition de vie et même dans son destin, sans cesser d'être prêtre, en étant plus que jamais prêtre!

Quelques jours plus tard, aux lavabos, après le travail. Des jeunes bavardent autour de lui.

– On n'aime vraiment qu'au cinéma, dit l'un deux.

Une jeune femme proteste :

– Moi, j'aime vraiment mon mari.

Un autre :

– Moi, je me suis marié parce que je ne voulais pas rester seul. Mais j'aimais pas ma femme. L'amour, je me suis toujours demandé ce que cela voulait dire. Ma femme m'a quitté au bout de trois ans. Ça m'est égal. J'en reprendrai une autre.

Il y aurait là bien des choses à dire, bien des réflexions à faire. Le Père intervient.

– Ça, c'est une chose qui ne m'arrivera jamais.

– Ah? Pourquoi? demande quelqu'un.

– Parce que je suis moine.

– Ah, vous êtes moine?

– Oui, je suis moine.

Et il montre sa photo en religieux. Elle passe de main en main. La jeune femme qui a déclaré fièrement qu'elle aimait son mari s'exclame :

– Ça c'est fort. Quand on parlait de vous, on disait toujours le curé. Vous aviez l'air de dire la messe, tout seul dans votre coin.

Il ne se passe plus de jour qui ne soit marqué par une conversation à propos de son sacerdoce.

– Dis donc, je voudrais te parler.

C'est un jeune gars qui a la réputation d'être un chrétien. Le Père le sait.

– Je t'écoute.

– C'est vrai ce qu'on dit? Il paraît que tu es moine.

– Oui c'est vrai.

– Mais tu n'as pas quitté ton ordre?

– Dieu non!...

Et le Père lui explique toute son orientation. Le gars le quitte apaisé.

De nouveau René, le chef d'équipe qui vient contrôler son travail et bavarde. Il l'interroge sur sa vie en dehors de l'usine. Le Père lui décrit la baraque. René est stupéfait par tant de sincérité et promet de leur rendre visite.

– Je t'apporterai un poste à galène, dit-il.

Traversant son ancien atelier, le Père rencontre ses premières compagnes de travail. Elles ont entendu parler de la photo. Elles veulent le voir en moine.

Un autre jour, c'est Pierrot qui vient faire la causette. Un drôle de dur.

– Alors, ça va le boulot?

Très doucement, le Père l'amène à parler de lui.

– Moi, tu sais, depuis l'âge de quinze ans j'ai couché avec des femmes, et puis j'ai été entraîné dans des boxons. Depuis, je ne peux plus m'en passer. Ah oui, j'en ai eu des maîtresses, et j'en aurai encore.

Il ajoute qu'il a été coureur cycliste, qu'il a eu la passion de la moto, mais maintenant c'est les courses. S'est-il jamais posé le problème de l'au-delà? Jamais. D'ailleurs, il n'est ni pour ni contre la religion, il s'en fout. Comme s'il y voyait une analogie, il déclare :

– J'ai été membre du P. C. Mais j'ai quitté. Il fallait toujours payer des cotisations pour ci ou pour ça.

C'est un égoïste intégral. Le Père cherche à éveiller sa conscience.

– Si tu savais que dans un instant tu dois mourir, tu n'aurais pas peur? Ta conscience ne te dirait pas si tu as bien ou mal vécu?

– Je ne sais pas. Je ne me suis jamais posé la question.

Le Père devine un garçon sans malice, sans hypocrisie, mais plongé dans l'indifférence totale. Aucune prise.

Pierrot s'en retourne. Un autre le remplace. Le secteur reste fréquenté. Ils viennent faire des confidences, s'appuyer. Voici l'agneau de Dieu, voici celui qui porte les péchés du monde. Le Père offre une cigarette.

– Moi, j'envoie mes gosses chez les sœurs, raconte le gars. J'pratique pas, mais j'fais pratiquer mes gosses. J'en ai six.

Pierrot se ramène avec un troisième larron. Cette fois ils en veulent au célibat des prêtres, surtout le troisième. C'est lui qui attaque.

– Tu ne vas pas me faire croire que les curés ont pas des petites femmes! J'aime trop les pépées pour que les autres soient différents. On en mettrait une dans ton lit, tu ferais bien comme tout le monde.

– C'est à voir. En tout cas, il y aurait de la bagarre avant. C'est pas parce que tu le crois toi-même qu'il faut généraliser.

– Je ne dis pas ça, mais...

Le Père essaie de le raisonner, mais sans grand succès. La conversation reste amicale; le contact n'est pas coupé.

Deux jours plus tard, arrive un autre jeune, Raymond. Il n'a pas vingt ans. F.T.P. à quinze ans, il est ancien membre du P. C. Le Père lui serre la main.

– Salut, mon vieux, ça biche?

– Oui, monsieur, et vous?

– Il ne faut pas me dire monsieur, et puis il faut me dire tu. Je suis un copain comme toi.

– Ça, dit le petit, je comprends. Et moi qui prenais les moines pour des fainéants. Maintenant on ne pourra pas dire.

Le prêtre-ouvrier, décidément, répond à une attente. Quand les travailleurs verront beaucoup de religieux parmi eux, ils ne les accuseront plus de paresse et le mur épais qui sépare l'Église du monde ouvrier s'écroulera par pans entiers. Des ponts seront franchis, des contacts rétablis, et la haine de l'Église, née de l'ignorance et nourrie par elle, n'aura plus de prise sur la masse. Le Père s'apercevra bientôt qu'il évolue, lui aussi, et que les idées préconçues étaient de part et d'autre du mur. Il découvrira les préjugés dont il était victime.

– Ce qui m'a rapproché de vous, dit Raymond, c'est que j'étais F.T.P. et que notre chef était prêtre. Un drôle de chic type. Ce qui me choque dans la religion, c'est que tous les curés ne sont pas comme le Christ.

– C'est peut-être parce que le Christ est Dieu? Nous, on n'est que des hommes.

Mais Raymond semble ne pas avoir entendu.

– Lui il est né sur la paille, il a été ouvrier. Il est mort sur la croix pour défendre son idéal. C'était un type du peuple et la Sainte Vierge aussi.

Il avait dit : la Sainte Vierge. Le Père était violemment ému.

– Les curés, qu'est-ce qu'ils font? disait Raymond. Ce sont des richards. Ils ne foutent rien.

Une fois de plus le Père essaye de reprendre les erreurs en conservant le dialogue. Mais Raymond en voulait.

– Ce qui me dégoûte c'est que nous sommes toujours les exploités. Moi, je ne suis pas militariste, mais s'il y avait une guerre contre les patrons, je serais le premier.

Il y a en lui un sens profond de la justice blessée, une saine révolte. Il n'est pas chrétien, mais « bienheureux ceux qui ont faim et soif de la justice ». Il n'est pas très loin de l'Évangile.

Plusieurs fois, au cours de la journée, il revient bavarder et continue de se révéler.

– J'ai fondé un groupe de Vaillants, aux Lilas. J'avais pitié des gosses qui traînaient dans la rue. J'en ai eu jusqu'à cent cinquante.

Ça marchait ! Fallait voir. La preuve, c'est qu'on a voulu me mettre fédéral. Mais ça, j'ai pas voulu. J'aurais été un planqué. Moi, je veux rester ouvrier. Et puis j'ai même dû démissionner. Les camarades pouvaient pas s'entendre. C'était toujours les mêmes qui se dévouaient. Ils ne pensaient qu'aux bals et ils voulaient tous être chefs. Quand j'ai vu ça, j'ai tout plaqué. Le groupe est tombé. Y a plus un seul gosse.

Le lendemain encore, la conversation reprend. Raymond cherche la vérité, et sait accepter des raisons. C'est vrai, dit-il, je n'y avais pas pensé. Il a des phrases nettes et simples, qui font mouche. Parlant de la Sainte Vierge : « Pourquoi la représenter comme une déesse? dit-il. C'était une ouvrière comme les autres. » Et encore :

– Moi je ne crois pas en Dieu, mais en ma conscience. C'est ma conscience qui me dit si j'ai bien ou mal fait. C'est ça qui me guide dans la vie.

Le Père se croit autorisé à lui répondre :

– Tu as tout ce qu'il faut pour suivre l'idéal du Christ. Je te passerai un Évangile. Tu me diras ce que tu en penses.

Raymond s'éloigne et le Père se demande s'il ne sera pas la première âme qu'il rendra au Christ. Jésus, sauvez-le. Notre-Dame, ayez pitié du monde ouvrier.

Tout le monde connaissait désormais la présence des prêtres aux usines. L'affrontement avec les forces politiques ne devait pas tarder. Il se fit tout naturellement et sans que les Pères l'aient cherché.

Un dimanche de mars, M. Gallois, un des plus vieux militants communistes du quartier, arrive à la baraque. C'est Maurice Perrin, le seul militant jociste de l'Électrolux, qui l'a amené.

Le Père Robert les reçoit. Il est seul. Gallois s'assied et d'emblée met cartes sur table.

– Moi, je suis franc. Je n'aime pas la religion et je vous le dis tout de suite. Je suis communiste mais je respecte les idées de chacun.

On apprend bientôt qu'il eut une enfance chrétienne et qu'il perdit la foi après la lecture de deux livres de Turnel sur le secret de la confession et l'Immaculée Conception. Il y va de son refrain sur l'Inquisition. Le Père est rapidement fixé : encore une victime des slogans.

– Je serai aussi franc que vous, dit le Père. Moi, je crois au Christ, à la vérité de l'Évangile. Je crois que l'Évangile est capable de promouvoir le progrès social. Le Christ était un ouvrier, un prolétaire, un homme du peuple. Pourquoi son prêtre ne le serait-il pas aussi ? Prêtre, je veux souffrir et peiner avec les autres travailleurs. Tu te sens dans la misère, dans l'insécurité ? Moi aussi, prêtre du Christ, je serai dans la même misère, je partagerai ton insécurité.

Gallois sourit et hoche la tête en signe d'acquiescement.

Le Père continue.

– Les revendications sociales des chrétiens rejoignent souvent celles des communistes. Il faut réunir les ouvriers sur le plan pratique des revendications. C'est pour cela que, disciple du Christ, je suis entré sans arrière-pensée à la C.G.T. Je voudrais y travailler à faire rendre justice aux travailleurs.

Gallois sort de son mutisme.

– Mon vieux, je crois que tu penses ce que tu dis. Je vais demander aux copains de te mettre à la Commission exécutive du syndicat.

Il part, à la fois ravi et troublé.

Le lendemain, il est à nouveau là, et à nouveau il trouve le Père Robert seul. Mais il amène sa femme et ses enfants. Il amène une chaise aussi, car il a remarqué la veille que les Pères n'avaient que deux chaises pour trois.

C'est le début de l'amitié entre Robert et Gallois. L'ouvrier est un bricoleur passionné. Les Pères sont restés assez maladroits. Gallois leur rendra chaque jour de menus services dans leur installation. Chacun reste sur ses positions, mais cela n'empêche pas l'amitié entre travailleurs – et cela vaut mieux que de s'envoyer des pavés ou des injures à la figure.

Robert et Gallois étaient donc en grande amitié lorsque la Commission exécutive du syndicat de l'usine se réunit.

Le militant communiste intervint pour le Père.

– C'est un gars sincère, dit-il. Il a de l'instruction. Il saura nous défendre.

La plupart des membres sont sympathiques à l'intervention, mais certains s'y opposent : « Pas de curé parmi nous. »

Gallois bondit :

– Mais puisque je vous dis qu'il est sincère. S'il cherche à nous rouler, on saura bien le vider.

Le secrétaire de la Commission est particulièrement hostile et traite Gallois de curé.

– Toi, tu vas te faire curé!

(En sourdine : Toi aussi tu es Galiléen!)

Gallois réagit violemment :

– Je suis pas curé. J'applique simplement la politique du parti qui est de tendre la main aux chrétiens.

Ses efforts sont vains, les principaux dirigeants restent opposés à la candidature.

Le moine, informé, ne semble pas spécialement déçu. Les Pères, en effet, ne tenaient pas tellement à cette élection. Un poste éminent, quel qu'il fût, n'était pas pour eux. Sans doute ils ne comptaient pas refuser au syndicat un service légitime, mais ils préféraient renoncer à toute responsabilité d'ordre temporel, quand les circonstances ne l'exigeaient pas. Ce faisant, ils ne prenaient pas la place de laïcs ouvriers, ils ne compromettaient pas leur message dans un messianisme purement temporel. L'Église ne devait pas apparaître comme un parti politique capable de s'allier à tel ou tel autre – ce qui aurait trahi le message lui-même. Cependant, en la circonstance, la proposition venant d'un communiste et le Père étant nouveau à l'usine, il avait paru difficile de refuser. Le refus aurait été mal compris. C'est pourquoi, après en avoir discuté entre eux, les Pères avaient décidé de laisser faire.

L'histoire n'en resta pas là. Louis Martin, qui représentait à la Commission exécutive les chefs d'équipe et contremaîtres, était un chrétien ardent et révolutionnaire dans le bon sens du terme. Bien au fait de la question, il comprit d'emblée le rôle que le Père pourrait jouer à la C.E.

Devant le refus des principaux membres il s'indigna.

– Comment? Vous prétendez tendre la main aux chrétiens et vous refusez un prêtre à la Commission exécutive? Ce prêtre, c'est un ouvrier comme nous. Tous les travailleurs ont le droit d'entrer à la Commission. Ici, il ne peut pas être question de religion et de politique. Et d'ailleurs, c'est simple. Puisque c'est comme ça, si vous n'acceptez pas, c'est moi qui démissionne.

Embarrassés par cette menace, les durs hésitaient. Si Martin démissionnait, quel potin cela ferait ! Martin avait la confiance et la sympathie de tous.

– Te fâche pas, lui répondit le secrétaire. Si tu le désires, on n'a qu'à réunir les copains et on votera.

Le soir, ça discute. Le secrétaire n'est pas convaincu.

– Voyez-vous, camarades, accepter un curé parmi nous, c'est favoriser la politique de la réaction. Et puis le Pape a soutenu les boches pendant la guerre.

Martin bondit et se met en colère.

– Puisqu'on attaque le Pape, moi qui suis chrétien, je n'ai plus qu'à m'en aller. Je démissionne.

Les autres le calment.

– Te fâche pas tout le temps. Reste avec nous.

Mais la discussion reprend. Les meilleurs défenseurs du Père sont groupés autour de Martin, de Gallois et d'un autre sans-parti, plus ou moins anarchisant.

On vote : sur 36 voix, 32 pour. Le résultat est surprenant. Le secrétaire, qui n'a pas désarmé, rappelle soudain que le vote doit être ratifié par l'assemblée générale des membres du syndicat de l'atelier du Père.

On assiste alors à une manœuvre très bien menée. L'assemblée générale est fixée à deux ou trois jours de là. Pendant ce temps, la cellule communiste ne chôme pas. Une campagne de calomnie est menée contre le candidat. On dit et redit partout : « Le moine est pour les patrons; il a distribué des tracts anticommunistes. Venez à la réunion, il faut tout faire pour empêcher qu'il passe. »

Pendant qu'il travaille à l'atelier, le Père aperçoit une communiste, déléguée d'entreprise, qui va de l'un à l'autre et endoctrine chacun. Même s'il ne voulait rien savoir, le prêtre-ouvrier apprendrait quand même. Il laisse faire : il est convaincu que la Providence sait ce qu'elle doit faire pour aider son prêtre qui est en usine.

Raymond vient le voir. Il est outré.

– Ce qui se passe est scandaleux, lui dit-il. Il y a une campagne injuste contre vous. Il faut vous défendre.

Le Père pense au Christ au jardin de Gethsémani. Celui-ci aurait-il appelé une légion d'anges pour lutter contre ceux qui venaient l'arrêter?

– T'inquiète pas, mon petit Raymond. La vérité jaillira d'elle-même de tout cela. La vérité, c'est Dieu.

Un peu abasourdi, Raymond retourne à sa place. Mais c'est plus fort que lui, il ne peut plus tenir. Il va vers la déléguée communiste et l'invective violemment.

– C'est dégoûtant, ce que vous faites.

Il savait qu'à la réunion de cellule cette femme avait dit de lui qu'il était toujours fourré avec le moine et qu'il avait, depuis, drôlement changé en faveur de l'Église. Elle l'avait, paraît-il, traité de girouette.

– Je demande une rétractation publique, disait Raymond. Je veux que mon cas soit examiné par une commission d'honneur. Je n'admets pas qu'on me calomnie. Je ne suis pas une girouette. J'ai le droit d'aller avec n'importe qui.

Et le soir même, pour bien montrer qu'il tenait à user de cette liberté, il alla rendre visite à la baraque. En rentrant chez lui, il rencontra la secrétaire de la section communiste. Pendant plus d'une heure il subit l'assaut de ses critiques.

– Laisse tomber le moine. Tu lui donnes des atouts. Tu te feras rouler en fin de compte.

Mais Raymond est bagarreur et la discussion est vive.

La fameuse assemblée générale a lieu à la fin du mois, un vendredi soir. Elle est fixée à six heures et demie, alors que l'atelier du Père débraye à six heures. Évidemment la plupart des compagnons de travail du Père ne peuvent pas attendre. Beaucoup d'ouvriers sont présents, mais de l'atelier du Père il n'y a personne, sauf la fameuse déléguée communiste et Martin.

Le bureau se constitue. Tous les ténors du parti sont présents, y compris la secrétaire de section qui avait discuté avec Raymond. Le programme du parti étant arrêté d'avance, ça promet. Les premiers points de l'ordre du jour sont traités rapidement, puis le président annonce.

– Il faut en venir maintenant à l'affaire du camarade moine, camarade Gourot, alias Père Robert. Camarades, il s'agit de savoir si vous acceptez que le camarade Gourot soit élu membre de la Commission exécutive. Il pose sa candidature.

Le moine demande la parole pour rectifier.

– Je vous demande pardon, camarade, je n'ai pas posé ma candidature. On m'a présenté.

– Qui « on »? demande-t-on au bureau.

Martin intervient :

– C'est moi, dit-il et je demande à tous de ratifier ma proposition par un vote.

– Pourquoi le présentez-vous? lui demande-t-on de la salle.

Le secrétaire de section se lève à son tour.

– Camarades, dit-il, l'affaire est grave et sérieuse. Il s'agit de bien comprendre. Nous assistons en ce moment à un réveil de la réaction qui veut s'infiltrer partout dans la classe ouvrière. Les couvents ont été le refuge des collaborateurs, de la milice et du fascisme. L'Église défendait les patrons contre les ouvriers. Nous assistons à un vaste complot orchestré par elle et elle envoie ses prêtres parmi nous afin que, par leur extérieur de charité et d'hypocrisie, ils sèment la division dans nos rangs. Camarades, méfiez-vous : l'avertissement est solennel.

Alors l'ouvrier-prêtre se leva, pauvre, timide, gêné par cette masse hostile qui venait d'être enflammée par le discours du chef de section. D'une voix claire et précise, il expliqua sa position, leur montrant sa sincérité. Lorsqu'il se rassit, il avait clairement conscience d'avoir rendu témoignage à la vérité devant eux.

L'auditoire l'avait écouté avec attention. Beaucoup étaient étonnés et saisis. Un courant de sympathie se dessinait, très net, dans l'assistance. Tout le monde n'était pas converti et pendant près d'une heure ce fut une bagarre de paroles… Parmi les membres du parti, il y avait de profondes divergences. Soudain le secrétaire de la cellule mit en cause Gallois lui-même.

– Camarades, vous voyez, le mal est grave. Vous connaissez

tous le vieux militant qu'est Gallois. Même lui s'est laissé embobiner. Il marche avec le curé main dans la main. Bientôt il aura une baraque donnée par le moine.

(En réalité les Pères lui avaient trouvé des éléments de baraque et Gallois les avait bel et bien achetés.)

Le Père s'inquiétait de l'évolution du débat. Gallois bondit sur le secrétaire de cellule et s'écria :

– Camarades, parfaitement, je suis allé voir le moine. J'ai eu une discussion avec lui de A jusqu'à Z. J'en suis arrivé à un point, c'est que Jésus-Christ, pour moi, c'est le premier communiste. Je crois que le moine est un gars sincère. Alors, pour suivre les consignes du parti je suis allé lui tendre la main. C'est tout.

Se retournant vers le secrétaire, il tapa un grand coup de poing sur la table et dit :

– Et toi, tu es un salaud, parce que la vérité sur la baraque tu la connais !

Du coup c'est une véritable bagarre. La plupart des gars sont dégoûtés. Il ne reste plus qu'un petit groupe, les plus accrochés. Quand il faut voter, il y a 49 contre, 19 pour et 11 abstentions – 79 ouvriers sur les 500 que compte l'entreprise. Le moine est évincé, mais ça ne fait rien, aucune importance.

Après cette séance orageuse, le parti eut tout le loisir de constater son erreur de tactique, la faiblesse de sa stratégie. Pour ceux qui pensaient que la politique c'est tout, il s'agissait simplement d'évincer un curé d'un poste important. Mais pour le Père il s'agissait de tout autre chose. Il avait un témoignage à donner, il l'avait donné et il pouvait croire que ce témoignage avait porté.

Le lendemain, quand le Père arriva dans la cour de l'usine, il vit des ouvriers qui discutaient par petits groupes. De temps à autre, des bribes de phrases arrivaient jusqu'à lui.

– Après tout, c'est un ouvrier comme les autres...

– On n'a rien à lui reprocher, il fait son boulot...

Toujours ce « comme les autres » ! Ah ! l'incarnation !

Ses compagnons de travail le regardent passer. L'un d'eux se dégage d'un groupe et vient à lui.

– Ce sont tous des salauds, dit-il. D'ailleurs, moi je suis pour toi. Tous ces communistes, ils fichent la pagaille partout.

Le Père refuse de confirmer ce jugement.

– C'est l'amour qui doit vaincre la haine, répond-il. Il faut laisser faire, du moment qu'on n'a rien à se reprocher.

A l'atelier un groupe discute dur. Le Père y reconnaît la femme qui lui est violemment hostile. Il s'approche. A son arrivée, la conversation reprend et l'oblige à donner son point de vue.

– C'est pas moi qui me suis présenté, les gars; on m'a demandé d'être délégué. Je ne puis pas refuser de rendre service.

La femme rougit et coupe court :

– D'ailleurs on n'est pas là pour bavarder. C'est l'heure de travailler.

Chacun regagne sa place. Le père reprend son boulot comme si de rien n'était. Les ouvriers vont et viennent autour de lui. Les témoignages de sympathie affluent.

– Tu sais, lui dit un gars, au bureau, tous les employés refusent de reprendre leur carte à la C.G.T. Au magasin, le chef, socialiste convaincu, fait la propagande du Père auprès de ses ouvriers. Pour leur faire la pige, les curés devraient bien fonder une C.F.T.C. Il ne saurait en être question.

Le trouble qui se trahit chez certains ouvriers est manifeste. Gallois va jusqu'à quitter le Parti et lorsqu'il fait circuler sa lettre de démission dans les ateliers, on ne saurait dire que le Père en soit satisfait. Pas plus qu'il ne s'agit pour lui de fonder une C.F.T.C., il n'a à se réjouir du recul du Parti en tant que tel. Il n'est pas venu faire de la politique ni noyauter quoi que ce soit. Pour en donner d'ailleurs une preuve plus nette encore, il renonce aux responsabilités qu'on lui avait confiées à « Tourisme et Travail ».

Jour après jour, l'incident se calme. Il est facile de voir que le Père a gardé l'estime générale. Il devient de plus en plus évident que ces événements lui ont donné l'occasion providentielle d'être connu de tous, de nouer de nouvelles amitiés dans l'usine et de porter témoignage de l'Évangile. Le problème a été nettement placé sur le plan spirituel, sans aucune équivoque du mouvement ouvrier. N'était-ce pas là le but de sa mission?

II

La troisième marche de l'escalier, toujours la même, grinça sous le pas d'Yvonne. Elle vint me rejoindre dans la pièce que nous avions baptisée salon.

Nous écoutions une pièce de théâtre à la radio quand un objet lourd heurta le parquet au-dessus de nos têtes. Yvonne bondit.

– C'est sûrement Éric qui vient de tomber de son lit.

Quelques instants plus tard, de petits pas menus trottaient sur le carrelage du couloir, une main malhabile ouvrait la porte et les mêmes petits pas s'approchèrent de moi.

J'entends la voix d'Éric – d'une gravité insolite chez un enfant de trois ans.

– Ça a fait boum, dit-il.

Après une pause, il ajouta :

– Maman, eh bien, elle m'a grondé.

Je lui souris en lui tendant les bras, le cherchant à tâtons dans ma nuit. L'escalier grinça de nouveau. Éric s'en fut sans demander son reste. Yvonne était descendue, portant Bruno. Par l'entrée qu'Éric avait laissée ouverte, j'entendais leur babillage. D'autres petits pas, plus menus cette fois, se firent entendre dans le salon et s'arrêtèrent net. C'était Bruno, et sans doute m'avait-il aperçu. Mais il ne resta pas longtemps interdit. Il s'approcha et vint me tapoter le genou.

– Papa, papa, me dit-il.

Je le pris et l'installai confortablement sur mon bras. Suçant son pouce, il se blottit dans le creux de mon épaule. Autant Éric était bourru et bagarreur, autant Bruno recherchait les caresses.

J'étais avide de serrer mes enfants dans mes bras. Ma cécité m'empêchait de les voir. Au toucher, j'évaluais leur forme et leur taille, je suivais leur croissance, je les possédais mieux. Yvonne me décrivait leur mimique, l'air rébarbatif et lutteur d'Éric, l'air farceur et tendre de Bruno.

Du moignon de mon bras, je caressais la joue de mon fils. Bruno se laissait faire. Puis il se trémoussa comme si un ressort s'était déclenché en lui, et il me fit comprendre qu'il désirait retrouver sa liberté. Je le déposai par terre, et il s'en fut retrouver son frère au jardin.

En revenant de la cuisine, Yvonne fut étonnée de me trouver seul.

– Comment, Éric n'est pas là?

– Non. Il est au jardin. Pourquoi?

– Ça c'est trop fort, dit Yvonne en riant. Il m'a fait un de ces fatras là-haut! Il a transporté la boîte à outils dans son lit et il a tout vidé sur ses draps. C'était plein de clous rouillés, de vieilles vis, d'accessoires électriques. J'en ai au moins pour une heure à nettoyer les dégâts. Diable de gosse. Je te l'avais envoyé pour qu'il t'avoue ce qu'il avait fait.

En décembre 1946, nous avions quitté Kerval. Papa était retourné au Canada en août, emmenant maman. Je n'avais plus de professeur. Je me sentais inactif. J'étais de plus en plus convaincu que je ne trouverais pas de travail à la campagne.

Nous rentrons à Paris et, installés provisoirement chez ma belle-mère, nous cherchons en vain un appartement.

Deux ans plus tard, après un nouveau séjour à Kerval, une solution se dessine enfin. Nous avons acheté un pavillon à Fontenay. La maison n'est pas luxueuse mais elle nous a plu et son prix est raisonnable pour nous. De grandes baies laissent entrer la lumière dans les pièces. Le bois est tout proche et l'air est pur. Nous ne sommes pas loin de M..., et nous pouvons aller aussi souvent que nous le souhaitons chez mon frère, le Père André. Dans la baraque des capucins on vit littéralement de l'esprit évangélique dont nous restons affamés.

Que faire? Cette question me harcelait sans cesse. Yvonne et moi, nous sentions que j'avais besoin d'une activité pour assurer mon équilibre et celui de mon foyer. Il ne s'agissait que d'une activité car ma pension me mettait à l'abri du besoin, sans cependant m'apporter l'opulence. Ce n'était que légitime. Mais j'avais d'autres ambitions que celle de vivre de mes rentes.

Dès notre installation, M. Toutain m'accorda une entrevue. Je retrouvais chez lui cette virilité qui m'avait frappé lors de notre première rencontre, cette volonté farouche de surmonter sa propre infirmité.

– Vous cherchez du travail? me dit-il. Je puis vous en donner ici. Mais je vous préviens : c'est un travail bénévole. La paie ne sera pas lourde.

Je ne demandais rien d'autre. Le lendemain, j'avais organisé mon temps et je commençais à travailler.

Ce travail consistait à répondre aux demandes de renseignements qui nous venaient de province. J'allais glaner les éléments de réponse dans divers services et je dictais ma lettre.

C'était pour moi un véritable défoulement. Ce que je faisais restait très modeste. Mais cela suffisait à me rendre l'équilibre tant désiré.

J'avais le pied à l'étrier. Une vie nouvelle s'ouvrait devant moi. Chaque matin, Yvonne me conduisait au train, et à mon arrivée à Paris, une secrétaire m'attendait. Éric et Bruno n'appréciaient guère ces sorties trop matinales à leur gré. Mais c'est à Yvonne qu'incombait la tâche la plus lourde. Elle était à la peine, chaque matin, car elle devait habiller tout le monde et faire déjeuner chacun.

Après quoi, elle plaçait les deux enfants dans le landau et revenait dans l'entrée m'aider à enfiler ma gabardine.

Un jour elle s'aperçut que pendant cette brève opération les deux petits avaient trouvé le temps de déchirer le capitonnage de la voiture. Ils étaient couverts de sciure de bois. La maman était désolée, mais il fallait partir, car, comme chacun sait, le train n'attend pas.

Le lendemain, quelques punaises avaient réparé l'accroc. Yvonne plaça comme d'habitude ses deux pirates dans leur carriole. Pendant qu'elle m'aidait, elle entendit une petite voix : « Touche pas, Bruno, Éric gronde. »

Allons, il ne fallait pas désespérer. Trois ans, et déjà soucieux d'éducation.

Je revoyais mon séjour à Damas, je revivais les tourments que j'avais connus en me demandant si j'arriverais à donner un sens à ma vie. Le bilan était positif. J'étais marié, j'avais des enfants et mon activité m'intéressait. En dépit de tout, le bonheur était là. Il s'en était venu simplement, comme la chose la plus naturelle, au moment où on l'attendait le moins, au grand scandale des attardés qui croient que le bonheur n'existe pas, surtout pour un infirme.

Un matin, en débarquant du train à Paris, je ne trouvai pas la secrétaire. J'appris plus tard que la grippe l'avait retenue chez elle. En attendant, je dus me débrouiller seul. Ce n'était pas simple. Tâtant le bitume du bout de la semelle, je m'avançai timidement, craignant à chaque pas de rencontrer le bout du trottoir. Les banlieusards, tout à la hâte de trouver la sortie, passaient à côté de moi sans me voir. J'arrivais avec peine à distinguer, dans cette marée de bruits, ceux qui auraient pu me donner des indications sur l'état des lieux. Mais les Parisiens sont des gens complaisants; j'ai eu souvent l'occasion, depuis, d'en faire l'expérience. Très vite quelqu'un me prit le bras et, après s'être enquis de l'endroit où j'allais, me conduisit à mon autobus.

Cette expérience involontaire devait m'être bénéfique. Avec beaucoup de témérité, avec une grande confiance dans la bienveillance des passants – à la grande frayeur d'Yvonne, faut-il le dire –, je me mis à circuler seul, sans canne, dans cette grande ville que je ne connaissais pas. Libéré de la présence permanente d'un guide qui me donnait un sentiment de servitude en même temps que la sécurité, je m'enhardissais de plus en plus, avec une intrépidité qui me fait trembler rétrospectivement. C'est beau la jeunesse!

L'attrait de la baraque de M.... m'aida beaucoup à conquérir mon indépendance. J'aimais y participer à la messe au moins deux fois par semaine. Et je n'avais pas toujours un guide disponible pour m'y conduire.

La messe à M...., c'était si vrai, si sincère, qu'il me semblait que ma prière était plus simple et plus facile. Parfois, en sortant du bureau, j'allais directement à M.... où Yvonne venait me rejoindre.

Ce soir-là le Père Robert bavardait avec Raymond. Il nous présenta. André n'était pas encore rentré du boulot. Le Père Charles faisait ses courses. Raymond, qui était là depuis une demi-heure, s'en alla bientôt.

– Je viens d'avoir avec lui une conversation très significative, me dit le Père. Nous parlions de choses et d'autres quand je lui ai demandé à brûle-pourpoint s'il accepterait de se faire chrétien au cas où il reconnaîtrait la vérité de l'Évangile. Il m'a fait la réponse typique que je pressentais : « Oui, je suis prêt à croire au Christ, mais quant à entrer dans l'Église, c'est autre chose. » Il a quitté les communistes parce qu'il trouve qu'ils ne pratiquent pas leur idéal de justice et de liberté. Ce n'est pas moi qui les ai quittés, dit-il, c'est eux qui m'ont lâché. J'ai gardé mon idéal pour moi. Je suis prêt à croire au Christ mais ce n'est pas une raison pour entrer dans une société qui prétend pratiquer son idéal et ne le fait pas. Si je devais croire, je garderais mon idéal pour moi. Il y a trop de curés qui ignorent la pauvreté du Christ, trop de chrétiens qui méprisent le monde ouvrier.

– C'est une position absurde, dis-je.

– Bien sûr. Le gars n'a qu'une vue brumeuse du christianisme. Être chrétien, c'est avant tout communier au Christ, c'est-à-dire communier à son prochain. Une conception individuelle du christianisme, cela n'existe pas. Mais cette pureté de Raymond, cette soif d'absolu, qu'est-ce donc, sinon le besoin de Dieu?

– Eh oui, « tu ne chercherais pas si tu ne m'avais déjà trouvé ».

– Exactement. Mais d'autre part, crois-tu que cette critique à l'égard des chrétiens tombe à faux? Il est poignant, le cas de ce jeune de vingt ans qui a tout ce qu'il faut pour faire un chrétien cent pour cent mais que des curés et des chrétiens qui ne le sont pas empêchent d'entrer dans l'Église. Le Christ a dit : « Malheur à vous, pharisiens hypocrites, parce que vous fermez aux hommes le royaume de Dieu! »

– Quelle exigence!

– Sans doute. Mais nous ne sommes pas de véritables témoins du Christ. Nous faisons obstacle pour ceux qui veulent voir vivre authentiquement l'Évangile.

– Et pourtant l'Église c'est aussi le Christ en croix, torturé à cause de nos péchés.

– Évidemment. C'est pourquoi le cas de Raymond n'est pas désespérant. Il est rassurant, d'une certaine manière.

– L'Évangile retrouve toute sa vigueur sur ses lèvres.

– Il est en marche, en pleine évolution. Il ne faut pas se laisser impressionner par ses propos sur les curés et les chrétiens. Il est manifestement travaillé par la grâce. Les preuves ne manquent pas. Je ne sais plus quand je lui avais dit que je priais chaque jour pour lui et ses camarades. Récemment, il m'a déclaré : Ce n'est pas au camarade que je m'adresse mais au prêtre que vous êtes. Vous faites bien de prier pour nous. Moi je ne sais pas, je ne peux pas.

– Il vient souvent ici?

– Encore assez. Mais il ne se présente jamais comme chrétien. C'est toujours sans équivoque. Que lui manque-t-il? Une crise, un choc, et puis l'heure de la Providence aussi. Il a trop soif de la vérité pour ne pas être un jour un authentique chrétien, prêt à tout pour le Christ.

Un bruit de voix nous annonça une visite. C'est Yvonne qui arrivait, en compagnie du Père Charles qu'elle avait rencontré dans la rue. Peu après, un bruit de pas se fit entendre derrière la porte vitrée.

– Tiens, voilà Jojo, dit Robert. C'est un autre Raymond, il est de la même trempe.

J'entendis une voix éraillée mais joyeuse.

– Salut, Robert.

Les présentations suivirent.

– C'est Jacques, tu sais, le frère du Père André, et voici Yvonne, sa femme.

Comme je lui tendais le bras, il aperçut mon moignon. Il eut un moment de gêne, puis s'exclama :

– Merde ! T'es drôlement arrangé ! Qui est-ce qui t'a fait ça ? C'est les Chleuhs ?

Je n'étais pas habitué à un contact aussi direct. Et je tardai à répondre.

– Bah ! dis-je enfin, c'est la guerre. Une grenade, en Libye, qui m'a éclaté dans les mains.

Je ne le voyais pas mais c'était comme si j'entendais son silence. Il devait être très ému. Le Père Robert tenta une diversion.

– Alors, mon vieux Jojo, qu'est-ce qui t'amène ?

– Ben quoi, toujours pareil. Je viens voir le grand Dédé.

Précisément, André entrait.

– Salut tout le monde, dit-il d'une voix forte, à la cantonade. Ah ! mais, il y a Jacques et Yvonne. C'est bien ça, d'être venus. Vous restez dîner, j'espère. D'abord je vais dire ma messe. Après, on pourra bavarder.

– Ah ! dit Jojo, tu nous casses les pieds avec ta messe.

– C'est toi qui nous les casses, dit André en lui envoyant une bourrade. Je ne vois pas ce que tu as contre la messe, tu ne sais même pas ce que c'est.

La remarque atteignit le garçon comme un direct à la face. Il demeura interloqué.

– C'est vrai, dit-il. Mais je peux pas y assister. Je sais même pas si je suis baptisé.

André, qui accrochait sa capote à un clou, se retourna et lança à Jojo :

– Qui t'a dit qu'il fallait être baptisé pour assister à la messe ?

– Je sais pas. C'est ma tante, qui fréquentait chez les curés et qui m'a dit un jour que, puisque j'étais pas baptisé, j'avais pas le droit d'aller à la messe.

– Elle exagère, ta tante, dit le Père Robert. Remarque que, jusqu'à un certain point, elle aurait raison. Dans les premiers temps de l'Église ceux qui n'étaient pas baptisés partaient à l'Évangile.

Jojo s'est assis sur un banc. Intéressé, il demande :

– Qu'est-ce que c'est ça, l'Évangile?

André lui explique.

– Alors si tu veux bien, dit Jojo, je pourrais assister à la première partie.

André resta bouche bée. Jojo l'avait sans doute remarqué. Il crut qu'il devait se justifier.

– Ce que j'en dis c'est pour te faire plaisir, car ton truc, j'y crois pas beaucoup.

– C'est peut-être pas la peine de croire en Dieu pour le prier.

La porte s'ouvrit à nouveau. Des pas menus, des pas plus lourds gravirent les marches. Un couple, sans doute.

– Ah! Voilà les Giscard, dit le Père Charles. Comment allez-vous?

M. Giscard était un ingénieur de la S.N.C.F. Il venait participer à la messe dans une baraque de banlieue. « C'était autre chose qu'à la paroisse. » Je ne pouvais les juger qu'à leurs voix. C'était un couple très simple, dont le vocabulaire révélait des gens cultivés, d'un autre milieu.

Mais l'heure avançait. André ouvrit la porte de l'oratoire, contigu à la pièce où nous étions. Nous y entrâmes à la file. En revêtant les ornements, André crut nécessaire de les expliquer.

– Tu vois, dit-il à Jojo, de même que les communistes ont un drapeau rouge pour symboliser le sang versé par la classe ouvrière, de même ces vêtements ont un sens. Ce manipule rappelle la sueur et la souffrance de l'humanité.

Je ne pus m'empêcher de penser que ce symbole était bien édulcoré. Un simple bleu de travail, ici surtout, serait plus éloquent. Au pied de l'autel, le prêtre fit le signe de croix, et avant de commencer le psaume *Introïbo ad altare Dei*, il poursuivit la leçon.

– Pendant la guerre, un jour que la Résistance avait détruit un transformateur dans un village, les Allemands arrêtèrent tous les hommes de la région – quatre cents – et les enfermèrent dans deux granges. Ils dirent que si le coupable ne se dénonçait pas dans l'heure, ils mettraient le feu aux bâtiments. Le coupable était-il parmi les captifs? Les Allemands n'en avaient cure. Au bout d'un certain temps, on vit un homme, que ses compatriotes savaient innocent, demander à sortir et se dénoncer. Il connaissait le sort qui l'attendait. Il fut pendu sur la place du village. Mais il sauvait la vie de trois cent quatre-vingt-dix-neuf autres. La messe, c'est ça. Mais celui qui s'offre en sacrifice, c'est Dieu. Et nous qui ne sommes que de pauvres types, il nous invite à le suivre. Le monde ouvrier ne pourra pas bâtir un monde meilleur sans faire de sacrifices. C'est pourquoi le Christ nous invite au renoncement indispensable.

Il entonna : « Je monterai à l'autel de Dieu. » Puis ce fut le confiteor.

– Tu vois, Jojo, nous sommes des salauds dans le fond. Nous ne sommes pas dignes du sacrifice que Dieu a fait pour nous. C'est pourquoi il est utile, et même nécessaire, de demander pardon à Dieu. C'est ce que nous faisons, pour nous purger de nos lâchetés, dans la prière suivante : Je reconnais devant Dieu...

A mon tour, je fus pris par la vérité de ces mots. Jojo se taisait et je le devinais, lui aussi, captif de cette sincérité.

– Parce que j'ai beaucoup péché, par pensée, par parole, par action et par omission...

Ici le prêtre marqua une pose pour laisser à chacun le temps de faire son examen de conscience. Et tout à coup on entendit la voix bourrue de Jojo.

– Ah! t'as raison, Dédé. J'ai envoyé chier le délégué syndical ce matin.

Il y eut un profond silence. M. Giscard, pensant que c'était l'usage, se confessa à son tour et reconnut manquer de conscience professionnelle. Mme Giscard se confessa d'impatience envers ses enfants. Le prêtre, au pied de l'autel, se garda de tout commentaire et continua.

Après l'Évangile, Jojo se retira sur la pointe des pieds. A la fin de la messe, nous rentrâmes dans la salle commune. Les moines ne firent aucun commentaire sur Jojo. Le jeune ménage s'en alla, bien qu'il fût invité à partager le repas : les enfants attendaient. On se mit à table. Je n'osais parler. Autour de moi, Yvonne et les Pères n'étaient pas plus loquaces. Le bruit des cuillères dans les assiettes meublait le silence. Le Père Charles se levait parfois de table pour aller fourrager sur son fourneau. Je brûlais du désir d'interroger André. Celui-ci devina sans doute ma pensée car il me dit brusquement :

– Jacques, que penses-tu de Jojo?

– Qu'est-ce que c'est que ce gars-là? dis-je.

– C'est un petit gars de l'usine. Ils l'ont embauché il y a un an. Quand il m'a connu il voulait d'abord me casser la gueule. On était des agents provocateurs, paraît-il. C'est un ancien F.T.P. C'est pour ça que j'ai raconté l'histoire de la Résistance au début de la messe.

– Mais qu'est-ce qui s'est passé? demanda le Père Robert. Il avait l'air tout drôle en sortant de l'oratoire.

– Tu parles, répondit André. Au confiteor, il s'est confessé en public!... Et M. et Mme Giscard en ont fait autant.

Le silence revint parmi nous. La simplicité de Jojo, la leçon qu'il nous avait donnée, nous émouvait durement. Grâce à lui je comprenais mieux la liturgie. Le vieux chrétien que j'étais avait besoin de découvrir sa messe pour être digne de cet incroyant. Jojo la réinventait pour moi. L'idée que je m'étais faite de la liturgie n'était qu'une image figée, comme morte. Il fallait secouer la poussière, laver tout au vitriol, battre les tapis. La réalité vivante devait remplacer la vague tradition.

Dans l'autobus qui nous ramenait, je méditais tout cela. Certains sont en marche, m'avait dit le Père Robert. Moi aussi, je ferais bien de prendre la route... Nicodème, Nicodème, nul, s'il ne naît d'en haut, ne peut voir le royaume des Cieux. Yvonne me prit le bras. Et comme je m'étonnais :

– Dépêche-toi, me dit-elle, on est arrivé.

Je crus sortir d'un rêve.

III

A l'Association[1], le comité des dames patronnesses se réunissait pour organiser la vente de charité. On avait ouvert les portes de la salle du conseil et une grande animation régnait lorsque j'arrivai. Le président, le général de Saint-Queux, s'entretenait avec Mme de Quérac au milieu d'un aréopage de vieilles dames. Le général, ancien attaché d'ambassade, trouvait toujours le moment opportun pour placer une anecdote qu'il détaillait avec aisance et charme. Les aimables douairières, qui portaient les plus vieux noms de France, ne manquaient pas de dévouement, mais le subordonnaient souvent à des questions de préséance. Dès que la tension menaçait, le général plaçait un mot d'esprit et détendait l'atmosphère. A l'autre bout de la salle, la comtesse d'Urget, présidente du comité, parlait littérature.

Je me sentais un peu dépaysé. Mais le général, dès mon arrivée, prit place à la table présidentielle et invita tout le monde à s'asseoir.

Quelques semaines plus tôt, M. Toutain m'avait confié l'organisation de cette vente de charité. Pour le novice que j'étais ce n'était pas peu de chose. Je devais collecter les cadeaux qu'on pouvait nous offrir, les répartir entre les différents comptoirs, distribuer ceux-ci en fonction des salles disponibles, compléter l'achalandage, désigner les responsables, organiser la publicité. Mon programme devait servir de base à la discussion d'aujourd'hui avec le comité des dames. J'allais être sur la sellette.

On éplucha tous les points. On voulut changer le dessin de l'affiche; il fallut prendre une autre date, la comtesse devant aller aux sports d'hiver; on dédaigna le stand d'épicerie que j'avais prévu à cause de l'abondance des dons et on le confia à l'assistante sociale; on refusa le comptoir du bar, d'ailleurs il s'agissait moins d'un bar que d'un salon de thé. « Mon pauvre ami, vous allez nous faire une salle de café ! » A la fin de la réunion, j'avais les nerfs à fleur de peau. Tant de palabres pour réduire la longueur d'un comptoir, abaisser un autre ou changer la couleur des cartes d'invitation !

Histoire de me défouler, je rentrai en faisant le crochet par M.... J'avais besoin d'entendre quelques histoires de Raymond ou de Jojo pour me replonger dans la vraie vie.

Pendant les semaines qui suivirent, je me lançais dans mon travail à corps perdu. Cette réunion m'avait donné le feu vert. A part quelques rectifications de détail je pouvais marcher. J'étais grisé par les responsabilités; elles étaient légères, mais pour moi, c'était nouveau. J'avais mobilisé quelques bonnes volontés, et notamment ma secrétaire qui était très excitée. Par contre, je devinais une certaine inertie, assez inexplicable, du côté des dames patronnesses. Je n'avais pas le temps d'approfondir. Je fonçais comme un bolide.

Le jour venu, la kermesse ouvrit ses portes au son des flonflons généreusement distribués par la sono. J'avais fait une dernière tournée d'inspection avec ma secrétaire. Tout était en place. Les comptoirs regorgeaient de marchandises. Le thé fumait, le champagne rafraîchissait, les dames étaient en place. Il ne me restait plus qu'à attendre le résultat final.

Ce fut un succès. On aurait pu mieux faire. Mais le débutant que j'étais, nanti, par prudence, d'un budget modeste, avait bien mené son affaire. Le résultat était là. Si on m'avait dit, quelques mois plus tôt, que je serais capable d'accroître les ressources de l'Association, j'aurais souri. Je fus en vedette. Mais les dames patronnesses maintenaient leur réserve. J'en compris la raison plus tard : pour la première fois on leur avait retiré l'organisation de leur fête.

A l'issue du conseil d'administration qui suivit, le général m'apporta les félicitations du conseil et ma nomination comme secrétaire perpétuel à la propagande.

Je remerciai. Mais sans pouvoir me l'expliquer, je perçus un certain malaise.

Le bilan le plus positif, pour moi, de toute l'affaire, c'était la preuve que je venais de me donner à moi-même et que j'attendais depuis plus de six ans. On m'avait fait confiance, on m'avait donné une secrétaire pour pallier mes déficiences physiques, et j'étais parvenu à réaliser quelque chose. Je n'étais plus un parasite. Mes infirmités n'avaient rien de déshonorant, et ma pension était bien légitime. Mais il me semblait que je devais apporter quelque chose à la collectivité, avoir une action efficace. Et voilà, c'était fait. Qu'on me donne un titre pour me remercier, soit. Mais le succès de cette entreprise était beaucoup plus efficace qu'un titre. Il avait définitivement transformé ma vie.

Pour justifier mon nouveau titre et la confiance qu'il supposait, j'élaborai toute une propagande qui ferait connaître au grand public les problèmes de la cécité. Car, depuis que je travaillais, j'avais rencontré des aveugles qui assumaient des fonctions généralement considérées comme incompatibles avec la cécité : tel grand maître de la musique religieuse, tel enseignant, tel écrivain, tel encore, récemment admis à la recherche scientifique. Faire connaître ces hommes, leur ténacité, leur réussite, voilà qui donnerait à d'autres aveugles l'émulation et le courage, qui ferait s'ouvrir des portes, qui détruirait pas mal de préjugés et notamment ce sentimentalisme stupide qui veut que l'aveugle soit pitoyable. Je m'enthousiasmai. J'élaborai un plan modeste, sans doute imparfait, mais qui avait le mérite d'exister. J'en parlai aux divers membres de l'Association, espérant leurs réactions. Chaque fois un silence glacé me répondait. Je ne comprenais pas. J'essayai de découvrir en quoi mon plan pouvait être déficient. Je finis par comprendre la vraie raison du silence de mes interlocuteurs. On m'avait donné un titre, on ne m'avait pas confié une fonction.

Car à l'Association « Pour la protection de nos aveugles », on ne semblait pas tenir compte de l'évolution du temps. La conservation de son nom en était bien la preuve. On s'y croyait toujours au grand siècle et on y attribuait des « titres » – tel que « secrétaire perpétuel » – pour encourager les bonnes volontés[1].

1. *Note de l'auteur.* Ce point de vue, qu'il faut dater pour le comprendre, n'est destiné qu'à expliquer et justifier le comportement personnel de l'auteur, et ne saurait être retenu hors de ce contexte.

A M...., les Pères, installés depuis plus de deux ans, étaient admis par toute la population du quartier. Des prêtres au travail, cela n'avait rien d'étrange. Désormais ils étaient reçus partout. Des curés comme ça, on pouvait les recevoir sans rougir. Les gens venaient bavarder en voisins, même s'ils n'étaient pas croyants. Après tout, les Pères, c'étaient des ouvriers comme eux.

On les appelait parfois pour un mourant, mais c'était rare. Il n'y avait pas plus de cent personnes à la messe du dimanche, sur une population de trois mille cinq cents habitants. Le Père Charles assurait seul les mariages et les enterrements. Mais les Pères étaient venus pour incarner chrétiennement la condition ouvrière. Leur travail était long et dur. C'était l'incarnation par la présence. Et ils s'intéressaient à tous les problèmes humains de leur quartier. La population était misérable : quatre-vingts pour cent de manœuvres et de gitans. Aussi c'était un défilé constant de gens en détresse dans la baraque.

Les Pères, émus par la précarité de certains logements, décidèrent d'impulser une équipe de bâtisseurs. Ils avaient découvert une famille de Nord-Africains qui logeait dans un trou creusé dans le sol, soutenu par des traverses de chemin de fer et recouvert de tôles. De pareils cas n'étaient pas rares.

Ils remuèrent le quartier. M. Gallois fut nommé président d'un comité. On organisa une kermesse, mise en route par les habitants. Avec le bénéfice, on acheta un terrain et les éléments d'une première baraque. Le départ était donné. Les hommes venaient travailler les uns pour les autres. Des familles étaient relogées. Un mouvement de solidarité était né. Il ne resterait pas sans lendemain.

En dépit de mes déceptions, mon activité à l'Association continuait de m'intéresser. Le milieu me convenait de moins en moins. Mais si le conformisme et l'hypocrisie me mettaient les nerfs à fleur de peau, la cause même que défendait l'Association méritait bien quelques concessions.

Je multipliais mes visites du soir à M.... La recherche d'un Évangile dépouillé, d'un christianisme exigeant sans cesse abreuvé aux sources, la générosité courageuse et hardie qu'on y vivait, m'enthousiasmaient chaque jour davantage, et enthousiasmaient autant Yvonne. Chaque visite me donnait une moisson de récits qui augmentait l'attirance. J'y rencontrais des ouvriers et ces entretiens me débarrassaient de certains préjugés de classe. Je recherchais avidement l'influence des Pères. J'aimais à partager leurs observations sur les événements et les hommes. J'en arrivais à envier le sort de ces laïcs chrétiens qui étaient venus à M...., à l'exemple des Pères, pour y vivre dans un véritable esprit de pauvreté franciscaine.

Pourquoi pas nous? Cette question devait tôt ou tard se poser. Je considérais désormais mes préoccupations domestiques avec une certaine tristesse. Nous voulions meubler notre salon en Louis XV, nous voulions acheter une 4 CV et construire un garage. Comme ce programme me paraissait futile quand je le comparais aux tourments des Pères et de leur entourage! Si nous voulons vraiment aller jusqu'au bout de notre foi, pensais-je, nous devrons les rejoindre. Et j'imaginais le jeune homme riche de l'Évangile qui « s'en était allé tristement, car il avait de grands biens ». Ne répondrais-je, moi aussi, que par ma tristesse à cet appel?

Alors, les objections arrivaient. Ce n'est pas possible, mon cas n'est pas le même. D'abord, il y a les enfants et puis il y a mon état. Qu'apporterais-je à M....? Ne serais-je pas plus une charge qu'une aide? Et puis, il y a Yvonne. Cet engagement ne peut se faire sans son consentement. Acceptera-t-elle? Bien sûr, elle avait beaucoup de générosité. Mais ce n'était pas seulement de générosité qu'il s'agissait. Cette vie en monde ouvrier ne pouvait se réaliser au détriment de l'harmonie et de l'équilibre du ménage. Je ne voudrais pas qu'Yvonne soit trop tendue par une vie trop austère. Cette austérité doit être compensée par l'approfondissement de notre vie spirituelle. En serons-nous capables?

J'hésitais à faire part de mes projets à Yvonne. Et pourtant l'idée faisait son chemin. J'en parlai aux Pères. Ils ne manifestèrent aucun enthousiasme. C'était très bien ainsi. Ce projet devait venir de nous, sans intervention de leur part. Ils me dirent : « Tu dois en parler à Yvonne. » Ce n'était donc pas un non.

Cependant j'hésitais toujours à en parler à Yvonne. Je ne craignais pas le refus. Je ne craignais pas davantage une adhésion immédiate. Après tout, étais-je si sûr de moi? Ces projets, de salon, de voiture, de garage, avaient-ils germé dans la tête d'Yvonne ou dans la mienne? Je ne devais pas négliger ma propre faiblesse.

Un soir, après le dîner, je m'en ouvris à Yvonne. Elle n'eut aucune réaction immédiate, ni enthousiaste, ni réservée. J'aurais pu croire que mon projet était des plus naturels. Si elle avait protesté, si elle m'avait traité d'utopiste, qu'aurais-je pu lui reprocher? Notre mariage n'avait pas été orienté dans la perspective d'un pareil engagement. Qu'elle l'eût accueilli avec enthousiasme n'eût pas été rassurant.

Cette absence de réaction me gonfla d'espoir.

– C'est à voir, me dit-elle. Il faut y réfléchir.

Elle m'en reparla quelques jours plus tard. Mais c'était pour me demander quelques précisions sur des points matériels. Merveilleuse sérénité! Quelle que dût être la conclusion, j'étais heureux de l'examen sérieux qu'elle faisait de la situation. Elle n'avait rien repoussé d'emblée. N'était-ce pas la meilleure preuve de sa générosité, de sa disponibilité?

La vie avançait. Je continuais mes activités à l'Association; Yvonne poursuivait les siennes à la maison.

Un soir, après le dîner, Yvonne, sa vaisselle faite, vint s'asseoir à côté de moi sur le divan. Elle fit taire le poste de radio.

– Tu sais, me dit-elle, j'ai réfléchi à ton idée d'aller nous installer en baraque à M.... C'est d'accord.

Il n'y avait aucune hésitation dans sa voix.

Ah! Yvonne, aurais-tu le courage de me redire aujourd'hui le oui de ce soir-là, maintenant que tu sais où il devait te conduire?

Malgré notre entente, nous n'étions pas encore sûrs d'avoir choisi la bonne voie. Nous allâmes à M.... Quand nous eûmes annoncé aux Pères notre décision commune, ils ne manifestèrent pas plus d'enthousiasme ni de réserve que la première fois. Mais à la messe, je remarquai que le prêtre insistait particulièrement sur le Pater, pesant chaque mot : « Que votre volonté soit faite sur la terre comme au ciel. »

M. Gallois me dit qu'une baraque était à vendre à une centaine de mètres de l'endroit où nous voulions construire la nôtre. Les obstacles tombèrent l'un après l'autre. Le doute n'était plus possible; il fallait aller de l'avant.

La baraque fut achetée. Des amis la démontèrent et la transportèrent sur le terrain. En avril 1950, on remplaçait les vitres cassées et on refaisait les peintures après l'installation de l'électricité. En mai, nous occupions les lieux.

C'était une affreuse baraque de trois pièces de quatre mètres sur quatre. Au démontage, certains éléments s'avérèrent irrécupérables. On les remplaça par des lames de parquets achetées chez le casseur du coin. Dans la cuisine, on avait monté un évier sur un bâti de bois fabriqué par M. Gallois. Dans notre chambre, la fenêtre était si malade qu'on avait dû la clouer. Les petits lits d'Éric, de Bruno et de Claire furent montés dans la pièce du fond. Notre chambre occupait le centre. Quant à la cuisine, elle servait de tout : d'entrée, de salle à manger, de salle de séjour, de salle de bain, et elle n'était pas meublée en Louis XV. Les waters étaient au fond de la cour.

J'avais rencontré un soir chez les Pères un jeune homme qui se posait le problème que nous venions de résoudre. Ses mots m'étaient restés : « Je voudrais mettre autant d'amour à descendre l'échelle sociale qu'on met de volonté, d'habitude, à la gravir. » N'est-ce pas saint Augustin qui a dit que le royaume de Dieu c'est le monde à l'envers? Je me rappelais aussi cette phrase du Magnificat : « Il a comblé les pauvres de présents, il a renvoyé les riches les mains vides. »

Ce ne fut pas long de ranger les armoires et la vaisselle fut vite déballée. Nous avions laissé beaucoup de choses derrière nous; et cette libération s'était faite dans l'enthousiasme.

Les enfants étaient couchés. Excités par cette installation, ils ne dormaient pas. Oh! c'est pas beau, avait dit Bruno. Et j'avais pensé : Qu'en sais-tu, petit?

Yvonne préparait le dîner. Je la rejoignis et nous fîmes le point. Tandis qu'elle disposait les assiettes sur la table, je m'exclamai :

– C'est quand même formidable, ce que nous avons fait là. Il n'y a en a pas beaucoup qui en auraient fait autant!

Yvonne rit de mon orgueil. Quelqu'un frappa à la porte. C'était une voisine, une femme déjà vieille. Elle entra comme chez elle et s'assit sans y être invitée.

– Alors, comme ça, vous êtes le frère du Père André?

Elle voulut visiter, et comme les enfants ne dormaient pas, ce fut vite fait.

– C'est bien chez vous, dit-elle en s'en allant. Cela fait plaisir de voir des gens bien installés.

N'était-ce pas le Christ qui sortait de chez nous? Merveilleuse Providence qui se rit de notre orgueil et sait au moment opportun redresser nos errements. Merveilleuse patience qui lui vient de son amour.

A Paris-Récupération, les ouvriers étaient mal payés. Sans doute travaillaient-ils moins qu'ailleurs mais ils gagnaient de vingt à trente pour cent de moins aussi. La grève se déclencha un matin aux ateliers de fonderie.

A midi, les délégués syndicaux annoncèrent la décision à l'ensemble des ouvriers. Ils invitèrent tout le monde à suivre les camarades de la fonderie.

– Si vous êtes d'accord, dirent-ils, nous vous demandons de désigner un délégué par atelier. Ces délégués constitueront un comité de grève qui se réunira au bureau des syndicats pour aviser.

Le Père André, en pénétrant dans son atelier, trouva ses compagnons rassemblés. Il se joignit au groupe. Aussitôt un des hommes l'interpella.

– Écoute, Lebreton. On a décidé de nous faire représenter par toi. Tu te démerderas bien. Mais ce qu'on veut, c'est qu'il y ait vote secret.

André s'en fut à la réunion des délégués. Quand il arriva, le bureau était archicomble. Maguerre, un communiste, délégué d'entreprise, avec qui le Père avait discuté souvent, le reconnut et lui sourit.

– C'est toi, Lebreton? Chapeau, ça c'est bien.

Après avoir discuté avec les uns et les autres, Maguerre revint au Père.

– Dis donc, Lebreton, il nous faut un président de séance. Tu es franc, tu as de la gueule, tu sauras empêcher que tout le monde parle à la fois.

– Je veux bien, si tout le monde est d'accord.

Les autres acquiescèrent. André monta au bureau.

On mit au point le rapport à présenter à la direction. On organisa les piquets de grève. La grève aurait de la tenue, ce ne serait pas une affaire de bal et d'accordéon. Tout sabotage serait interdit. Les pompiers et les infirmiers resteraient en service, un chauffeur se tiendrait à la disposition du directeur, un autre à celle du médecin. On décida enfin que la poursuite de la grève serait soumise au vote secret.

A l'heure convenue, tous les ouvriers se réunirent à la cantine en attendant la visite du secrétaire général du syndicat. Celui-ci arriva, un peu en retard, et monta aussitôt à la tribune. Il commença par dire qu'il s'étonnait de cette initiative. Le ton manifestait clairement l'autoritarisme des bonzes de la C.G.T. La foule réagit violemment et le secrétaire fit machine arrière. Il expliqua cependant le problème des revendications avec une documentation nette et précise. A la fin, il demanda si on voulait continuer la grève ou s'il fallait procéder au vote. Des voix s'élevèrent pour le vote.

Ce vote eut lieu le lendemain matin et décida la reprise du travail à une majorité de soixante-quinze pour cent. Les leaders de la C.G.T. avaient gagné. Ils se souciaient fort peu des ouvriers de Paris-Récupération et de leurs bas salaires. Cette usine, sur le plan économique, restait isolée, n'en commandait aucune autre. Elle était sans intérêt dans le cadre d'une action générale.

Spartacus ne cachait plus sa sympathie pour le Père André. Depuis longtemps il le savait sincère, mais son attitude au moment de la grève lui avait apporté une preuve nouvelle. Et Sparta restait violemment opposé au secrétaire qui avait déconseillé la grève. Il allait proclamant :

– Autrefois, c'étaient les curés qui vendaient la classe ouvrière. Maintenant c'est la C.G.T. qui nous trahit et les curés qui nous défendent.

La grève avait une autre conséquence : une équipe de gars,

presque tous incroyants, avait décidé de fonder une section C.F.T.C. pour faire la pige à la C.G.T. La plupart des cadres, mécontents du syndicat, qui les avait méprisés au cours de la grève, se joignirent à eux. Le Père pensa que cette scission C.F.T.C. couperait ses adhérents de la masse et décida de rester à la C.G.T.

C'était un problème délicat et il s'en expliqua avec les dirigeants de la nouvelle section.

– Je resterai à la C.G.T. tant que cela ne me posera pas de problèmes que je ne pourrais résoudre avec ma conscience de chrétien. Faites votre syndicat, c'est votre droit. Mais rappelez-vous que vous portez un nom très exigeant. Si vous entreprenez un travail de division, vous ne ferez pas un travail de chrétiens.

Cette réponse impressionna les délégués cégétistes qui assistaient à la réunion. Quelques jours plus tard, à l'une des instances de la C.G.T., Maguerre cita le Père en exemple.

– Tout faire pour unir, a-t-il dit, ne rien faire pour diviser. Eh bien ça, camarades, c'est un chrétien.

Ces questions, ces débats, ces faits, je les apprenais un à un. Incapable de travailler en usine, j'interrogeais avidement sur son climat et sur son ambiance.

Tous ces événements, que j'apprenais par les Pères et les laïcs chrétiens qui vivaient dans leur entourage, posaient pour moi des problèmes nouveaux, jamais pensés, jamais vécus. Le chrétien qui les vivait devait sans cesse repenser sa foi, la dépouiller de tout ce qu'elle avait de factice, de provisoire et de traditionnel. Ainsi dépouillée, cette foi montrait ce qu'elle avait d'immuable, et comment elle devenait capable de s'implanter dans les valeurs humaines, et particulièrement les valeurs du monde ouvrier. Au lieu de se limiter, elle découvrait l'universalité de l'Église.

En découvrant et en vivant ces problèmes, Yvonne et moi nous nous enrichissions spirituellement. Dans cet affrontement collectif, notre foi se virilisait; dans ce dépouillement, elle s'authentifiait. Notre style de chrétien se faisait plus neuf; pas meilleur peut-être que le style classique, mais mieux adapté au dialogue et à l'échange avec le monde ouvrier. N'était-ce pas nécessaire pour la mission? On voit mal le missionnaire d'Afrique négliger d'apprendre le langage des peuples qu'il veut donner au Christ.

Si je me sentais de plus en plus dans le coup à M...., je l'étais de moins en moins à l'Association. Ces deux évolutions étaient en étroite correspondance.

Parmi les lettres auxquelles je devais répondre, je trouvais souvent des lettres d'aveugles qui demandaient des renseignements sur la législation d'assistance. J'avais donc dû étudier la question. Si je trouvais le gouvernement peu généreux à l'égard des mutilés de guerre, j'étais stupéfait de la différence qu'il faisait entre les civils et les gens comme moi. Elle allait du simple au décuple.

La législation sur les avantages réservés aux mutilés de guerre est basée sur le principe du droit à réparation : dédommagement du préjudice subi au service de la collectivité. Par contre je crois pouvoir dire que la législation d'assistance reflète plutôt la mauvaise conscience d'un monde nanti qui laisserait dans l'indigence totale les désavantagés de la nature. On n'explique pas autrement la modicité des allocations. Celles-ci ne sont attribuées que dans le cadre d'un plafond de ressources extrêmement faibles. Les autorités préfectorales doivent donc déterminer le taux d'allocation en se livrant à une enquête qui aboutit inévitablement chez les proches parents du postulant. Plus question pour lui d'avoir une vie privée.

Choqué par cette situation, je reportai mes espoirs sur l'Association et, naïvement, je m'en ouvris un jour à M. Toutain, convaincu qu'il allait m'exposer tout un programme d'action revendicative.

Il m'accueillit froidement et détourna adroitement la conversation. J'aurais oublié cet incident si d'autres lettres, toujours plus pressantes, n'étaient venues me relancer.

Qu'aurais-je pu faire? J'ignorais tout des démarches à entreprendre, des personnes à contacter. Je n'avais pas la plus petite idée de ce qu'il faut bien appeler une action revendicative. Le mot lui-même m'effrayait. De plus, je croyais que personne n'était au courant. Et je demeurais convaincu que si tel ou tel dirigeant de l'Association entreprenait des démarches auprès du ministère intéressé, le miracle se produirait. Si M. Toutain ne m'en parlait pas, c'était sans doute à cause de la discrétion que ces démarches réclamaient.

La responsabilité de notre Association me paraissait engagée. N'était-elle pas au courant de tous les détails? N'avait-elle pas l'autorité requise, n'était-elle pas en contact avec les personnalités influentes? C'était notre devoir d'alerter les pouvoirs publics et d'en appeler à l'opinion s'il le fallait. Aujourd'hui tout cela me paraît bien clair, mais à l'époque j'étais beaucoup plus timide. Les lettres criaient la détresse de mes compagnons d'infortune. Elles attendaient de moi quelque chose. Mais je ne pouvais rien faire.

Un jour, j'en parlai au président.

– Monsieur le président, ce qui me tourmente le plus, ce sont les lettres des aveugles. Elles posent des problèmes qu'on ne pourra jamais résoudre. Cet homme me dit qu'on a réduit son allocation parce qu'il vient d'hériter de ses parents. Cet autre, qu'on a réduit la sienne parce que sa femme a décidé d'aller travailler. Et pourtant, monsieur le président, il y a trois enfants au foyer. Cette femme était plus utile auprès de son mari aveugle qu'à l'usine.

– Je vous comprends, mais que voulez-vous qu'on y fasse?

– Ne croyez-vous pas, monsieur le président, que nous devrions attirer l'attention du gouvernement sur cette situation?

– Le gouvernement, mon jeune ami, mais vous n'y pensez pas! Il a déjà d'énormes charges. La guerre d'Indochine pèse lourdement sur le budget de l'État.

Le président tourna les talons et s'en fut, comme si ma question le gênait.

Je ruminai ses paroles, sans douter de sa bonne foi. Quelle solution préconiserait-il? Nous ne pouvions quand même pas nous charger d'attribuer des secours à quarante-deux mille aveugles français! Mais il y a le reclassement professionnel, et là, on ne peut nier l'efficacité de l'Association. Cependant, les statistiques sont formelles : sept mille en âge de travailler. Les plus doués peuvent faire des musiciens. Mais ce métier nourrit-il son homme? Évidemment, il y a le massage. Ceux qui sont un peu intellectuels sont attirés par cette profession. Mais combien sont-ils? Pour les manuels, il n'y a que la chaiserie et la brosserie; les plus doués pourront faire de la vannerie. Mais quel est l'avenir de l'artisanat? Et puis, enfin, il y a les autres. A part les dix-sept cents de moins de vingt ans qui ne posent qu'un problème d'éducation, il y a les vieux. C'est le plus grand nombre. On n'accepte plus d'aveugle au centre de rééducation après quarante ans. Et pourtant on devient aveugle à tout âge; et ce n'est pas pour cela qu'on meurt plus tôt. Pour les aveugles tardifs, l'essentiel est de leur éviter l'oisiveté. Mais en ce qui concerne leurs ressources, il n'y a pas d'autre solution que la pension.

Ah! J'étais naïf! Mais l'Association avait si bien résolu mon problème personnel et elle avait tellement absorbé ma vie que je croyais en elle pour résoudre le problème des autres. Mais j'oubliais qu'elle avait atteint un âge respectable – plusieurs décades –, qu'elle connaissait ce problème depuis toujours, et qu'elle l'aurait résolu depuis longtemps si elle l'avait voulu et l'avait pu.

Peu à peu je pris conscience de son inertie et je m'attachai à en rechercher les causes.

J'assistai à l'assemblée générale. On y présenta un rapport moral, petit chef-d'œuvre littéraire qui faisait l'éloge de la maison et de ses dirigeants. On s'y gardait bien de chercher des défauts. La salle était remplie de dames patronnesses. Les rares aveugles présents étaient tous des employés de l'Association. Tout le monde applaudissait sans sourciller rapport moral et rapport financier. Personne ne demanda à interpeller. Si le programme d'action ne fut pas adopté c'est pour la raison très simple qu'il n'y en avait pas. Je partis, profondément déçu par cette absence de vitalité.

Quelques jours plus tard, je dictais du courrier quand on entra dans mon bureau. Au bruit de la canne, j'avais reconnu un aveugle.

– Monsieur Lebreton?

– Qu'est-ce que c'est?

– C'est Lepetit, de l'atelier de brosserie.

J'avais rendu service à un aveugle du centre de rééducation, et celui-ci m'envoyait un aveugle à dépanner.

– Voilà, monsieur Lebreton. Je viens avec ma fiancée. On va se marier. On n'a pas de meubles.

L'Association recevait souvent des legs et les éléments de mobilier qui pouvaient être attribués aux aveugles étaient rassemblés dans un local. Sans chercher à en savoir davantage, je pris mes deux amoureux par le bras et les conduisis jusqu'au garde-meuble. Ils choisirent un vieux sommier, un buffet de cuisine, une table en bois blanc et deux chaises. Ils remercièrent de tout cœur. Vingt-quatre heures plus tard, la livraison achevée, je pensais l'affaire classée.

Hélas, qu'avais-je fait? C'était mal connaître les autorités! Comme un boulet de canon, M. Robin, l'un des principaux responsables, fit irruption dans mon bureau. Il était furieux.

– Monsieur Lebreton, monsieur Lebreton! Qu'est-ce que vous avez fait? Vous avez donné...

J'avais compris.

Le don des secours n'était pas dans mes attributions. Mon initiative, que je croyais heureuse, était intempestive. Elle avait semé la perturbation dans le programme de patronage. On me la reprochait.

– Vous ne vous rendez pas compte! hurlait M. Robin. C'est mon protégé.

Je n'avais pas compris! Ce n'était pas la perturbation qui le mettait en fureur. C'est que j'avais marché sur ses plates-bandes. Je dus me confondre en excuses, assurer que j'avais cru bien faire. De ma vie, je n'ai été aussi hypocrite.

Désespéré par cette mentalité de dame patronnesse qui atteignait jusqu'aux cadres actifs, je repris la discussion avec M. Toutain. Je piaffais, je rongeais mon frein, et il essayait de me calmer. S'il essaye de me modérer, pensais-je, c'est qu'il tient à ce que je reste. D'ailleurs, je ne résoudrais pas le problème en partant. Plus il y aurait de jeunes dans la maison, plus cela changerait.

– Vous êtes trop impulsif, mon cher. Il faut de la patience... Et puis, vous savez...

Je ne voulais plus l'entendre. Je l'interrompis.

– M. Toutain, je vais vous dire une chose. A l'École d'agriculture, avant la guerre, j'ai appris que si un arbre ne donnait plus de fruits, il ne fallait pas hésiter à y porter la hache. Ici aussi j'ai l'impression qu'il ne faudrait pas hésiter à faire tomber le bois mort.

Il partit d'un éclat de rire qui me redonna confiance. Mais je devais apprendre plus tard que ce n'était que tactique.

Tous ces incidents me rendaient de plus en plus dur. J'en oubliais que la charité est faite de patience agissante – aussi loin de l'immobilisme que de la bagarre.

IV

C'est à cette époque que je rencontrai Vérin.

C'est un aveugle de province, Rabaud, qui m'avait parlé de lui. Rabaud était ardent et généreux. Il m'avait dit : « Monsieur Lebreton, il faut faire du syndicalisme, de la revendication. » Je considérais Vérin comme un farfelu. Mme Rabaud avait écrit son adresse sur une carte que j'avais glissée dans une poche.

Un jour, Yvonne retrouva cette carte. J'étais libre ce jour-là. Je m'en fus voir Vérin.

Je circulais très librement à l'époque. Je m'étais laissé adapter à droite un bras artificiel au bout duquel s'agrafait une canne spéciale, articulée, que je pouvais, à volonté, plier pour m'asseoir dans l'autobus ou tenir raide dans le prolongement de mon bras pour suivre les bords des trottoirs, éviter les poubelles et contourner les becs de gaz. J'avais acquis ainsi une grande liberté dans mes déplacements. Dans ce Paris que je n'avais jamais vu, j'allais et venais sans hésiter, allant d'une adresse à l'autre, sollicitant parfois la bonne volonté d'un passant pour traverser une chaussée, lire un numéro de maison ou une plaque de rue.

– Il vend des billets de la loterie nationale place Clichy, m'avait dit Rabaud. Allez le voir à une heure creuse. Il pourra vous consacrer un moment.

Place Clichy, malgré le bruit des voitures, le brouhaha de la rue et les hurlements des juke-boxes, la voix du camelot me parvint : « Demandez les dixièmes de la chance. » J'allai jusqu'à lui et me fis remarquer en tapotant le trottoir du bout de ma canne, en un geste qui m'était devenu familier.

– Qui est là ? dit-il.

– C'est un copain de Rabaud. C'est lui qui m'a dit de venir te voir.

– Ah ! c'est toi, Lebreton ! Rabaud m'a parlé de toi.

Il replia son stand et, quelques instants plus tard, nous étions attablés dans un café voisin. Nous allions parler pendant plus de deux heures.

– Alors, comme ça, dit Vérin, tu travailles à l'Association pour la protection de nos aveugles ?

– Mais oui.

– Mon vieux, les aveugles ne sont pas faits pour occuper les loisirs des colonels en retraite ! Les infirmes doivent prendre leurs intérêts en main. A cette Association où tu travailles, le problème est faussé à la base. Du moment que tu demandes à un voyant de faire partie du conseil d'administration d'une association d'aveugles, tu doutes de la capacité de ceux-ci à se conduire seuls. Que les voyants apportent leur collaboration, on n'y voit pas d'inconvénients. C'est même nécessaire. Encore faut-il qu'ils le fassent avec assez de discrétion, qu'ils laissent aux intéressés le soin de décider eux-mêmes.

– Or, à l'Association, les statuts prévoient que la moitié du conseil et le président seront obligatoirement voyants. L'autre moitié peut être aveugle. Mais en cas de litige la voix du président est prépondérante. Ce qui donne aux voyants la majorité. Le cas ne se présente pas. Mais c'est un signe. En fait ils ne font pas confiance aux aveugles.

– Je ne te le fais pas dire.

– Chez nous, les votes ont lieu à main levée à l'assemblée générale. Les aveugles sont en minorité. Comment pourraient-ils faire valoir leurs droits ? Les employés aveugles ont demandé la constitution d'un comité d'entreprise.

– C'est un comble !

– L'assemblée générale devrait suffire à faire valoir leur point de vue. Or, on a même créé une section syndicale. Tout cela est déconcertant.

– Évidemment la collaboration de l'aveugle et du voyant est souhaitable. On ne réintroduira pas l'aveugle dans la société si on ne l'habitue pas, si on ne l'entraîne pas à vivre dans le monde des voyants.

– A l'Association, on ne veut pas entendre parler de ces centres où les aveugles sont maintenus ensemble en vase clos. Ce n'est pas une raison pour aller exactement à l'opposé.

Vérin m'expliqua son action.

– Je suis président de la Fédération des aveugles et invalides civils.

Il me dit qu'ils avaient réussi à faire déposer un projet de loi, soutenu par des meetings en province, par l'agitation dans tout le pays. Le texte avait été voté par le Parlement. Cette loi apporterait une amélioration sensible au sort des aveugles. Je l'en félicitai.

Il me parla de ses amis parlementaires, des dirigeants de la Fédération. Je le quittai avec une connaissance assez complète des services que sa Fédération pouvait rendre à la cause qui m'était chère.

Dans l'autobus, je réfléchis à cette conversation. Vérin ne m'inspirait pas beaucoup. Mais il analysait les problèmes politiques avec une certaine perspicacité. Et son action en était d'autant plus efficace. Ce qu'il m'avait dit de son programme me semblait conforme aux intérêts des aveugles et des invalides civils. Il palliait les lacunes de l'Association où je travaillais. C'était exactement ce que je cherchais. Il fallait juger en fonction de l'efficacité de Vérin et non de mes sympathies personnelles.

Le lendemain matin, au bureau, je trouvai le contraste criant. Vérin m'avait dit en me quittant :

– Viens samedi, si tu veux. Tu pourras assister au conseil. Nos séances sont publiques.

Je me rendis à nouveau place Clichy. La séance se tenait dans l'arrière-boutique d'un bistrot, où Vérin avait apporté un classeur qui contenait tous les dossiers de la Fédération. Cela n'allait pas loin.

– Où est le siège? demandai-je.

– Mais c'est ici.

Quelle misère, quelle pauvreté! Voilà qui me changeait de mon Association.

Quelques aveugles et autres infirmes étaient arrivés avant moi.

Vérin me présenta. Tout le monde prit place. Vérin fit adopter l'ordre du jour. La discussion commença. Certaines interventions étaient pertinentes et réalistes. Elles m'effrayaient bien un peu. D'autres étaient pauvres, dénuées d'efficacité. Mais toutes s'exprimaient dans un langage direct et dur, véritable reflet de la misère où ces gens vivaient.

Eux, au moins, avaient le droit de parler, pensais-je. Ils ont un certain respect d'eux-mêmes. En dépit de leur handicap, ils veulent être des hommes. Ils n'acceptent pas la tutelle. Les dirigeants de mon Association seraient incapables de comprendre ce message.

La pauvreté même de certaines interventions révélait les attaches profondes de cette Fédération avec les milieux authentiques des infirmes, pour qui l'Association à laquelle j'appartenais ne serait jamais d'aucun secours.

Quand cette Fédération aura pris de l'extension, elle attirera à elle des éléments neufs. D'autres viendront, qui auront une personnalité plus marquée. J'étais séduit par la rigueur des débats. C'est dans ce bistrot misérable que se préparait le monde de demain. On n'en était qu'aux fondations. Mais il fallait faire confiance à l'avenir.

Quelques jours plus tard, j'offrais ma démission au général de Saint-Queux.

Il en fut stupéfait.

– Mais non, Lebreton, réfléchissez. Nous avons besoin de vous. Vous êtes ici, je sais, peut-être un peu (il hésita) poulain fringant. Mais il faut de la jeunesse parmi nous. Et puis qu'allez-vous faire? Vous allez vous ennuyer.

– Je n'ai pas l'intention de rester inactif, monsieur le président. Je compte rejoindre la Fédération des aveugles et invalides civils.

– Comment? Qu'est-ce que vous dites?

– Que voulez-vous, monsieur le président? Devant la situation des aveugles, vous répondez toujours par des solutions qui ne s'adressent qu'à des cas d'exception, même si elles sont valables. L'Association reconnaît elle-même que la chaiserie, la brosserie sont des métiers périmés. Et vous continuez de les enseigner. Vous n'avez pas d'autre solution à proposer aux manuels. Votre réussite, c'est l'école de massage et la bibliothèque. Le massage intéresse peut-être mille aveugles et la bibliothèque trois mille. A peine dix pour cent du monde des aveugles. Et les autres, qu'en faites-vous? Ils crèvent de faim. La grande masse de vos adhérents ne trouvera d'autre solution que la pension. Vous m'avez dit vous-même que les charges gouvernementales ne permettaient pas l'augmentation du budget d'assistance. Je ne partage pas le point de vue de l'Association sur cette question.

– Mais enfin, me dit-il, vous n'allez pas me dire que c'est Vérin qui va régler la question?

– C'est pourtant lui qui a fait voter la récente loi sur la condition des aveugles et des invalides civils.

C'est ce que le général ne pouvait admettre.

– Allons, Lebreton, je ne puis comprendre que vous vous laissiez abuser de la sorte.

– Monsieur le président, je resterais à l'Association si celle-ci acceptait une réforme qui n'est pas importante mais dont je sais d'avance qu'elle sera refusée.

– Dites toujours.

– Que les votes aient lieu à bulletin secret à l'assemblée générale. Que tous les aveugles, quels qu'ils soient, puissent poser leur candidature au conseil.

– Où voulez-vous en venir avec ce vote à bulletin secret?

– Tout simplement éliminer du conseil des gens qui ne sont là que par habitude et peut-être parce que ça fait bien de l'inscrire sur leur carte de visite. Prenons le cas de M. Perrin, par exemple. Malgré le respect que j'ai pour lui, il faut bien dire qu'il est temps qu'il passe la main et cède la place à un élément jeune. Mais comment voulez-vous que je vote contre lui à main levée?

– Comment? M. Perrin, vous lui feriez cela? Vous ne vous rendez pas compte! Il a une fortune considérable et je suis sûr que l'Association est sa légataire universelle.

Ainsi, pour une question de gros sous, il fallait continuer les courbettes pendant que les aveugles crevaient de faim. C'en était trop.

– Monsieur le président, je considère cet entretien comme clos et je vous demande d'accepter ma démission.

Le général se leva.

– Voyons, Lebreton, réfléchissez encore.

Le soir même j'écrivis ma lettre de démission et l'envoyai. Mon action à la Fédération serait plus conforme à notre action à M.... Je retournai voir Vérin place Clichy.

– J'ai parlé de toi aux copains, dit-il. Tu devrais poser ta candidature au conseil à la prochaine assemblée générale.

– Si tu veux. Je suis venu me mettre à votre disposition. Je ferai ce que vous voudrez.

L'assemblée générale eut lieu dans une petite mairie de banlieue. Il y avait là deux ou trois cents aveugles et infirmes. « Ah ! c'est toi, Lebreton. » J'entendais qu'on avait déjà parlé de moi. Certains m'accueillaient spontanément, d'autres avec réserves. Mon passage à l'Association devait fatalement provoquer quelques réticences dans ce milieu. La plupart savaient quel paternalisme régnait à l'Association et qu'il fallait montrer patte blanche pour y entrer, abdiquer toute personnalité.

Au bureau, on réclama le silence. Le trésorier lut le rapport financier. Le budget était de deux cent cinquante mille francs de l'époque. On était loin des millions de l'Association ! La Fédération n'était pas riche. Mais ce dépouillement n'allait-il pas de pair avec l'âpreté que Vérin mettait à défendre son programme ? Il nous faisait sentir avec flamme combien il vivait son action. Il faisait corps avec elle. Ses camarades infirmes, qui remplissaient la salle, l'applaudissaient dans un profond échange d'amitié. A l'issue de la réunion, j'étais membre du conseil et j'étais gonflé d'espoir.

Robert Féron était venu passer quelques mois chez les Pères, en attendant son ordination. C'était un jeune gars sympathique et ardent qui nageait dans la pauvreté comme un poisson dans l'eau.

Il vint dîner un soir chez nous. A peine à table, il attaqua :

– Tu as lu l'article du Père Rochet dans T.C. ?

– Non.

– Je vous le lis, si vous voulez.

Pendant qu'Yvonne servait, il commença sa lecture. « *Le Pauvre, ce sacrement de Dieu.* Ce dernier dimanche autour de la Fête-Dieu, combien de chrétiens se sont approchés avec dévotion de l'eucharistie, mais ont détourné la tête et se sont écartés du pauvre en haillons? (« Il sent mauvais... Sait-on jamais!... ») Après avoir murmuré devant l'hostie : « Mon Seigneur et mon Dieu », ils se rassurent en se détournant de la Face défigurée du pauvre en sa passion, en disant : « Je ne connais pas cet homme. » Dans certaines régions moins déchristianisées, certaines maisons ont pavoisé à l'occasion du passage du Saint Sacrement dans les rues. Mais combien de portes restent fermées à l'indigent! Combien de ces habitations sont insuffisamment occupées! Les chrétiens, rassemblés au soleil de juin devant un reposoir resplendissant de fleurs et d'oriflammes, savent-ils qu'en ces lieux sordides que sont certains hôtels meublés, les taudis, Dieu se cache aussi sous la personne réelle de la pauvreté. Là aussi c'est Jésus-Christ : le pauvre sous les espèces du clochard, de la prostituée, du « D.P. », du bagnard, du sans-argent, du sans-logis, du sans-amour. Nous qui communions au corps du Christ, savons-nous communier au pauvre du Christ? Le pauvre, ce sacrement de Dieu? »

Méditant sur ce que je venais d'entendre, je laissai Féron continuer sa lecture. De temps en temps, me parvenaient des phrases : « Bien avant de rendre un culte public au Saint Sacrement, l'Église des Apôtres eut le culte des pauvres. » Et plus loin : « Nous entendons distinguer ici le pauvre du prolétaire; celui qui a pris conscience d'une oppression et qui prend la révolte par besoin de justice est un prolétaire. Contre l'injustice, l'Église n'aura jamais fini de crier au scandale et de prendre la défense des opprimés. » Voilà qui me rassurait sur mon engagement. « Celui qui est pauvre peut voisiner avec le prolétaire. Il est la victime type d'une vie économique qui dégrade l'homme et engendre des esclaves. Pour vivre, il se prostitue à qui le veut, pour le bénéfice d'un parti ou d'un philanthrope. »

– Diable, si mes dames patronnesses entendaient cela!

– Pourquoi? dit Féron en levant la tête. Tu n'es pas d'accord?

– Oh que si!

Il reprit sa lecture.

– « Or l'Église, en même temps qu'elle stigmatise comme une honte intolérable la déchéance de ses parias, en même temps qu'elle éveille le chrétien à sa mission dans la cité, rappelle les capacités spirituelles du pauvre et les béatitudes évangéliques de l'esprit de pauvreté. Elle rend aux pauvres leur vrai visage et, maudissant le mal qui est source de pauvreté, rappelle à tous les valeurs dont le pauvre est parmi eux l'émouvant symbole et le sacrement efficace. Dans l'Église, les pauvres sont des témoins, témoins de la patience de Dieu, telle que la Bible l'a révélée au long de l'histoire judéo-chrétienne, témoin de l'espérance de Dieu en leur insécurité quotidienne, qui la prédispose à cette terre promise et nous rappelle à notre mission de sauveurs, témoins à charge de la conscience chrétienne qu'ils accusent sans mot dire; ils sont l'aiguillon de la chrétienté. »

– Ah, c'est bien ça, dit Yvonne.

Féron marqua une pose et reprit sa lecture. « Ils démasquent nos idoles de chrétiens, cette tentation perpétuelle de pactiser avec l'argent-roi, la situation-avant-tout, trop de bien-être. » Puis, plus loin, cette phrase terriblement accusatrice : « Leur résignation muette et attristée prouve que nous avons tué en eux la dignité humaine. » Et encore ce passage : « Communier avec le Christ sous les traits du pauvre et donner comme on partage, fraternellement, avec la conscience de restituer ce qui n'était pas pour nous seuls. (On ne se vante pas de restituer.) Nous n'aurons jamais fini de partager le pain de notre table tant que le pauvre, dans des conditions de vie plus humaines, ne pourra un jour, sans qu'il ait été question de prosélytisme, partager le pain eucharistique du Christ. Comme l'hostie, le pauvre se tait. Il n'en est que plus aisé à profaner. Et il est mille manières de profaner cette communion-là. Parler du pauvre en appuyant trop, s'approcher avec trop d'aisance, de condescendance, avoir trop l'air d'être avec lui, le regarder avec insistance, trop vouloir se faire comprendre, aller au pauvre avec tout un tas de sentiments pour parler de soi sans pudeur et de la misère des temps avec indifférence. Autant de profanations dont la plus insupportable serait d'utiliser la misère pour la religion comme d'autres l'utilisent pour la politique. Ah ! cette terrible tentation du paternalisme ! Quand, en leur présence, on est un peu désespéré et gauche, quand on souffre en silence, mal à l'aise et lourd d'un amour inexprimé, ce peut être l'instant de la communion, l'heure de grâce. Cette communion porte en elle son mystère. On ne peut alors comprendre le pauvre, mais on peut contempler douloureusement, comme Jean au pied de la croix. Seule la foi peut suivre jusque-là le pauvre, seul le pauvre purifie à ce point la foi : jusqu'à nous révéler notre essentielle pauvreté faite de lâcheté, d'injustices consenties. Dans ce banquet des pauvres, nous ne serons jamais que des invités. Et cependant, par-delà cette contemplation, nous communions à tous ceux, croyants ou incroyants, pareillement sommés de s'engager à la libération humaine des pauvres de ce monde. Sans celui-là, décisif et acharné, tout autre engagement, qu'il soit politique ou religieux, mérite la définition du Larousse au mot engagement : « Combat de courte durée et de peu d'importance ». Certes, il est encore trop vrai que la désaffection du pauvre pour l'Église reste à la conscience chrétienne comme une morsure en pleine chair du Christ. Alors que le jeune homme riche de l'Évangile s'est éloigné du Christ parce qu'il était trop riche pour être chrétien, aujourd'hui, beaucoup s'éloignent de l'Église à cause d'une excessive pauvreté. Ce n'est pas pour nous, disent-ils. »

– Eh oui, fit remarquer Féron en interrompant sa lecture, quand ce n'est pas le bedeau qui met les clochards à la porte de l'église sous prétexte qu'ils sont venus pour se chauffer ou pour dormir.

Il reprit le journal.

« Pourtant un goût de pauvreté, un sens réaliste de l'esprit de pauvreté se fait jour un peu partout dans l'Église. » Il s'interrompit un instant.

– Oui, alors là, ajouta-t-il en parcourant l'article, le Père Rochet ne cite que quelques exemples de renouveau dans l'Église qui montrent qu'il n'y a pas lieu de désespérer.

– En tout cas, dis-je, il est riche d'enseignement.

C'est alors qu'Yvonne, telle la Marthe de l'Évangile, nous rappela à la réalité présente.

– Je crois, mon cher Robert, que tu ferais bien de manger ta soupe avant qu'elle ne soit complètement froide.

Robert repoussa son journal et prit sa cuillère. Nous restâmes quelques moments en silence. Puis j'entendis à nouveau Robert qui froissait son journal.

– Écoute ça, me dit-il. « Je ne me considérerai pas chrétienne, disait cette femme, tant que je ne me sentirai pas capable de donner ma jaquette neuve à la place de celle usagée. » Et cette question que se posent les gens, commenta Robert : Dans quelle mesure avons-nous le droit d'augmenter nos ressources au détriment d'autres, comment concilier esprit de pauvreté et éducation des enfants?

– Ah çà, s'exclama Yvonne, c'est une question difficile à trancher.

– Et celle-ci encore, ajouta Féron : Faut-il risquer le bien commun du foyer pour un témoignage d'Église?

– Celle-là est moins bonne, dis-je. C'est évident qu'il faut le risquer. C'est une question de foi. Je crois que l'essentiel là-dedans c'est de se sentir toujours tiré en avant, toujours insatisfait de ce que l'on a fait, toujours à la recherche d'un nouveau pas à franchir.

– Eh bien sûr, dit Robert, le mouvement... Mais écoute ce qu'il dit sur les curés et les religieux. « Comme emportés par ce souffle, des religieux retrouvent leurs propres vœux de religion tout en se posant plus d'une question. Parlant des presbytères spacieux, des abbayes aux dehors somptueux, un religieux écrit dans une docte revue : « J'ai l'impression que la pauvreté de l'Église a perdu sa valeur de témoignage, soit qu'il n'est plus donné là où il était nécessaire, soit aussi qu'il est donné sous des formes que le peuple ne comprend plus. Je constate simplement que le peuple ne comprend pas une pauvreté de ce genre-là, et que nous sommes tous un objet de scandale. Dans notre monde déchristianisé, le religieux mendiant fait de plus en plus figure de fainéant. Mais aujourd'hui le pauvre c'est celui qui travaille au jour le jour, à la merci du chômage et de la maladie. »

– Exactement, dis-je : la vraie pauvreté c'est l'insécurité.

Féron reprit :

« Et nous comprenons très bien que des religieux tels les petits frères de Foucauld se fassent ouvriers et donnent à la pauvreté un visage nouveau, lui rendent toute sa valeur de témoignage évangélique, un témoignage compris du peuple laborieux. » Et quand une communauté chrétienne, née du prolétariat, témoigne, avec ses prêtres et laïcs, d'une pauvreté évangélique, elle peut mériter ce témoignage d'un militant ouvrier : « Ici, ce sont les chrétiens qui sont pauvres parmi les pauvres. L'Église est pauvre pour les pauvres. » Et n'est-ce pas dans l'esprit de cette pauvreté que les pèlerins de la Semaine sainte aiment à achever leur pèlerinage à Assise comme si, avec eux, c'était toute la chrétienté d'aujourd'hui qui pèlerinait avec eux à la rencontre du pauvre dans une Église restituée à ses dimensions? »

Quand Féron eut terminé sa lecture, nous restâmes longtemps en silence, craignant de troubler par une réflexion inutile la méditation où nous étions plongés tous les trois.

Sans mot dire, Yvonne se leva et alla chercher sur un rayonnage les Évangiles. Elle posa le livre sur la toile cirée et elle lut. Elle lut l'évangile du jeune homme riche, puis les béatitudes.

Et ce fut le silence, lourd de méditation et de prière.

Nous achevâmes ainsi notre repas.

Je me risquai enfin :

– Tu vois, Robert, tu serais prêtre, tu prendrais du pain là, sur la table, et tu consacrerais; ne crois-tu pas que la messe serait là tout entière? Car enfin, tu nous as lu l'épître, Yvonne l'Évangile. L'Offertoire?... Mais ne l'avons-nous pas vécu ensemble? Que nous manque-t-il maintenant pour reconstituer intégralement la Cène?

V

J'eus tôt fait de comprendre que les problèmes qui allaient se poser à moi, dans mon travail à la Fédération, seraient très divers. Je commençai par compléter ma connaissance de la législation d'assistance. Chaque jour, je passais quelques heures au siège, où je m'occupais, avec Vérin, du courrier social. Je répondais, en compulsant ma documentation, aux infirmes qui demandaient des renseignements sur leurs droits. La fédération comptait près de quinze cents adhérents. Pour accroître son autorité auprès des pouvoirs publics, il fallait intensifier le recrutement. Les conditions de travail, dans cette arrière-salle de bistrot bruyante, étaient très pénibles. Nous devions trouver un local plus spacieux. Vérin tenta quelques démarches dont il revenait invariablement déçu : ce qu'on lui offrait dépassait nos possibilités financières. Un jour, cependant, il rentra triomphant. L'appui d'un ami politique lui avait valu la libre disposition de deux pièces dans un immeuble administratif. Notre coefficient d'expansion en , fut considérablement accru.

A la fin de l'année, la Fédération comptait six mille adhérents. Ce résultat était dû à de nombreuses réunions en province. L'augmentation de l'effectif avait quadruplé le courrier social. La dactylo n'y suffisait plus. Pour accroître le personnel, il fallait augmenter nos recettes. On s'y attela comme au reste et, en un an, le budget de l'Association avait suivi la même courbe ascendante. Disposant de tout mon temps, j'étais de toutes les démarches. Ces nombreux contacts m'apportèrent une riche expérience humaine. J'étais souvent bouleversé par les témoignages de reconnaissance de nos adhérents, marqués par la simplicité et la vérité. Nous avions besoin de ces lettres, car nous ne rencontrions pas toujours la compréhension et l'amitié.

C'est ainsi que je fus reçu très sèchement par le secrétaire de l'Association des aveugles militaires.

– Vous cherchiez de l'activité. Vous auriez pu nous le dire. On vous en aurait trouvé. Je ne vois vraiment pas ce que vous êtes allé faire chez les aveugles civils.

Connaissait-il vraiment le sort de ces malheureux?

Ailleurs, un haut fonctionnaire, spécialement chargé des aveugles et des grands infirmes civils me dit :

– Vous n'allez tout de même pas comparer les aveugles de guerre aux aveugles civils. Les aveugles civils sont presque tous des tarés.

Dans la bouche d'un profane, pareil propos eût été déjà choquant, mais qu'un haut fonctionnaire, spécialiste de la question, pût avoir une idée aussi fausse du problème me hérissait. Il révélait l'incompréhension de cet homme envers ceux-là mêmes qu'il était chargé d'administrer. Je devais apprendre qu'un haut fonctionnaire, s'il a de l'ambition, doit éviter d'avoir une opinion personnelle mais doit se laisser porter par la vague et suivre le public. Mais la justice là-dedans? Mes illusions s'en allaient en lambeaux. Vérin, dont le réalisme ne s'effarouchait pas de telles révélations, se gaussait amicalement de ma naïveté.

– Mais mon vieux, me disait-il, quand comprendras-tu que seule la force compte?

Avait-il raison?

Yvonne découvrit un jour dans notre boîte aux lettres un tract du mouvement de la paix invitant à une réunion qui allait se tenir sur le quartier. Cette organisation comptait beaucoup de communistes. C'était un terrain de rencontre où nous pourrions dialoguer avec eux. Et ce dialogue était de plus en plus indispensable.

Les Pères et les laïcs chrétiens de leur entourage avaient acquis un certain prestige, une certaine autorité dans le quartier grâce à des initiatives comme l'association pour la construction des baraques et, plus récemment, la constitution d'une coopérative de castors, un travail communautaire, réaliste et durable. Cette autorité n'allait pas sans conséquences politiques. On ne cherchait pas du tout à déboucher sur ce terrain. Le Père Robert en avait déjà donné une preuve lors de l'affaire de son élection manquée à l'Électrolux. Mais nous découvrions tous, chez les gens qui nous entouraient, le réflexe de la foule de l'Évangile qui, après la multiplication des pains, voulait s'emparer de Jésus pour le faire roi : ce réflexe d'une foule dans l'attente d'un " messianisme " temporel. « Mon royaume n'est pas de ce monde », comment faire admettre cette parole inouïe?

C'est à cette époque qu'Yvonne me lut *Les Frères Karamazov* de Dostoïevsky. Comme le poème en prose *Le Grand Inquisiteur*, inséré dans le roman, correspondait à ma propre expérience! Les communistes, très sensibilisés sur la politique, ne voyant dans l'Église que le fief de la réaction, s'inquiétaient des conséquences politiques de l'apostolat des Pères. Nous le considérions comme un inconvénient. Ils croyaient que c'était pour nous un objectif. Pour conserver le crédit qu'ils avaient dans le secteur avant l'arrivée des Pères (à cette époque, les communistes étaient largement majoritaires aux élections), ils multiplièrent leurs efforts, ils relancèrent le syndicat de quartier, ils multiplièrent les réunions politiques. Dialoguer? Ils ne demandaient que cela mais sur leur propre terrain, et nous pensions : Si la montagne ne va pas à toi, il faut aller à la montagne.

Le mouvement de la paix nous en offrait l'occasion. Dans la salle je retrouvai mon frère et Robert Féron. Plusieurs orateurs se succédèrent. Je remarquai particulièrement le discours du porte-parole communiste. Il parla du Guatemala où le gouvernement conservateur et réactionnaire avait été renversé par un gouvernement progressiste. Immédiatement, celui-ci avait nationalisé cent quinze mille hectares de terres appartenant à la *National Food Company*. Cette terre très riche était restée en friche. Elle avait été répartie entre des paysans pauvres. Six mois plus tard, des mercenaires venus de l'étranger atteignirent la capitale et renversèrent le gouvernement.

Ces événements ne m'étaient pas étrangers. J'en avais suivi le déroulement à la radio. Je n'y avais rien vu d'autre que des révolutions et contre-révolutions locales : politique du « Ôte-toi de là que je m'y mette ! ». Mais ce que j'ignorais et que l'orateur m'apprit, c'est que la victoire de la contre-révolution avait permis de dénationaliser les hectares de terres, pour les restituer à la *Food Company*. Il n'était pas difficile de deviner qui avait financé l'opération militaire. La *Food Company* ne pouvait tolérer que cent quinze mille hectares de terres fussent mis en exploitation : les cours auraient baissé, et par conséquent ses profits. L'orateur termina en reprenant la phrase de Jaurès : « Le capitalisme porte en lui la guerre comme la nuée porte l'orage. » Il entreprit de conter d'autres faits. Mais je ne l'écoutais plus. Cette phrase de Vérin me revenait à l'esprit : « Quand comprendras-tu que seule la force compte? » Vraiment, aurait-il raison?

– Bien sûr que j'ai raison, me dit-il un jour. Seul un gouvernement du peuple par le peuple peut nous donner définitivement satisfaction. La conclusion du conflit qui nous oppose au gouvernement réactionnaire et bourgeois dépend exclusivement du rapport des forces. Il n'est pas d'action syndicale qui ne débouche nécessairement sur le plan politique.

C'était l'époque où le gouvernement voulait faire adopter par le parlement son projet de communauté européenne de défense. Les pour et les contre multipliaient leurs meetings. La controverse était aiguë.

Un soir Vérin m'entraîna à une réunion où un député socialiste devait expliquer sa prise de position contre la C.E.D. Devant un auditoire de près de trois cents personnes, dans une salle de bal, le député parla.

Je ne retins pas grand-chose de son exposé. Mais un des interpellateurs (« C'est Berthier, m'avait dit Vérin, un gars de la S.F.I.O. ») reprocha au député socialiste d'avoir rallié, par sa position, celle des communistes qui, selon lui, étaient tous des salopards bons à passer à la mitraillette. J'étais stupéfait. Le vieux slogan d'avant-guerre « Plutôt Hitler que le front populaire » était toujours d'actualité. Et cette fois il était repris par un homme de la S.F.I.O. C'était grave. Comment un parti prétendument de gauche pouvait-il avoir plus de crainte devant une soi-disant politique d'agression de l'U.R.S.S. que devant la renaissance du militarisme allemand? Comment des hommes qui se prétendaient de gauche pouvaient-ils avoir une telle attitude à l'égard des communistes?

Après la réunion, dans un café où nous prenions un bock, je posai la question à Vérin. Il me fit une réponse évasive, évitant de se compromettre. Pratiquement je restais sur ma faim.

Quelques semaines plus tard, Santerre, membre du conseil de la Fédération, fit une réflexion que je saisis au vol : « En Russie, c'est le régime policier. » C'était donc cela : Santerre et Vérin étaient de la S.F.I.O. Son hostilité, quand il parlait des communistes, montrait combien il partageait l'avis de Berthier.

Aveugle, je ne lisais pas les journaux. Seule la radio gouvernementale m'informait des événements. Discussions et réunions m'étaient d'autant plus nécessaires. Si les meetings parlaient de paix, de guerre et de désarmement, les discussions, elles, abordaient tous les sujets.

A l'issue d'une réunion de quartier du Mouvement de la paix, je reconnus, dans le public qui se dispersait, la voix du contremaître de l'Électrolux, que le Père Robert avait entraîné en lui disant : il est toujours bon de s'informer. Quand je passai devant lui, il discutait avec un communiste du projet gouvernemental de réforme du marché de la viande.

– Mais enfin, si cette réforme a pour effet de faire baisser les prix, disait-il, je ne vois pas pourquoi vous êtes contre.

– Justement, toute la question est là.

– Comment? Mais si on industrialise le travail des abattoirs, le prix de revient doit baisser.

– Sans doute, mais cela ne veut pas dire que le prix de détail baissera pour autant. Il s'agit d'une entreprise capitaliste. Vous ne pensez tout de même pas que ces messieurs font cette réforme histoire de vous vendre le beefsteak moins cher. Leur objectif est avant tout de faire du profit, sans quoi ils seraient mangés par leurs concurrents. Et cette réforme aboutira fatalement à la disparition des artisans bouchers qui seront remplacés par un vaste magasin de la viande à succursales multiples.

– Qu'en savez-vous?

– Ce que j'en sais? Mais c'est tout simplement l'histoire économique qui me l'enseigne. La concentration capitaliste est une nécessité pour le régime capitaliste.

– Conclusion un peu hâtive peut-être. Vous n'apportez pas la preuve que le gouvernement n'est pas de bonne foi.

– La preuve? Mais si, et tout de suite. Si le gouvernement veut vraiment faire baisser les prix, qu'il mette ce marché en régie. Il démontrera qu'il ne travaille pas pour le capital.

– C'est ça! Nationaliser! Vous n'avez que cette solution.

– Qu'est-ce que vous avez contre?

– Mais le danger du bureaucratisme.

– Ta, ta, ta. Renault a été nationalisé. Ce n'est pas ça qui a gêné la régie pour sortir sa 4 CV et vous voyez son succès.

La réplique du communiste me parut pertinente. Ainsi, pas à pas, d'observations en réflexions, j'étais convaincu que pour améliorer le sort des infirmes il fallait entreprendre une action syndicale. Jamais le sort du peuple n'avait été amélioré par une initiative venue d'en haut; les faits le démontrent. De la réduction de la durée du travail jusqu'à la Sécurité sociale, rien ne fut proposé par la bourgeoisie en place, tout fut arraché par l'action du peuple. Une action syndicale resterait inopérante si elle n'était jumelée à une action politique, laquelle devrait, obligatoirement, être inspirée par le peuple. L'histoire nous montre de rares bourgeois généreux; ils ont tous fini par s'enfermer dans l'alternative : ou le paternalisme, ou le rejet de la bourgeoisie. Pour améliorer le sort du monde ouvrier, il fallait arriver au gouvernement du peuple par le peuple.

Ce que je savais de la S.F.I.O. ne m'incitait guère à lui accorder ma confiance. Par contre, les analyses politiques que j'avais entendues chez les communistes m'avaient séduit. Leur examen objectif des faits, les conclusions limpides qu'ils en tiraient, m'amenaient à penser qu'ils étaient les seuls à pouvoir résoudre les problèmes qui me préoccupaient. Évidemment, il y avait leur attitude à l'égard de l'Église : la religion, opium du peuple. Mais cette attitude ne répondait-elle pas à celle du haut clergé à l'égard du monde ouvrier? L'Église n'avait-elle pas lié son sort à celui de la bourgeoisie? Je venais de faire, à cet égard, une constatation pénible.

Le clergé du diocèse de Paris avait offert à son archevêque qui venait d'être fait cardinal une Delahaye grand luxe. Le cardinal vint administrer la confirmation dans une paroisse proche. André fut invité au presbytère. Quand il revint, je lui demandai :

– Le cardinal est-il venu en Delahaye ou en Simca?

– En Simca, me dit André.

– Dans ce cas, c'est un hypocrite. S'il était venu en Delahaye, il aurait été inconscient. J'aurais quand même préféré cela.

André bondit :

– Mon vieux, ce n'est pas le tout de penser cela, il faut aller le lui dire! Dans son milieu habituel, qui osera le lui dire?

Je restais sceptique quant à l'efficacité d'une telle démarche.

Naguère mon frère m'avait raconté que sur le conseil d'un prêtre voisin, il avait rendu visite à un de ses paroissiens, membre du P.C. « Une rencontre extraordinaire », m'avait dit André.

Il habitait une espèce de sous-sol humide et mal aéré. La porte d'entrée ouvrait directement sur la cuisine. Le Père était arrivé vers cinq heures. La femme qui lui ouvrit ravaudait du linge. Après quelques paroles, elle appela dans le jardin : Jean, c'est pour toi. L'homme descendit pesamment l'escalier. Il était petit, trapu, avec un visage volontaire. Il donnait l'impression d'un lutteur.

– On m'a dit que vous étiez chrétien, dit André, et que d'autre part vous étiez membre du parti communiste.

Le visage de l'homme resta impassible.

– Pour ma part, reprit André, je suis prêtre, oui, je suis prêtre-ouvrier et je travaille en usine.

Cette fois le visage de l'homme se fit interrogatif. Le Père lui expliqua, comme à Spartacus, les raisons de son sacerdoce et de son travail.

« Ah! me dit André, tu aurais dû voir le visage du gars se transformer à mesure que je parlais. Il s'était détendu. » Deux grosses larmes roulèrent sur son visage d'ouvrier buriné par la souffrance et le travail. Sa femme aussi écoutait avec une joie mêlée d'anxiété. Son regard allait de son mari au Père, du Père à son mari. Tous deux semblaient dire : Est-ce vrai, ce que nous entendons? Le mari explosa soudain :

– Marie, dit-il, tu vas sortir ta plus belle nappe, tes meilleures bouteilles, celles que tu gardes pour les grandes occasions, et tu vas nous faire un bon dîner. Le Père va rester avec nous ce soir. C'est jour de fête aujourd'hui.

« Ah, mon vieux, cette soirée ! Comme il avait besoin de parler de ses problèmes politiques et syndicaux avec un prêtre capable de les comprendre et de les partager ! Ce n'était pas un tiède, celui-là. Ce gars qui suivait régulièrement les réunions de cellule du parti allait une fois par mois passer la nuit en prière au Sacré-Cœur. »

Cette histoire m'avait paru incroyable à l'époque. Mais après deux ans et demi de séjour à M...., un grand changement s'était opéré en moi. Et je me décidai à adhérer au parti communiste.

Un soir j'allai voir le conseiller municipal du quartier. Il fut stupéfait de ma décision.

– Oui, dis-je, je suis chrétien. Et si le parti ne m'oblige pas à renoncer à ma foi, je suis prêt à adhérer.

– Je ne pense pas que cela pose de problèmes. Il y en a d'autres, au parti, qui sont chrétiens. Pourtant, c'est un cas spécial. Je consulterai la section et je te donnerai la réponse.

Quelques jours plus tard, il m'apportait ma carte. Quand Yvonne apprit la nouvelle, elle en fut profondément contrariée. Elle aussi avait évolué, mais moi, mêlé à l'action, j'étais parti en flèche sans bien m'en rendre compte. Je passai outre, espérant qu'elle comprendrait avec le temps. André non plus n'était pas chaud. « Tu me fais l'effet de quelqu'un qui adhère au parti comme on se jette à l'eau », me dit-il. Je cherchai des arguments pour le convaincre et n'en trouvai pas. Après tout, les problèmes politiques n'étaient pas de sa compétence. A la Fédération, Vérin n'apprécia guère non plus la nouvelle. Son appartenance à la S.F.I.O. en était la raison. Cette affaire devait d'ailleurs détériorer nos relations par la suite.

Au parti, je fus déçu par les premières réunions de cellule. Mais progressivement, la valeur politique des discussions s'améliora et mon adhésion, de formelle, devint totale.

Par tempérament et par éducation, j'étais plus intéressé par les rapports humains entre les divers membres du parti que par la valeur politique de la discussion.

A la première conférence de section, j'assistai à un débat sur le comportement politique d'un camarade. Les orateurs qui se succédèrent l'accusèrent violemment et même surenchérirent les uns après les autres. Cela devenait de l'acharnement. Un camarade prit la parole pour défendre le militant mis en cause.

– C'est le devoir de tout communiste, camarades, de formuler une critique à l'égard d'un membre du parti quand on croit qu'il se trompe. Mais n'oublions jamais que notre critique doit permettre au militant de redresser sa position et d'améliorer son action, qu'elle ne doit jamais le démolir.

Je pensais à ce lieu commun répandu chez les chrétiens et qui veut que les communistes prêchent la haine. Cette intervention serait de nature à faire réfléchir plus d'un chrétien sur la question.

Un autre incident me frappa. C'était à une réunion de cellule. Henri était en cause. C'était un camarade impulsif et colérique, mais d'une générosité totale. Il s'était montré provocant envers un flic, compromettant le parti dans une banale histoire de circulation. La réunion avait débuté dans une atmosphère assez lourde. Henri pressentait les reproches et ricanait méchamment. Quand on arriva à son affaire, le secrétaire exposa calmement les faits. Mais Henri réagit violemment :

– Vous êtes tous des cons. Et les flics sont des salauds, c'est moi qui vous le dis.

Le secrétaire ne se départit pas de son calme.

– Assieds-toi, Henri, et reprenons la discussion. Ta sincérité de militant communiste n'est pas en cause, mais le bien du parti. Le meilleur d'entre nous peut commettre des erreurs.

Henri se rassit. Le secrétaire continua de parler. Henri se trémoussait sur sa chaise, vingt fois il se cabra, vingt fois on le reprit. Les arguments tombaient fermes et patients. Enfin, calmé, il se leva et, comme pour donner plus de poids à ce qu'il allait dire, il sortit son portefeuille et en retira sa carte de membre qu'il posa sur la table devant le secrétaire. Il pleurait. D'une voix sourde, il murmura :

– Vous avez raison, les copains, je vous rends ma carte. Vous me la rendrez quand vous m'en jugerez digne.

Critique et autocritique, que de valeurs humaines dans cette petite heure de discussion. Ici les communistes avaient réinventé la confession. Sans rien de factice et de conventionnel. Tout était naturellement vrai.

Au cours d'une autre réunion, je fus profondément choqué par cette phrase d'un leader communiste : « Nous, communistes, nous cultivons en nous la haine sacrée du monde bourgeois. »

J'eus bientôt l'occasion de constater que je n'avais rien compris à son propos.

Quelques semaines plus tard, à la conférence de section qui réunissait près de deux cents militants, un industriel du secteur, qui venait d'adhérer au parti, exposa sa situation. Il possédait une petite usine où travaillaient cent cinquante ouvriers. En militant avec le parti pour la nationalisation de tous les moyens de production, il pensait travailler, en définitive, à sa propre libération. La réaction des camarades fut enthousiaste. Et c'est en rapprochant ce fait de la phrase qui m'avait choqué que je compris. La haine sacrée marquait l'hostilité du parti à l'égard d'une attitude, du conformisme bourgeois, d'une conception de classe, non à l'égard d'un homme ou d'un autre.

La loi du 2 août 1949, que Vérin avait fait voter, donnait aux infirmes une majoration plus importante pour tierce personne, en l'indexant à celle des invalides de la Sécurité sociale. Ses conséquences budgétaires inquiétèrent le gouvernement. Celui-ci, pendant le ministère Mendès-France, décida de demander son abolition au Parlement.

A la Fédération, nous n'étions pas de cet avis. On décida d'une réunion, on retint une salle proche du Palais-Bourbon et on soigna particulièrement la convocation. Le texte était comme un ordre de mobilisation. Le jour où le Parlement aborda la discussion du budget de la Santé publique, plus d'un millier d'infirmes se pressaient dans la salle trop petite pour contenir tout le monde.

En m'y rendant, je reconnus le bruit caractéristique d'une canne d'aveugle sur le trottoir et j'interpellai au hasard.

– Vous allez au meeting?

– Oui, me répondit l'homme sur un ton bourru. Je ne connais

pas ces gars-là. Mais j'ai reçu une convocation, alors je viens voir. Ils vont probablement nous dire les mêmes conneries que les autres : les aveugles au boulot et les valides à l'allocation chômage. De toute façon il faut toujours s'informer.

Certains organismes pour infirmes sont très partisans du reclassement professionnel, croyant que c'est le seul problème. J'en avais fait l'expérience à l'Association. J'étais, moi aussi, très partisan du reclassement. Mais le tort de ces organismes est précisément de mettre l'accent sur le reclassement. Car quatre-vingt-dix pour cent des aveugles ne sont pas reclassables et le problème est infiniment complexe. La boutade de ce gars en donnait une ironique image.

La salle était déjà comble quand j'arrivai. Je retrouvai Vérin et Vauthier à la tribune. Ils étaient stupéfaits du succès. Dans un discours enflammé, exaltant, Vérin fut particulièrement éloquent et galvanisa les manifestants. Pendant qu'il parlait, des centaines de béquilles et de cannes blanches se levaient par intervalles au-dessus de la foule dans un mouvement d'enthousiasme. Les réflexions qu'on pouvait entendre autour de soi exprimaient la fierté de ces hommes, enfin pareils, dans leur action revendicative, à leurs camarades valides.

Devant ce succès, Vérin décida de ne pas en rester là et annonça qu'on allait manifester dans la rue. Une formidable acclamation accueillit sa décision.

La foule des infirmes roula sur la chaussée, coupant la circulation. La police semblait prise de court. Elle n'avait pas prévu une telle affluence. Les rues voisines commençaient à s'embouteiller lorsqu'on entendit le hurlement des klaxons de police. Quand le défilé atteignit le boulevard Saint-Germain, il se heurta à un cordon de police. Les voiturettes d'infirmes, placées en tête de la colonne, continuaient d'avancer dans les jambes des C.R.S. et le barrage céda, livrant passage aux manifestants qui prirent pied sur le boulevard.

C'est au moment où il allait atteindre la place du Palais-Bourbon que se produisit l'incident. Un nouveau barrage de C.R.S. défendait l'accès. Cette fois, ils avaient leurs matraques à la main, moins sans doute pour s'en servir que pour intimider. Comme au précédent carrefour, les infirmes en voiturettes, fermes, résolus, s'avancèrent jusqu'au cordon. C'est alors que la matraque d'un agent s'abattit sur la tête d'un aveugle. Il y eut un sursaut de frayeur et un murmure de stupéfaction dans le public. Un député retardataire passait précisément. Il vit la scène. Il intervint aussitôt à la séance avec flamme. Il souleva l'assemblée et contraignit le gouvernement à retirer son projet.

L'action syndicale et politique occupait désormais toute ma vie, reléguant les préoccupations religieuses au second plan. Le soir Yvonne savait qu'elle pouvait m'attendre entre sept heures et minuit : cela dépendait du programme de la journée. Une certaine froideur marquait nos rapports. Elle s'époumonait, essayant de me suivre dans mon évolution. Mais j'allais de plus en plus vite. Plutôt que d'estimer sa bonne volonté, son désir d'adaptation à une vie qu'elle n'avait pas préparée et les charges ménagères qui la tiraient en arrière, je m'agaçais de son apparente indifférence devant mes problèmes politiques. De son côté, elle s'inquiétait de la distance qui s'établissait entre nous.

Je n'étais pas le seul, parmi les chrétiens de l'équipe des Pères, à suivre ce chemin idéologique. Soisson et sa femme, parmi d'autres, avaient eux aussi adhéré au parti communiste. Et les Pères étaient inquiets. De leur côté non plus tout n'allait pas pour le mieux. Le Père Robert avait dû retourner au couvent à cause de sa santé. Le Père Charles, impassible, continuait sa route. Par contre, mon frère se durcissait dans l'action.

En haut lieu, l'affaire des prêtres-ouvriers évoluait mal. Ils avaient des détracteurs jusqu'au sein de l'Église. Les erreurs et les excès de quelques-uns étaient montés en épingle. On les citait en exemple pour condamner l'ensemble. Sentant sans doute venir le vent, le provincial des capucins s'inquiétait de ses Pères de M.... Le premier, André reçut l'ordre de se replier sur un couvent de province. Que lui reprochait-on? Ce n'est pas à moi de le dire.

En tout cas, cinq ans plus tôt, il avait représenté son équipe à un congrès de son ordre réuni à Rome pour étudier les conditions de l'adaptation de l'apostolat. Il y avait fait un exposé d'un quart d'heure sur les prêtres-ouvriers. Son intervention avait été particulièrement remarquée et communiquée à Pie XII. Les Pères espagnols eux-mêmes l'avaient chaudement félicité : « Cher confrère on ne nous a convoqués ici que pour vous entendre. » Et pourtant l'ordre de repli était venu.

Un soir, il était venu dîner avec nous et deux de mes amis aveugles, tous deux membres du parti. On imagine sans peine le sujet de la conversation.

– Mais non les gars, disait André. Comprenez-moi. Je ne puis qu'obéir. Je dois faire preuve de bonne volonté. Dans six mois, je serai de retour.

L'espérait-il vraiment? En tout cas, il s'en fut pour ne jamais revenir.

Ensuite vint, de Rome, l'ordre de retrait général des prêtres-ouvriers. Il n'était pas signé du Pape, mais simplement du Saint-Office qui n'avait aucun pouvoir pour prendre cette décision. Au lieu d'emprunter la voie hiérarchique, qui eût été normale dans ce cas, la décision fut communiquée aux cardinaux et archevêques de France par le nonce apostolique. C'était presque avouer son origine politique. J'en fus indigné.

Ainsi l'Église, après avoir autorisé ses prêtres à s'engager sur un terrain aussi délicat, ne trouvait rien d'autre à faire que les condamner. Elle les autorisait à travailler encore, mais pas plus de trois heures par jour. Dans quel climat abstrait évoluait donc l'administration vaticane pour accorder une autorisation aussi insensée, aussi éloignée des réalités? Où donc les prêtres trouveraient-ils de l'embauche à trois heures par jour, sinon au prix de terribles compromissions? Comment un travail aussi réduit pouvait-il rester un témoignage? Quant aux laïcs qui s'étaient engagés dans le sillage des prêtres, il n'en était même pas question. Que penserait-on d'un général qui donnerait l'ordre de repli à ses officiers en abandonnant ses troupes au massacre? J'avais le sentiment d'être abandonné non à la mort comme dans une opération militaire, mais à la damnation éternelle, dans cette opération spirituelle.

On reprochait aux prêtres-ouvriers d'avoir fait du syndicalisme et de la politique. On tolérait pourtant un syndicat qui portait le nom de chrétien. Ce n'était pas le syndicalisme qui était condamné, mais une certaine forme de syndicalisme. Il y avait au Parlement des prêtres, véritables professionnels de la politique. Pour eux, pas de condamnation. Ce n'était pas la politique en soi qui était condamnée, mais une certaine forme de politique. Le syndicalisme et la politique qu'on venait de condamner étaient ceux des militants qui avaient pris conscience du rapport des classes. « Ne vous faites pas appeler Père, avait dit le Christ, car vous n'avez qu'un Père, celui qui est dans les cieux. Vous êtes tous frères. » Un dominicain, rencontré à M..., m'avait dit un jour : « Les communistes veulent faire un monde sans classes, et nous n'en serions pas? » Cette remarque m'avait paru lumineuse.

J'étais révolté par l'attitude de Rome et bouleversé plus que je n'aurais su le dire par ce lâchage, cet abandon.

Un soir, j'étais dans la cuisine du Père Charles. Tous deux, nous restions silencieux, sans envie de parler. J'avais été révolté. Je glissais vers un autre sentiment, beaucoup plus grave. « Il y a longtemps que le haut clergé ne croit plus aux sornettes qu'il vous enseigne, m'avait dit un jour un communiste. Il spécule sur votre naïveté et celle du bas clergé pour asseoir son autorité politique. L'autorité religieuse est une forme de pouvoir politique comme une autre. »

Je rapprochais ces paroles de la décision de Rome et j'admirais la clairvoyance du communiste. Cette décision n'avait pas d'inspiration évangélique. Quelque chose venait de craquer en moi. Je faillis hurler de douleur et fondis en larmes. Le Père Charles le remarqua.

— Il y a quelque chose qui ne va pas, mon vieux Jacques?

Sans répondre, je pris ma canne et m'en fus. Comment aurait-il pu me comprendre?

VII

Des mois passèrent. J'avais abandonné toute pratique religieuse. Seule l'action pouvait m'apporter un peu d'espoir.

André ne revenait pas de son couvent. Je devinais qu'il était l'objet de pressions et qu'il allait y céder. Je lui envoyai une lettre incendiaire.

« Que des chrétiens bourgeois, réactionnaires et conservateurs, se réjouissent de la décision prise, quoi de plus naturel? Ils ne savent pas. Mais toi, tu connais les dures conditions de vie de la classe ouvrière, tu connais sa lutte implacable. Que des chrétiens béni-oui-oui se soumettent, c'est lamentable. Mais si tu fais comme eux, tu n'es qu'un lâche... »

Cette lettre, je la dictai à la femme d'un copain.

– Tu es trop dur, dit-elle.

Un comble! Maintenant, les communistes me reprochaient d'être trop dur.

Sa réponse me parvint par retour. Je ricanai devant sa douleur contenue. Comment pouvais-je comprendre, au point où j'en étais, le dilemme où il se débattait? Une phrase me frappa : « Si je revenais sans l'accord de mes supérieurs, je ne serais plus qu'une chiffe molle, inutile, à charge de la classe ouvrière, je me serais vidé de tout ce qui jusqu'à présent a alimenté ma vie et mon action. » En somme, concluai-je ironiquement, c'est par ambition personnelle qu'il cède. Ainsi, après avoir perdu l'Église, après avoir perdu la foi, je perdais mon frère, le seul membre de ma famille qui avait, sinon admis, du moins compris mon adhésion au parti communiste[1].

---

1. Depuis, j'ai maintes fois essayé de demander à mon frère de me donner des détails sur ce qu'a été pour lui ce calvaire. A chaque fois, j'ai découvert une plaie à vif qui ne s'est jamais refermée. Dès que nous abordons cette question je n'obtiens

Les castors du quartier avaient terminé leur chantier. J'avais collaboré étroitement à cette réalisation. Fin 1953, nous avions emménagé dans notre nouveau logement. J'avais eu la satisfaction de participer à l'effort commun de façon concrète. Mon apport-travail avait consisté, avec l'accord des autres castors, à vendre des billets de loterie à une bouche du métro. J'avais ainsi pu comprendre le côté ingrat de ce métier dont devaient se contenter tant de mes compagnons d'infortune.

J'y avais gagné un regain de combativité. Depuis que la cassure était consommée, j'en avais grand besoin. Ma détresse morale me poussait à me griser d'action. Même au plus fort de ma combativité, elle ne devait jamais combler le vide qu'avait laissé en moi la perte de la foi.

Le Père Charles vint nous voir plusieurs fois dans notre nouveau pavillon. J'essayais de le fuir, mais ce n'était pas facile.

Un jour, il vint alors que j'étais seul. J'étais gêné. Je ne pouvais décemment refuser de le recevoir. Je le priai de s'asseoir. Il essaya des phrases banales. Buté, je me refusais à l'amitié qu'il m'offrait. Il aborda enfin le sujet religieux.

– Dieu existe-t-il ou n'existe-t-il pas, je n'en sais rien. S'il existe, qu'il me juge. Je n'ai la prétention ni d'être un saint ni d'être un salaud.

– La religion était pourtant une consolation que tu as su apprécier, surtout dans ton état !

J'explosais :

– Et si je n'y crois plus? Est-ce cela que tu me proposes : une consolation appuyée sur un mythe? Je sais très bien que la vie me sera plus dure sans elle. Mais qu'est-ce que cela peut faire si c'est le prix de la vérité?

---

plus que des réponses coupées. Une solution honnête à son cas de conscience n'existait pas. Il était sollicité à la fois par des militants syndicalistes et par ses supérieurs qui, prisonniers du milieu dans lequel ils évoluaient eux-mêmes, étaient incapables de comprendre l'appel profond que lui adressait le monde ouvrier. Cette situation le déchirait – et le mot est faible – jusque dans sa foi. Mes frères eux-mêmes, ne pouvant évidemment pas comprendre ce déchirement et le risque constant qu'il faisait courir à André, allèrent naïvement jusqu'à lui reprocher ma propre attitude.

A la Fédération, l'action bouillonnait. Les nouveaux adhérents arrivaient par milliers. On avait dû changer de local. Le courrier social nous amenait plus de quinze mille lettres par an. Le conseil s'était enrichi de quelques personnalités. En 1956 je fus nommé secrétaire général. Le conseil était exclusivement composé d'infirmes ayant au moins quatre-vingts pour cent d'invalidité; cette condition était inscrite dans les statuts. Aussi ce conseil était-il authentiquement représentatif, ce qu'on n'avait jamais vu dans les annales de l'infirme civil français.

J'étais chargé, parmi d'autres tâches, d'organiser les filiales de province. Le développement nous obligeait à structurer la Fédération dans les départements. C'était une tâche très lourde et très délicate de détecter les hommes capables de nous seconder en province. Elle devait me réserver bien des surprises. Par exemple un responsable nommé par moi s'en fut avec la caisse, un autre se révéla être un repris de justice. Ces erreurs étaient commentées à l'extérieur et sévèrement jugées. Par contre, on taisait notre efficacité et nos réalisations.

Voici, pour ne prendre qu'un exemple, l'histoire de Charin.

Il était venu me voir, débarquant de sa province. C'était un ancien ouvrier carrier, militant syndicaliste, qu'un accident avait rendu infirme. Il me parut dynamique et intelligent. Il m'exposa sa situation et un problème personnel terriblement confus. Pendant qu'il parlait, je remarquai qu'il employait sans cesse les mots : je, mon, mien, ma. Je devinai l'égocentrique inconscient et essayai de l'aider. Quand j'eus à peu près débrouillé son affaire, je lui demandai :

– Qu'est-ce que vous faites chez vous?

– Moi, rien, je m'ennuie.

Il ne me surprit pas. Son aigreur et son amertume faisaient pressentir cette réponse. Il n'avait pas su se reclasser. Le métier de brossier qu'il avait appris à l'Association lui déplaisait.

– Quand je fais du porte à porte pour vendre mes brosses, j'ai l'impression de mendier, disait-il.

Je pris un dossier et le lui tendis.

– Voilà. Dans votre ville, nous avons des adhérents pratiquement illettrés. Nous n'arrivons pas à définir leur situation.

Ils répondent toujours à côté. Il faudrait les voir. Pouvez-vous vous en charger? Vous nous diriez où en est leur affaire.

Il ne pouvait pas refuser puisque je venais de lui rendre un grand service. Il partit avec les adresses. Huit jours plus tard, il nous envoyait les renseignements. Je lui dis aussitôt ce qu'il fallait faire. Un certain courrier fut échangé. Les premières affaires réglées, il me demanda si j'en avais d'autres. Aujourd'hui il préside une filiale de la Fédération. Et son égocentrisme, c'est de l'histoire ancienne.

Amener l'infirme à prendre conscience de son milieu, c'est le travail le plus positif de la Fédération. Faire voter une loi nouvelle, mener une action revendicative, c'est nécessaire. Mais il reste à la faire appliquer. C'est le travail des filiales. Trop d'adhérents sont incapables de se défendre. Il faut les aider.

Je pourrais citer tel département où le budget d'aide sociale aux infirmes n'est que le tiers de ce que prévoit la loi. Venir rappeler ses devoirs au directeur de la Santé publique du département, voire même au préfet, c'est cela la solidarité. Et pourtant les dirigeants des Associations paternalistes ne reconnaissaient pas notre efficacité.

Un jour, un général en retraite qui dirigeait une association de paralysés, bien que lui-même fût parfaitement valide, me déclara :

– Vous êtes des rêveurs. Vous ne pourrez jamais avoir d'association valable tant qu'elle sera dirigée par des infirmes.

Il ne se rendait pas compte de son attitude à l'égard des infirmes.

– Les infirmes, disait-il, n'ont pas besoin d'une majoration de l'allocation pour tierce personne. Quand ils l'ont, ils s'en servent pour acheter une voiture!

Que la voiture tînt lieu de tierce personne, le général était incapable de le comprendre. La voiture était un luxe qu'il s'interdisait. Les autres n'avaient qu'à en faire autant. Il oubliait aussi, évidemment, que ladite voiture était achetée d'occasion et que son propriétaire se saignait aux quatre veines pour la payer.

Lapouche était un copain aveugle qui, en dépit de sa cécité, ou peut-être grâce à elle, avait réussi à apporter pendant la guerre une puissante collaboration à un réseau de la Résistance. Son association d'anciens résistants comptait beauoup de communistes. Il m'invita à y adhérer. Pas de difficulté : je faisais miens les objectifs de cette association. On me confia des responsabilités au plan national et parfois celle de représenter le bureau à des manifestations patriotiques. J'aimais ces rencontres pour leur ambiance de franche camaraderie, et je vibrais, moi qui avais vécu la guerre outre-mer, au récit des batailles du maquis.

En 1954, on m'offrit d'aller en République démocratique allemande pour tenter un nouvel appareillage. J'étais sceptique sur le résultat, mais le voyage me tentait. Yvonne m'accompagna.

L'hôpital d'Eisenberg, dans la province de Thuringe, comptait quatre cents lits et il était entièrement consacré à l'orthopédie.

Le médecin-chef me proposa une opération chirurgicale, qu'on appelle pince de Krokenberg, à l'extrémité de mon avant-bras. Les muscles de l'avant-bras, inutilisés depuis l'amputation, seraient greffés sur le radius et le cubitus, tandis que l'extrémité de ceux-ci serait enveloppée séparément comme pour former deux doigts. Les muscles articuleraient cette pince d'un nouveau genre, qui avait un avantage sur tout ce qu'on m'avait proposé jusqu'alors : elle avait le toucher !

J'hésitai, car je devais être hospitalisé durant quatre mois. Mais j'acceptai enfin. Et le résultat fut tel que je demandai à subir la même opération à l'autre bras. En trois séjours, je passai onze mois à l'hôpital.

Quand tout le travail chirurgical fut terminé, on m'offrit un couvert spécial qui me permettait de manger seul. Cela ne m'était plus arrivé depuis douze ans !

J'étais violemment ému, et le médecin-chef qui avait pratiqué l'opération partageait mon émotion. Ce bienfait m'était offert par des Allemands, dans un hôpital qui se trouvait à cinquante kilomètres de Buchenwald !

Je remerciai publiquement le comité antifasciste au cours d'une réunion. Mais on m'en fit presque reproche.

– Vous n'avez pas à remercier, me dit le président. C'est naturel. C'était tout simplement par solidarité.

C'est à mon retour d'Allemagne que je fus désigné comme secrétaire général de la Fédération. Vérin y mit un peu de réticence. Mon adhésion au communisme marquait ainsi la Fédération d'une nuance qui ne lui plaisait pas.

– Quoi qu'on fasse, lui dis-je, on est toujours le communiste de quelqu'un.

Il n'était pas rassuré. Nous avions trop lutté pour n'avoir pas de détracteurs. Et certains dirigeants d'associations conservatrices nous faisaient passer, surtout en province, pour une organisation communiste. Je pensais que des camarades du parti renforceraient la combativité de la Fédération, et je tentai d'en introduire le plus possible. Mais il n'y en eut pas plus de cinquante, et jamais les communistes n'eurent la majorité dans les organismes de direction.

C'est en 1957/1958 que j'ai développé le plus d'activité. Mes voyages aux filiales de province me firent parcourir plus de cinquante mille kilomètres en un an. Pratiquement je faisais un déplacement par semaine. La croissance vertigineuse de la Fédération avait posé le problème des cadres. Il n'était pas facile à résoudre.

Je devais me rendre à Saint-Brieuc ce week-end-là pour tenir une assemblée générale et Vérin devait se rendre à Colmar pour en présider une autre. Avant de partir, j'appris que Vérin était grippé. Je n'avais personne sous la main pour le remplacer. La réunion que j'assurais avait lieu le samedi matin, celle de Colmar le dimanche après midi. Je pris le train pour Brest le vendredi soir. J'étais de retour à Paris le samedi vers vingt-trois heures. Je pris le temps de bondir à la gare de l'Est et le lendemain, après une nuit en chemin de fer, j'étais sur place. Le lundi j'étais au bureau à neuf heures.

Comme je dictais un article pour le journal, la standardiste m'annonça une visite.

C'était une femme. A la voix, je lui donnais entre trente et trente-cinq ans. Elle se présenta, se dit envoyée par Lapouche et m'exposa les raisons de sa visite avec clarté et précision.

– Je suis institutrice dans un village du Lot, dit-elle. Mon père est aveugle. Il a fait une demande au bureau de bienfaisance de sa mairie. La décision nous a surpris.

J'entends claquer le fermoir de son sac. Elle froisse un papier et lit :

– Décision : Admission pour tierce personne avec prise d'hypothèque. Qu'est-ce que cela veut dire?

Je lui répondis par une série de questions. J'appris ainsi que son père, âgé de soixante-dix ans, avait été frappé de cécité à cinq ans, qu'il avait fait ses études aux jeunes aveugles de Paris et qu'il avait travaillé toute sa vie, sans jamais être salarié.

– Il n'a pas droit, me dit-elle, à la retraite vieillesse, mais à l'allocation vieillesse et au fonds national de solidarité.

– C'est pourquoi on ne lui donne que la tierce personne.

– C'est normal, mais que signifie cette prise d'hypothèque?

– C'est très simple. Si la propriété de votre père vaut quatre millions et qu'à son décès l'aide sociale lui a versé deux millions, elle doit les recouvrer sur sa propriété. Mais si elle lui a donné six millions, on ne vous réclamera pas les deux millions qui auront été donnés en plus.

– Encore heureux! En somme, si je comprends bien, c'est aux infirmes qu'il appartient de financer l'aide sociale?

– C'est, hélas, en partie vrai.

Elle revint me voir quinze jours plus tard.

Elle n'avait pas voulu croire à l'énormité de la situation, elle s'était renseignée et on lui avait confirmé mes renseignements.

– C'est quand même dégoûtant, dit-elle, de penser qu'un homme, bien qu'aveugle, ait travaillé toute sa vie pour devoir, à la fin de ses jours, aliéner son bien pour ne pas mourir de faim.

– Ce que vous dites est d'autant plus vrai que si votre père avait été salarié, il n'en serait pas là. Ce qui démontre que le produit de son travail était insuffisamment rémunéré.

– Mais enfin, il n'existe donc pas d'organisme revendicatif pour les infirmes?

Elle y venait. Et je la laissai venir.

– Nous avons vu refuser l'aide sociale sous ce prétexte : « Ressources incontrôlables et présumées supérieures ». C'eût été à crever de rigolade si le sort des gens n'avait pas été en cause.

– Comment cela? Ressources incontrôlables? Mais tout artisan a des ressources incontrôlables. Et si son intérieur est propre et soigné, on va dire que ses ressources sont présumées supérieures.

– C'est l'arbitraire absolu. Dans la confusion des textes législatifs, les commissions font ce qu'elles veulent. On tient compte aussi des obligations alimentaires des proches avant d'accorder une aide. Je m'étonne qu'on ne vous ait pas demandé de verser quelque chose à votre père.

– J'en serais bien en peine. Je ne suis qu'une petite institutrice. Mon mari m'a abandonnée et j'ai trois enfants à charge.

– Mais vous m'avez demandé s'il n'existe pas d'association revendicative...

Je lui parlai de nos meetings, de notre projet d'une caisse nationale d'assurance-invalidité.

Je la sentais vibrer, ardente, combative.

– Tout cela est très intéressant, dit-elle enfin, mais l'heure tourne, et je vous prends votre temps.

– Ce n'est rien. Je ne vais pas tarder à partir, moi aussi.

– Voulez-vous que je vous conduise quelque part?

Nous quittâmes le bureau ensemble et elle me conduisit vers la bouche du métro. Sous le prétexte d'acheter un paquet de cigarettes, je la fis entrer au tabac.

– Vous prenez quelque chose?

Elle choisit une table dans la salle du fond.

Je n'aimais pas aborder les questions politiques dans les locaux de la Fédération. Statutairement, nous étions apolitiques et non confessionnels. Son ardeur à la discussion et la terminologie qu'elle avait employée m'avaient alerté. J'avais cru deviner une communiste qui ne l'avouait pas. Je lui dis brusquement :

– Je suis membre du parti.

– J'ai cru le comprendre, dit-elle. Je suis divorcée. On m'appelle Mme Durand. Appelle-moi Fabienne.

Entre membres du parti, le tutoiement est d'usage. Nous bavardâmes pendant plus d'une heure. Elle me parla de sa vie de militante, de ses difficultés. Je lui dis les nôtres, les heurts entre communistes et socialistes au sein de la Fédération.

– Ils ne nous acceptent, dis-je, que dans la mesure où nous donnons du mordant à l'affaire. Le président est un S.F.I.O. Il est méfiant à notre égard. Mais nous devons nous accommoder de ces difficultés. Seul l'objectif compte.

– Tu as raison, camarade. Mais qu'est-ce que le parti fait pour vous?

– Que veux-tu qu'il fasse? Il fait ce qu'il peut.

– Mais enfin, vous donne-t-il ses instructions?

– Tu n'y es pas. Tu as déjà vu le parti donner des instructions aux gars qui dirigent des associations démocratiques?

Elle rit.

– Oui, tu as raison. Je suis comme les autres, je tombe dans le panneau. Moi aussi j'aurais tendance à prendre les aveugles en tutelle. Et pourtant, avec mon père à la maison, je devrais connaître les aveugles.

– Les parlementaires du parti nous écoutent avec bienveillance. Ils nous appuient s'ils jugent nos demandes justes. Mais ils ne sont pas la majorité.

– Je vois. Mais comment fais-tu pour poursuivre l'action revendicative? Car il faut connaître la conjoncture politique pour déterminer son propre comportement, surtout quand on assume tes fonctions.

– Évidemment le militant a la presse du parti, l'*Huma*, *France nouvelle*. Pour moi, pas question.

– Mais tu es marié. Ta femme peut te lire les journaux.

– Ma femme? Penses-tu? D'abord il faut reconnaître qu'elle n'a pas le temps. J'ai quand même cinq gosses. Et puis la politique, elle n'y pige rien.

– Je vois. C'est embêtant ce truc-là. Avec mon mari, c'était pareil. On ne s'entendait pas. Un vrai bourgeois, qui ne rêvait que d'acheter une maison à la campagne pour les vacances. Quand j'allais aux réunions, il râlait. Ça ne pouvait pas durer. On a divorcé. Toi aussi tu seras bien obligé d'y venir. Tu as besoin d'une femme militante. Tu ne peux pas traîner ce boulet toute ta vie.

Dans le métro qui me ramenait, je songeais à ces paroles. Divorcer? L'idée me poursuivait depuis quelque temps. Aujourd'hui, on m'y poussait. Ah! Si Yvonne était comme cette Fabienne! Je la revis plusieurs fois.

Un soir je rentrai à la maison, décidé à entamer la procédure. Depuis une quinzaine je ne m'adressais plus à Yvonne qu'en cas de nécessité et toujours en phrases impérieuses et brèves. Je savais qu'elle n'accepterait pas le divorce. En lui rendant la vie impossible, je croyais l'obliger à accepter.

Je la trouvai aux prises avec les gosses. Qu'elle se débrouille! Et je m'enfermai dans ma chambre. Elle m'y rejoignit.

– Jacques, dit-elle fermement, tu vas me dire ce que signifie ton attitude. Les gosses me font la vie impossible, tu n'en as cure.

– Tu n'as qu'à te débrouiller. C'est tes oignons après tout. Si tu les élevais comme je l'entends, cela n'arriverait pas.

Yvonne frémit devant cette mauvaise foi. Elle haussa le ton.

– Mais je crois avoir toujours élevé les enfants en accord avec toi. Et ceci ne me dit pas où tu veux en venir.

– Où je veux en venir? Je vais te le dire : j'ai décidé de divorcer.

La scène fut atroce. Dans la pièce voisine, les enfants, à travers la mince cloison, entendaient notre violente dispute.

Le lendemain, j'allai voir un avocat, membre du parti. J'espérais son soutien. Quand j'eus exposé mon cas, il me demanda :

– En somme que reproches-tu à ta femme?

– De toi à moi, je lui reproche surtout de ne pas être membre du parti.

Il rit.

– Ce n'est pas le genre d'argument qui convaincrait un tribunal.

– Possible, mais je compte sur toi pour m'aider.

– Crois-tu que tu ne puisses amener ta femme à de meilleurs sentiments à l'égard du parti?

Manifestement il ne m'approuvait pas.

A la réunion de cellule, pas un des copains ne me suivit. Certains, même, s'étonnèrent. « Ce n'est toujours pas comme ça que tu la convaincras. » – « N'exagère rien. Yvonne n'est pas une ennemie du parti. » – « Après tout, c'est ton affaire. »

Chez moi, l'atmosphère était irrespirable. Je tentai une démarche auprès d'Yvonne pour fléchir sa volonté.

– Yvonne, cette situation ne peut durer. Il faut en sortir. Il est clair que nous avons des idées diamétralement opposées. L'éducation des enfants en souffre. Mieux vaudrait nous séparer.

Elle coupa court.

– Nous en reparlerons quand tu auras retrouvé tes esprits.

Elle tourna les talons, me laissant seul. J'eus aussitôt conscience que j'étais vaincu. Mais je refusais de l'admettre. Ma haine pour Yvonne puisa dans cette humiliation une force nouvelle. Malgré mon attitude, elle accomplissait scrupuleusement ses devoirs envers moi. « Yvonne, je veux manger, Yvonne, je veux prendre un bain, Yvonne, je veux me coucher. » Je la traitais avec mépris, comme je ne l'aurais pas fait d'une servante.

Yvonne, épuisée de fatigue et d'énervement, harcelée par les enfants, s'efforçait de faire face au maximum, évitant à la fois la servilité et la protestation.

Vérin, grisé par le succès de la Fédération, était convaincu d'être indispensable. Il refusait toute discussion. Il avait fait avorter un projet d'action commune avec d'autres organisations de paralysés et d'infirmes parce que celles-ci refusaient de le suivre dans la rue.

Son autoritarisme avait provoqué des scissions chez nous. Comme je partageais rarement son point de vue, il ne cachait plus son hostilité envers moi. Les conseillers moins opposés à Vérin voyaient en moi le communiste à abattre. Je démissionnai du conseil en 1958, espérant que mon absence faciliterait aux opposants la lutte contre Vérin. Je ne serais plus le responsable.

Cette démission était le premier maillon invisible d'une chaîne qui allait se dérouler longuement.

En 1951, Vérin avait décidé de patronner une firme qui voulait fabriquer du cirage en employant des ouvriers handicapés. Je m'y étais opposé, ne voulant pas enrichir une société avec le travail des infirmes. Je voulais garder notre action sur le plan du syndicat. Le conseil ne m'avait pas suivi. La firme avait pris un grand développement et les subventions affluaient dans les caisses de la Fédération. Ce succès éveilla l'attention de petits trafiquants qui imitèrent l'industriel. Le public était sollicité par des démarcheurs qui argumentaient de l'aide donnée aux infirmes. Ce trafic prenait des proportions inquiétantes. Le gouvernement laissait faire.

Un copain aveugle, Paul Albin, me sachant inactif, me fit une proposition.

– On pourrait créer une société analogue en exploitant ton idée culturelle au profit des infirmes. On prendrait notre part de la curée. C'est la foire d'empoigne. Autant sauver une partie de la mise.

Je n'étais pas emballé. Le prétexte me paraissait bien maigre pour me faire descendre dans l'arène.

– Le gouvernement ne fait rien pour arrêter le scandale. Mais cela ne veut pas dire que des fonctionnaires ne vont pas s'en mêler. Quand ils connaîtront le but politique camouflé sous notre façade, ils ne se gêneront pas pour nous envoyer les flics.

– Dans ce cas, prenons une couverture à droite.

– Très joli. Mais qui trouveras-tu, parmi tous ces puritains, pour accepter de se mouiller?

Il réfléchit un moment.

– J'ai quelqu'un.

– Ah? Et qui ça?

– Martin Rhône.

– Connais pas.

– C'est un ancien curé défroqué, qui préside une petite association paternaliste, laquelle a besoin d'argent. Si nous lui donnons la moitié des bénéfices, il marchera sûrement. Il est tellement naïf.

– Un curé défroqué! Elle est plutôt trouée ta couverture.

– Défroqué, c'est trop dire. Je crois qu'il n'a jamais été prêtre. Je ne sais pour quelle raison il a quitté le séminaire. Mais c'est un bigot, qui nous ouvrira toutes les portes des couvents.

– C'est différent. (Je me mis à rire.) Dire que c'est l'argent des curés qui financera l'éducation politique des aveugles !

Paul Albin rit à son tour.

– Si cela peut apaiser tes scrupules, songe que nous apportons nos clients à cette affaire.

– Eh bien d'accord. Je serai curieux de voir ton petit curé.

Je le vis vers la fin de novembre 1959. Il n'avait pas besoin de le dire pour qu'on sût qu'il avait porté la soutane : il sentait l'ecclésiastique à vingt pas. Il m'exaspéra. Dès notre première rencontre, je le lui fis comprendre.

– Tu y crois, toi, à ta curaille? Tu n'as pas encore vu que le clergé spécule sur votre naïveté à tous pour asseoir son autorité et conserver son influence? Enfin, si tu crois en Dieu, c'est ton affaire.

Petit-Curé ne répondit pas.

Deux jours plus tard, alors que nous étions réunis tous les trois, je lançai à Paul Albin cette remarque qui était destinée à Martin Rhône.

– Tu as vu la volte-face du Pape à propos de l'accouchement sans douleur? Ah ! ces curés, ils ont toujours une pirouette à leur disposition. Ce qui est curieux, c'est que les gens n'ont pas l'air de le voir.

Petit-Curé ne répondit pas.

A plusieurs reprises je lançai des attaques sous forme de réflexions. Le silence de Rhône, à la longue, m'irritait.

Je changeai de tactique, sans me rendre compte qu'en agissant ainsi je faisais les premiers pas du retour du prodigue.

– Regarde-les donc, tes curés à la mine compassée. Tu trouves qu'ils ont l'air libérés? Soif de liberté ! Ils ont une petite mine réjouie, béate et satisfaite. Peux-tu me dire en quoi ces gens ressemblent au Christ? Tu vois, mon vieux, le Christ n'est pas mort pendu ou fusillé, ou décapité. Il est mort écartelé sur une croix. Et les chrétiens semblent l'avoir oublié.

Petit-Curé ne répondait pas davantage. Mais je devinais, sans pouvoir en discerner le signe, que désormais il m'écoutait.

Je repris.

– Oui, écartelé sur une croix, comme s'il avait les bras trop courts pour embrasser toute la misère des hommes. Ah! lui, il y croyait à sa mission. Tu vois, les chrétiens, ils n'ont pas la foi.

Rhône répondit enfin.

– C'est vrai, dit-il.

Décembre et janvier s'écoulèrent. Le dialogue continuait. Mais était-ce vraiment un dialogue? Je parlais toujours. Petit-Curé ne disait pas grand-chose. Mais il m'écoutait d'une oreille attentive.

– Tu vois, lui dis-je un jour, ce qu'il faudrait à l'Église, c'est un nouveau saint Jean-Baptiste.

– Saint Jean? Pourquoi?

– Pourquoi? Mais ne l'entends-tu pas s'adresser aux bourgeois de son temps en les traitant de race de vipères? Ce n'est pas un mot en l'air ça, vipères, c'est choisi. Il n'a pas dit pourceau ou taureau. Il a dit vipères. Ça a un sens. Regarde-la, la vipère. Elle se tortille, fait des méandres, se donne des convulsions pour contourner l'obstacle au lieu d'y faire face. Et tout d'un coup, ça te mord au talon, en douce. Ne trouves-tu pas que les bigots et leurs calomnies ressemblent à la vipère?

Il m'écoutait, se souciant peu de mon jugement, mais cherchant plutôt à communier à la révolte que je lui révélais sans hypocrisie.

– Fadaises que tes curés, reprenais-je. Le Christ a dit à ses disciples : vous êtes le sel de la terre. C'est terrible, cela. Essaye de mettre du sel sur une plaie, tu verras ce que ça donne. Et l'homme n'est-il pas qu'une plaie? Le sel, ça ronge, ça brûle, ça fait mal. Regarde les chrétiens avec les yeux au ciel, tu crois qu'ils ont l'air glorieux? Tout ce qu'ils savent dire : c'est ma faute. Ah je t'en fiche, c'est ma faute. A la messe, ils répètent : voici l'agneau de Dieu, voici celui qui porte les péchés du monde. Mais enfin, croient-ils à ce qu'ils disent? Si encore ils disaient : c'est ma faute la misère des hommes, c'est ma faute la guerre, c'est ma faute la révolte des Algériens, c'est ma faute les bidonvilles et les taudis. Qu'est-ce qu'ils attendent dans ce cas-là pour bouger afin que cela cesse? Va te faire fiche! Et c'est ma faute. On raconte ses petites mesquineries au confessionnal et on passe à côté de la clameur humaine.

J'ai couché avec une petite femme, c'est ma faute. Et on oublie de dire : j'ai un grand appartement vide et les Nord-Africains crèvent de froid. Ils se sont fait une religion individuelle, comme si le Christ au Golgotha n'avait assumé que leur petite histoire. L'humanité a besoin d'un christianisme qui l'assume tout entière. Ce n'est pas demain que l'Église en sera là.

Petit-Curé écoutait toujours. Mais si, naguère, mes propos le blessaient, aujourd'hui il gardait le silence par respect pour cette nostalgie qui perçait sous mes paroles.

Quant à moi, je m'aperçus très tard de ma propre évolution. Des semaines, des mois passèrent ainsi. Je cheminais lentement.

Notre entreprise était debout. J'avais vendu une petite bicoque que je possédais dans l'Yonne pour financer l'affaire. Quand la société m'aurait remboursé mon apport, je ferais don de mes parts à l'association. Albin et Rhône avaient les mêmes intentions. Nous avions réussi à recruter quelques courtiers mais l'affaire se présentait mal. Afin de trouver de nouveaux débouchés, je fis un déplacement avec Rhône en province. Au cours du voyage, pour meubler quelques heures à perdre, Petit-Curé me fit faire la connaissance d'un de ses amis catholiques. Nous eûmes un long échange. J'avais dit ceci, dont je me souviens :

– Le Christ traitait les pharisiens de sépulcres blanchis. Ce n'était pas une vague insulte. D'ailleurs, ce n'était pas son genre d'insulter les gens. Mais c'était une allusion à la sclérose qui avait envahi la religion juive. Aujourd'hui, quand je vois l'imagination féconde des communistes, la vigueur de leur critique envers le monde bourgeois, le naturel qui règne dans leurs rapports, et que je lui compare la routine de l'Église qu'elle appelle naïvement tradition... Quand je constate la résignation des chrétiens, leur incapacité d'imaginer une cité nouvelle où l'homme n'exploiterait plus l'homme, où les frères seraient des frères...

– Te rends-tu compte, me dit Martin lorsque nous fûmes seuls, que pendant deux heures nous n'avons parlé que de l'Évangile?

Ah! Martin, que tu as su être patient! Comme tu as su attendre l'heure de la Providence, comme tu as su rester simple, sans céder à la tentation de m'endoctriner! En avril 1960, j'étais encore bien loin d'éprouver de la reconnaissance pour toi.

Certes, je sentais bien que j'avais évolué. Il y avait dix-huit mois que je voulais divorcer. Mes rapports avec Yvonne étaient moins tendus. Mais nous faisions toujours chambre à part. Mon attitude était devenue moins méprisante. Cependant je restais froid.

Pendant ce temps, mon frère André avait souffert mille morts qui l'auraient conduit au suicide si... Mais pouvais-je penser qu'il souffrait en pensant à nous? On l'avait changé de couvent et on lui avait donné une tâche qu'il n'avait pas pu supporter. On lui proposa enfin de partir, un peu comme aumônier, un peu comme terrassier, avec une mission scientifique qui se rendait dans une île perdue d'un océan lointain. Terre de détresse où ne pousse aucun arbre, où ne vit aucune population, si ce n'est d'énigmatiques manchots. Dans cette retraite de quatre ans, il retrouva, sinon la cicatrisation de ses plaies, du moins la paix, cette paix promise aux hommes de bonne volonté. Pendant que je poursuivais mes conversations avec Martin, il édifiait là-bas une chapelle qu'il dédierait à Notre-Dame du Vent – vent des passions qui déchirent les âmes, vent de l'Esprit-Saint qui chasse les nuages.

Bien que légalement aveugle, Martin Rhône avait assez de vision pour repérer les obstacles sur sa route et nous partions souvent en déplacement ensemble. Il connaissait parfaitement le braille. Il prenait toutes les notes. La nostalgie qui s'était réveillée en moi nous avait considérablement rapprochés. J'aimais voyager avec lui. Un jour que je m'étais montré particulièrement confident il me demanda brusquement :

– Connais-tu X...

– Oui, j'en ai entendu parler il y a une dizaine d'années.

– C'est une fille d'une piété extraordinaire.

– Ou une névrosée.

Mon scepticisme ne le troubla pas.

– Tu devrais la voir, dit-il.

– Oui, peut-être, un jour. Je ne sais pas.

VII

Mai arriva. Notre affaire allait de mal en pis. Je l'avais financée de mes deniers. Je me disais que si je n'étais pas un saint, je n'étais pas davantage un salaud. On n'avait pas encore pu répartir de bénéfices. Nous n'avions rien écoulé dans les communautés religieuses et ce que nous avions gagné n'était pas dû à la présence de Martin Rhône. Au départ nous voulions l'exploiter, mais mon évolution m'avait empêché de le faire.

Sa proposition de rencontre avec X... me poursuivait. Si elle pouvait quelque chose, elle devait nous aider. Si j'avais eu affaire à un autre homme que Martin Rhône et que celui-ci m'eût proposé d'aller voir une chiromancienne, j'aurais accepté. C'est de cette façon que je consentis à cette visite.

En juin, Martin demanda un rendez-vous. Et tandis qu'André inaugurait sa chapelle à Notre-Dame du Vent, Martin reçut le 13 la réponse de X... Elle nous attendait le 15.

Je n'avais mis Yvonne au courant ni de mon évolution, ni de l'influence de Martin, ni de ce voyage. Je lui demandai de préparer ma sacoche, et le soir je retrouvai Martin à la gare. Assoupi dans le train qui fonçait à travers la nuit, je pensais à la rencontre du lendemain.

Deux ans plus tôt, maman, qui s'inquiétait, avait essayé discrètement de savoir où j'en étais. Sans scrupules mais conscient de la peine que je lui faisais, je lui avais révélé l'effondrement de ma foi. Je lui avais dit :

– Tout cela s'en est allé comme fétus de paille. Ma pauvre maman, la foi ce n'est qu'un rêve. On se fait des idées et, à force d'y croire, on prend son rêve pour des réalités. Mais lorsque ce rêve se déchire, lorsque nous apparaît la réalité des choses, l'absurdité de cette vie, on s'engage sur un chemin dont on ne revient pas. Crois-moi : on ne peut même pas songer à revenir.

Elle avait essayé de protester, mais en vain. Et voilà que maintenant Petit-Curé m'emmenait voir X... Soudain, sans aucun raisonnement, je m'efforçai de réciter un Avé. Je n'avais pas dit de prière depuis huit ans. Je dus faire effort pour retrouver les mots. Comme un bolide, le train fonçait dans la nuit.

Le jeudi 16, après deux nuits consécutives en chemin de fer, je rentrai à M.... Yvonne m'attendait. Elle me débarrassa de ma canne et de ma sacoche et me rejoignit à la cuisine.

Je pris le petit déjeuner en silence. Yvonne me posa les questions habituelles.

– Tu as fait bon voyage, tu n'es pas trop fatigué?

Pour elle, ce voyage s'insérait parmi tous les autres.

Elle rangea la table et se mit à la vaisselle. Je lui dis brusquement :

– Sais-tu d'où je viens? Hier, j'ai vu X...

Yvonne se retourna d'un bond et me fit face.

– Quoi? Qu'est-ce que tu dis?

Je compris qu'elle savait de qui je voulais parler. Mais je vis aussi qu'elle était loin de se douter que j'en étais arrivé là.

Je remis à plus tard les explications sur mon évolution et lui donnai des détails sur ma visite. Lentement, gravement, en phrases entrecoupées de silences. Elle m'écoutait, songeuse.

– Oui, il y a quelque chose là, lui dis-je. Quoi? Je ne sais pas.

Et j'aspirai goulûment la fumée de ma cigarette. J'ajoutai enfin :

– Lorsque je suis entré chez elle, je suis entré comme partout ailleurs. Mais quand je suis ressorti, trois quarts d'heure plus tard, je marchais sur la pointe des pieds.

Et tout à coup, comme si je venais de prendre brusquement une décision, je lui dis :

– Écris cela à maman, et dis-le à ta mère. Mais qu'on me fiche la paix. Si Dieu est, il saura venir me chercher où je suis. Je n'ai jamais désiré qu'une chose : la vérité.

Et juin se termina. En juillet, nous dispersâmes les enfants. En août, je séjournai avec Yvonne dans un camp de vacances dirigé par un copain du parti. Un dimanche, Yvonne voulut aller à la messe. Je m'y opposai nettement.

– Tu n'y penses pas! Qu'est-ce que les copains vont penser?

Et pourtant, chaque jour je disais mon chapelet. Humble prière du pauvre type qui n'a rien à dire, pareil au gosse qui harcèle sa mère en tirant sur sa jupe : maman, maman. C'était tout cela, et rien de plus. Je reçus une lettre de Kerval : maman s'impatientait. Je lui avais demandé le silence sur mon voyage de juin. « Quand m'annonceras-tu le grand retour? disait-elle. J'ai tellement envie de crier ma joie. »

– Tiens bon, lui répondis-je. Il n'y a encore rien de fait.

Et toujours cette question : Dieu existe-t-il? Ou n'existe-t-il pas? Je frappais à la porte. Mais celle-ci restait close. « Les théories de Marx et d'Engels, ajoutais-je à ma lettre, ce ne sont pas des idées farfelues. »

Nous rentrâmes à M.... en automne. J'allai chercher ma petite fille qui avait passé l'été à Kerval. Elle était seule avec maman. Les vacances terminées, mes frères et sœurs étaient partis, emmenant leurs enfants. Maman se fit plus pressante.

– Quand je retrouverai la foi? Je ne sais. Un an, deux ans... La retrouverai-je jamais?

Au fond de moi, il y avait ce terrible respect humain. Que vont penser les copains? Quelle girouette, ce Lebreton!

Quelques jours plus tard, je dus regagner la Bretagne pour recruter un nouveau courtier. Je proposai à Martin de m'accompagner.

– Nous ferons un crochet par Kerval, lui dis-je. Maman sera contente de voir celui qui m'a conduit chez X...

Il accepta. Maman nous accueillit à la gare. A Kerval, je les écoutai bavarder ensemble à la cuisine, pendant que maman travaillait. Je les devinais à l'unisson. Je n'intervenais qu'à de rares intervalles. La journée me parut monotone. Fatigué par le voyage de nuit, je me sentais frileux sous le pâle soleil d'automne. Le soir, maman alluma un grand feu à la salle à manger. Dans le salon, elle nous avait préparé deux divans pour la nuit. Le lendemain était un dimanche. Je ne pus refuser à maman de l'accompagner à la messe, avec Martin.

Nous pénétrâmes dans l'église. Elle me conduisit à cette rangée de chaises que je connaissais depuis ma plus tendre enfance et qui était réservée aux Lebreton depuis des générations. A l'autel, le prêtre récitait des prières en latin que personne ne comprenait, pendant qu'un vicaire faisait chanter dans la nef les enfants du catéchisme. Bientôt nous aurions droit à un sermon et on entendrait ensuite les braillards de la paroisse entonner le Credo de Dumont qu'ils chanteraient sans le comprendre. Sépulcres blanchis! Après l'Évangile, le curé nous parla du secret de Fatima. Je l'écoutais distraitement quand ces paroles me frappèrent : « le communisme intrinsèquement pervers ». Et comme si un démon malicieux soufflait sur ma mémoire, je pensai à ce curé que j'avais entendu dire un jour : « Moi, je ne suis curé que jusqu'à la ceinture, tantôt du haut devant une belle fille, tantôt du bas devant une bonne bouteille. » Il m'avait révolté. Communisme intrinsèquement pervers! Tu n'as pas regardé ton église pour sortir ça! Et que signifient ces mots creux? Tout, dans cette humanité, est intrinsèquement pervers. Enfin, ce qu'ils appellent le péché originel est-il intrinsèque ou extrinsèque? Que signifierait la rédemption du Christ si nous n'étions pas intrinsèquement pervers?

En rentrant, je dis à maman et à Martin :

– Dommage qu'on ne soit pas sorti par la sacristie. On aurait invité le curé pour cet après-midi et je te l'aurais engueulé! Or, l'après-midi, ce dernier arriva à la maison sous prétexte de venir chercher des pommes. Je ne fis aucune réflexion et gardais mes critiques du matin pour moi : à quoi bon soulever des montagnes? Mais cette visite impromptue du curé, mon silence devant lui n'entrent-ils pas dans un plan providentiel? La foi n'est pas affaire d'argument, cette visite venait se placer là comme pour me le prouver.

Le soir, au dîner, j'étais envahi par une tristesse sans raison. Tranquillement, la soirée s'acheva. Maman m'accompagna au salon pour me déshabiller. Elle me laissa un instant dans un fauteuil.

– Mais vous ne connaissez pas, je crois, la statue de Notre-Dame du Vent? dit-elle à Martin Rhône.

Elle possédait une reproduction de cette statue que mon frère avait placée dans sa chapelle. Maman tendit la statuette à Martin pour lui permettre de la toucher, de la palper. Elle la déposa ensuite machinalement sur une petite étagère, juste au-dessus du lit que je devais occuper. Les différentes pièces du puzzle se mettaient en place, le plan providentiel se poursuivait : il fallait que cette statuette se trouvât là, comme pour bénir d'avance ce qui allait suivre.

Maman me déshabilla, me mit au lit et s'en fut, laissant Martin se déshabiller à son tour.

C'est alors que tout a basculé.

Martin était à peine couché que je me mis à fondre en larmes.

– Qu'est-ce qui t'arrive? dit Martin.

Ce qui m'arrivait? Je ne le savais pas. En moins de temps qu'il ne faut pour le dire, les ténèbres étaient devenues lumière, le doute certitude, la faiblesse force, la lâcheté courage, l'angoisse paix, la tristesse joie.

Ici le sceptique sourira sans doute. Mais celui qui a la foi sait bien que je ne trouverai jamais les mots qui expliqueraient, et il comprendra cependant.

Martin avait tout deviné. Bondissant de son lit, il s'était agenouillé à mon chevet et m'écoutait parler. J'avais retrouvé la source et elle coulait abondante. Frappez et on vous ouvrira. La porte était largement ouverte.

Saul, pourquoi me persécutes-tu? Ah! Comme je comprends que ces mots t'aient terrassé! Ton chemin de Damas, ce n'est pas une pieuse légende. Et toi, Thérèse de Lisieux, te souviendrais-tu de ce pèlerinage que je fis à quinze ans dans ta basilique toute neuve? Aurais-tu pris pitié de celui qui se serait égaré en cherchant la vérité, la justice et la paix?

Est-il nécessaire de dire la joie de maman quand, le lendemain, je lui parlai de cette nuit?

Déjà, à six heures du matin, notre programme nous arrachait à elle. Il fallait repartir.

J'avais hâte de voir un prêtre. Ah! quelle faim, mes amis, quelle faim! Faut-il parler de cette confession?

– Mon Père, il y a neuf ans que je ne me suis pas confessé.

Je suis membre du parti communiste.

Il m'écoutait. Puis ce fut à son tour de parler.

– Vous comprenez, Thorez, Marx, Engels...

– Oh ! mon père, est-ce bien nécessaire? Si le Seigneur est venu me chercher où je suis, il saura bien me montrer la suite. Ne me demandez pas de tout comprendre d'un seul trait.

Il resta stupéfait de cette clairvoyance.

Ah ! mes amis, cette messe, cette communion, et ces retrouvailles, le soir, avec Yvonne, d'un cœur neuf...

Ne m'en demandez pas trop. L'intensité de ces journées d'octobre 1960 fut telle que jamais je ne pourrai la décrire. En août, par respect humain, je refusais à Yvonne l'autorisation d'aller à la messe : le 3 octobre, j'aurais confessé ma foi devant l'ensemble de mes copains communistes !

Un an cependant ne m'a pas suffi pour me permettre de retrouver un semblant d'équilibre. Et il m'en fallait bien un peu pour reprendre mon action. J'en étais plus avide que jamais et les récents événements n'avaient fait qu'aiguiser ma soif de justice.

Je voulus la reprendre trop vite. Ce qui était hier vérité était devenu erreur, et ce qui était erreur était devenu vérité. Il fallait refaire le point. Tout ce que j'avais reçu des communistes, devais-je le rejeter en bloc? Tout ce qui m'irritait hier dans l'Église, devais-je l'adopter? Tous les copains du parti avec qui j'avais lutté, avec qui j'avais communié dans la même faim de justice et de paix, et qui ne pouvaient comprendre ce qui s'était passé en cette nuit d'octobre, étaient en droit de me considérer comme un traître à la cause.

Et, ce disant, je pense à toi, Carmen, communiste ardente; nous parlions de la souffrance ensemble et tu me relatais les derniers moments de ton frère auquel tu étais si profondément attachée. « Tu ne souffres pas trop? » lui demandais-tu. Et ce marxiste convaincu te répondait : « Tu sais bien, Carmen, qu'on ne fait rien de valable sans souffrir ! » Et comme tu insistais, t'étonnant de son courage, il répliquait : « Lorsque je songe aux copains F. T. P. qui, torturés par la gestapo, se refusaient à trahir leurs camarades, je n'ai pas envie de me plaindre... »

Je pense à toi, Robert, mon camarade. En parlant de moi avec Jacques, tu as eu ces mots qu'il m'a rapportés : « Quoi qu'il fasse, Lebreton restera toujours pour moi un frangin. » Et toi, André, qui déclaras : « Lebreton ne pourra jamais nous trahir. Je suis sûr qu'il ne travaillera jamais contre nous. » A toi, Juliette, merci pour ce témoignage de sincérité que tu m'as toujours apporté en allant jusqu'au bout de tes convictions de militante, au point que tu en devins malade et que tu n'es pas près de guérir. A toi, Henri, combattant F.T.P. qui t'es battu, le ventre ouvert, pour libérer Paris, merci de ta soif d'absolu. A toi, Michel, qui as reçu une balle dans la jambe parce que tu vendais l'*Huma* et en es resté boiteux; à toi, Louis, qui revenais chaque dimanche de vacances vendre les journaux parce qu'il n'y avait personne pour le faire; à toi, Remy le gouailleur, merci pour ton amitié si franche, si souvent offerte. Et toi, Pierre, qui accueillis la nouvelle avec sarcasme, me pardonneras-tu ce qui, à tes yeux, ne peut être qu'une trahison? Je t'évoque aussi, Madeleine, la mère du F.T.P. fusillé à vingt ans et qui pleurais en me voyant, parce que je ressemblais à ton fils, disant : Ah, s'ils me l'avaient rendu, même dans ton état! Et toi, Jean, qui m'écrivais : Si ceux qui croient en Dieu et ceux qui croient en l'homme voulaient se donner la main, quelle magnifique cathédrale on construirait ensemble et comme cela vaudrait la peine de s'y crever!

Serai-je à jamais séparé de vous? Devrai-je renoncer à votre amitié? A cette vitalité, à cette générosité, à cette hardiesse qui démentaient l'image d'un communisme « intrinsèquement pervers », d'un « matérialisme sordide » des masses, et m'avaient fait, pendant huit ans, apparaître la sclérose d'une Église que n'avait pas encore bouleversée la « nouvelle Pentecôte » du Concile?
Et toi, Seigneur, n'auras-tu pas un regard de tendresse pour tous ceux qui, lorsque j'étais loin de toi, m'ont gardé dans leur affection? Vois comme je suis déchiré aujourd'hui de ne pouvoir leur dire de quelle façon tu m'as accueilli. Comment pourraient-ils me comprendre si j'essayais de leur expliquer?

Ne combleras-tu pas de présents tous ceux qui, de près ou de loin, furent les artisans de mon retour : Maman, André, Martin et tant d'autres mis en alerte dans une chaîne de prières? Et toi surtout, mon Yvonne, toi avec qui, dès novembre 1952, j'avais commis la folie d'interrompre le dialogue en adhérant sans ton accord au parti. Depuis ce jour, tu n'as cessé d'être déchirée entre ton mari, ton milieu d'origine, tes enfants et ta foi; rien ne t'aura été épargné et surtout pas l'humiliation. Dans cette tâche de titan tu auras eu le rôle le plus ingrat, le plus effacé, le plus secret devant l'aberration la plus totale de celui à qui tu avais consacré ta vie et qui s'obstinait à ne voir en toi qu'un personnage falot et insignifiant. Mais tu auras eu le rôle le plus fécond aussi, tant il est vrai que la fidélité à ta tâche aura été auprès de Dieu la prière la plus déterminante, celle devant laquelle, tôt ou tard, il lui fallait bien céder.

Seigneur, ne les combleras-tu pas de dons, toi qui t'es montré si généreux à mon égard?

Ah! ces haillons dont j'étais couvert lorsque, tel le prodigue de l'Évangile, je cheminais vers ta maison! Cette misère... cette laideur..., cette crasse de l'âme!

J'ai connu, Seigneur, l'atroce douleur de perdre à la fois et mes mains et mes yeux, mais celle-ci n'était rien et je préférerais la revivre mille fois plutôt que l'autre : celle de te perdre à nouveau!

Comme j'étais honteux lorsque je cheminais vers ta maison! Autrefois, j'avais vécu sous ton toit. Cédant à une incompréhensible démence, j'avais trahi ton affection et m'en étais parti chercher ailleurs le bonheur dont tu me comblais. Assoiffé d'amour, tu ne pouvais admettre que le mien te fût offert par contrainte et, non sans tristesse, sachant trop bien ce que j'allais récolter, tu me laissas aller.

Oh! Père, que de déceptions, que d'amertumes!

Et maintenant, affamé de tendresse, je revenais. Ne pouvais-je pas craindre ton jugement, ta colère, ton châtiment? Ce n'eût été que justice : je méritais tout cela.

Et cependant, j'osais!

Cette deuxième folie n'était-elle pas pire que la première? N'était-ce pas assez dire la faim qui me tenaillait?

Sur le chemin, je méditais : je retournerai vers mon Père et je lui demanderai une place de porcher dans ses écuries...

Comme c'était mal te connaître!

Mais comment aurais-je pu supposer?

J'en étais là de mes réflexions, harassé de fatigue, le cœur triste à en mourir, lorsque, brusquement, au détour du chemin... Ah! Seigneur, ce regard!

Je revois encore l'endroit : c'était près d'un petit pont qui enjambait le ruisseau. Tu étais venu jusque-là, sachant qu'à cet endroit personne ne pourrait nous surprendre : trop jaloux de mon affection, cette joie des retrouvailles tu la voulais pour nous seuls!

Quelle agitation s'empara de toi lorsque tu me vis!

Tu étais assis sur la murette du pont, un petit baluchon à tes pieds.

Ah! Père, cette lumière dans ton regard!

Moi qui croyais que j'avais souffert loin de toi..., et voilà que je découvrais que tu avais souffert plus que moi de mon absence.

Ce regard...

Il me pénétrait jusqu'au fond de l'âme. Dès cet instant, tu avais tout vu. Mais c'était tellement inattendu pour moi que je ne savais si je devais me jeter dans tes bras ou me traîner à genoux à tes pieds pour implorer mon pardon.

Je tentais quelques mots, mais tu m'interrompis :

– Tais-toi! Tais-toi... ne parlons plus de cela, mon pauvre enfant. Viens. Vois ces vêtements frais que j'ai apportés pour toi. Tu vas pouvoir te laver au ruisseau, tu ne peux pas rentrer dans cet état : que diraient mes gens?

Quelle tendresse dans ta voix!

Je bredouillais :

– Mais, Père... mais, Maître...

Je ne savais plus comment vous appeler!... j'étais venu pour vous demander...

– Tais-toi, mon petit, tais-toi.

– Laissez-moi vous dire...

Mais du regard vous aviez lu dans mon âme, vous saviez ce que j'allais vous demander et vous ne vouliez pas que de tels propos fussent prononcés entre nous !

Je venais pour être porcher et, en dépit de tout, tu m'accueillais comme ton fils ! Comme s'il n'y avait rien eu, comme si tu voulais m'éviter de te demander pardon.

Tu as pris mon bras, et nous sommes rentrés; je marchais à côté de toi. Tu as dit que j'avais fait un long voyage et c'était vrai... Je venais d'un long voyage. Tu n'en as pas révélé la nature...

Père, que de délicatesse !

Qui pouvait être dupe?

En dépit de ces vêtements frais que tu m'avais apportés, ne suffisait-il pas de voir mon visage hâlé pour tout comprendre, tout deviner?

Mon retour à la maison?

Le veau gras?

Bah ! à quoi bon ces détails?

Tout n'avait-il pas déjà été dit dans ton regard?

Ton regard !

Ton regard...

Imprimé en Belgique par Casterman, S.A., Tournai, décembre 1980.
N° impr. 4686. N° édit. 6165.
Dépôt légal : 4e trimestre 1966; D. 1980/0053/133.